Helmut Müller · Die Drei-Uhr-Maschine

Helmut Müller (s. Titelbild) ist in Lüneburg aufgewachsen, er lebt seit einigen Jahren in Schleswig-Holstein. Bereits als Jugendlicher versuchte er, das rätselhafte Weltgeschehen zu begreifen, wozu ein einziges Menschenleben keineswegs reicht. Er fühlt sich dem Freundeskreis der Sokratiker zugehörig: »Warum ist …?« »Ich weiß, dass ich nichts weiß …«

Eher zufällig absolvierte er eine Ausbildung als Berufstaucher mit Meisterabschluss. Fünf Jahre war er als Bergungstaucher in der Welt unterwegs, bis er in Hamburg Bauingenieurwesen studierte.

In dieser Berufskombination war er rund 25 Jahre als Experte für maritime Bauwerksprüfung und Schiffs-Havarieschäden tätig und verfasste um die 1500 Gutachten.

Zwölf Jahre war er begeisterter Privatpilot (PPL). Nach »Nine Eleven« unternahm er in den USA mit gecharterten »Cessna 172« mehrere Cross-Country-Flüge. Per Fahrrad, Luftmatratze und Zelt tourte er von Hamburg nach Bregenz oder quer durch Skandinavien. Einige komisch-verwickelte und explosive Reisenotizen warten darauf, als Geschichten aufgeschrieben zu werden.

HELMUT MÜLLER

Die Drei-Uhr-Maschine

Roman

© 2016 Helmut Müller
Satz und Layout: Buch&media GmbH, München
Umschlaggestaltung: Tanja Fischer, Wahlstedt
Herstellung und Verlag: BoD – Books on Demand
Printed in Germany · ISBN 978-3-7412-7869-3

*»Nicht weil es schwer ist, wagen wir es nicht,
sondern weil wir es nicht wagen, ist es schwer.«*

Lucius Annaeus Seneca

Inhalt

Vorwort · 9

San Francisco · 11
Vorfeldzirkus · 21
Der Schreiner · 24
Gero · 36
Der Nordpfeil · 47
Dana Lora · 56
Grotten-Alex · 66
Kopfkino · 71
FC Condor · 76
Psycho-Jo-Jo · 78
Rückschau · 85
Der Tanzlehrer · 102
Der Hörsaal · 106
Fabian · 115
10 Automaten · 134
Der Eiffelturm · 142
Die Freigabe · 147
Knut · 155
Haie in der Sahara · 162
Warten · 183
Grenzerfahrungen · 197
Trinkgelage · 213
Eva und Hertha · 222

Danksagung · 233

Vorwort

Liebe Lesefreunde, das Buch in euren Händen ist mein erstes.

Einen literarischen Mont Blanc werdet ihr nicht finden, war auch nie beabsichtigt. Es möchte augenzwinkernd daran erinnern, dass die meisten von uns einmal naiv ihren Weg gesucht und dabei kaum ein Fettnäpfchen ausgelassen haben. Niemand ist perfekt, alle machen Fehler, Laune der Natur seit Menschengedenken.

Wie gelingt es, unser eigenes Unvermögen und das der anderen nicht pauschal zu verurteilen? Aus Fehlern zu lernen? Patzer mit Humor zu nehmen und das Beste daraus zu machen? Was wollen und können wir erreichen? Wo sind unsere Grenzen?

Das mit kurzen Essays gestrickte Buch will neugierig machen auf »Fremdes«, das in Wahrheit gar nicht fremd ist, wenn wir unseren eigenen Überzeugungen vertrauen und folgen.

Conrad Conradi, unser Romanheld, lässt sich gern auf Neues und Menschliches ein. Stress, Verwicklungen und Problemen begegnet er mit patenten Ideen. So möchte auch das Buch Vorurteile und Ängste abspecken und Freiräume schaffen für Courage, Fantasie, Spontaneität und Humor, denn mutiges Handeln ist oft besser als Lamentieren.

Conradis Geschichten sind wahr oder nicht, man mag ihnen glauben oder nicht. Letztlich folgen sie gezielt dem Countdown der Story »DIE DREI-UHR-MASCHINE«.

Viel Spaß beim Lesen :-)

In Verbundenheit
                              Helmut Müller

San Francisco

Sonntagmorgen, 9 Uhr, im Juni 2010. Das fahle Knittergesicht im Spiegel sah Dr. Frankensteins Zombie Boris Karloff ähnlich, aber nicht mir.

»Niemals bin das ich! Never!«

Lamentieren brachte nix, außer mir war keiner da. Ungläubig starrte ich in den Spiegel. Das Monster, das da zurückglotzte, war tatsächlich ich.

»Mein Gott, Conradi!«

Die grellweißen Kacheln verstärkten das Neonlicht im Badezimmer noch. Das Gesicht einer unrasierten Leiche blickte mich fahl an. Leichen sehen scheiße aus, besonders ungeschminkte.

»Du siehst wie eine Geröllhalde aus!«

Ich flüchtete in die Dusche, dort gab es keinen Spiegel.

Danach eierte ich wie bekifft durch die Wohnung, schrammte frontal an die halboffene Küchentür, verbrühte mir mit viel zu heißem Kaffee die Zunge und suchte überall nach dem blöden Schlüsselbund, obwohl der wie immer von innen in der Haustür steckte – mir fehlten mehrere Stunden Schlaf.

Keine allzu gute Ausgangslage für mein Vorhaben.

Mit zwei angebräunten Bananen und einer Kiste Mineralwasser bestieg ich um 10 Uhr lustlos meinen Volvo und fuhr los. Gute Tage fingen sicher anders an. Aber ich hatte Fabian versprochen zu kommen.

Mein Magen meldete sich unmissverständlich. Doch auf die sonntägliche Frühstückszeremonie hatte ich leider verzichten müssen, wie eine Strafe fühlte sich das an. Ja, Juliane und ich liebten unsere freien Tage, sie waren uns heilig. Wir genossen es, wenn der Duft von frischen Brötchen, Früchten und Kaffee durch die Zimmer vagabundierte und unwiderstehlich Appetit machte.

Wenn Juliane im Nachthemd liebevoll den runden Marmortisch deckte. Nur sonntags kam das filigrane, mit Blümchen verzierte Porzellan auf den Tisch, das sie von ihrer Großmutter geerbt hatte. Und nur sonntags gab's gekochte Eier, von freischarrenden Hühnern, wie der Händler vom Wochenmarkt uns versicherte.

Zu diesen Gelegenheiten kam auch die Teakholz-Salzmühle auf den Tisch, gefüllt mit grobkörnigem Salz aus Portugal.

Unsere Frühstückszeremonie konnte Stunden dauern, das Mittagessen fiel dann meist aus.

Auch lief ich unrasiert in ausgeleierten Jogginghosen herum. Telefone wurden ausgeschaltet, die Uhren ignoriert. Keine Macht für Störer – Zeit für Entschleunigung!

Das losgelöste Herumtrödeln einmal pro Woche, das tat uns gut, und seit wir zusammen unter einem Dach lebten, ergo seit etwa einem Jahr, hielten wir uns daran.

»Ereignisse werfen ihre Schatten voraus«, mahnt der Volksmund, und zuweilen ist da ja etwas dran. Okay, heute war Sonntag. Stress und Druck waren so unnötig wie die Brandblasen auf meiner Zunge. Erstens war ich seit Tagen Strohwitwer, und wenn ich zweitens im Bett geblieben wäre?

Na wenn schon – alles war freiwillig, ich war zu nichts verpflichtet. Ich überlegte, wo ich ein passables Frühstück bekommen könnte, von unserem Lieblingsbäcker natürlich.

Die mit Tomaten, Basilikum und Mozzarella belegten Baguettes von der Stadtbäckerei schmecken zwar gut, aber sie aus 'ner Pappe herausfummelnd futtern – eher nicht so mein Ding. Zudem war ich müde wie ein Koalabär und eigentlich zu nichts nütze.

Umkehren? Eine Ausrede erfinden?

Einfach absagen. Dann zurück in die Koje und richtig ausschlafen.

Kaubewegungen durchbluten und erfrischen das Hirn, meint der Volksmund. Also massierte ich meine Hirnschale mit Kauen, und siehe da, es half, mein Brummschädel wurde samt Inhalt leichter, die Verknotungen ließen fühlbar nach.

Ich griff nach der Wasserflasche, die links der Lehne ihren festen Platz hatte. Schraubverschluss abfingern und Wasser marsch. Frisches Wasser ist gut gegen fast alle Unpässlichkeiten.

O ja, das ist wahr!

Die Kohlensäure löste eine Lawine wohltuender Rülpser aus. Gut, dass ich allein fuhr. Erwachsene ernten vorwurfsvolle Blicke, wenn sie rülpsen.

Wenn Babys rülpsen und knattern, dann schwärmen ihre Muttis verzückt: »Ei, ei, wie fein, ein süßes Bäuerlein.«

Dabei tut Rülpsen und Blähen auch Erwachsenen gut, weil es die Verdauung fördert und gute Laune macht.

Als ich das sympathische Gesicht im Rückspiegel sah, musste ich schmunzeln. Nein, es war nicht die Zombiefratze von vorhin! Das wiederbelebte Gesicht gehörte definitiv mir! »Hey, alter Junge! Alles wieder okay?«

An Werktagen war die Bundesstraße 206 oft rammelvoll. Besonders der Lastverkehr, von Lübeck hin zur A7, war heftig explodiert, der Lkw-Maut geschuldet. Aber Sonntagsfrüh war freie Fahrt. Tausende Brummis mussten in den Depots bleiben.

Was machte der Verrückte da hinter mir? »Pass auf, Blödmann!«

Es war ein beleibter Senior, der da rotgesichtig hinterm Steuer thronte. Das dottergelbe Cabrio, ein 1960er-Porsche, klebte wie Vogeldreck an meiner Heckscheibe. Der Typ fuhr offen und setzte zum Überholen an und bremste plötzlich wieder ab.

Idiot!, dachte ich und behielt ihn im Visier.

Das Mädchen auf dem Beifahrersitz mochte süße 16 sein. Es war aufgedröselt wie eine Schaufensterpuppe. Der Kerl am Steuer war um Lichtjahre älter.

Schickimicki-Papa mit modebewusster Tochter? Eher nein, sendete mein erwachendes Kleinhirn.

Stolzer Großvater mit flügger Enkelin? Ja, vielleicht, aber Opas tragen doch keine Harlekinklamotten ...

Frisch getraut vielleicht? Quark! Der Clown war jenseits der 65. Vielleicht hatte er ein Glückselixier oder dopaminhaltige Pillen intus, um der Kleinen zu imponieren.

Viagra-Konsument mit Mondfischgesicht! Nein, das war jetzt wirklich unfair. Sie war vermutlich eine Reisebegleiterin, seine Muse für erotische Inspirationen. Reisebegleitungen kann man heute per Mausklick im Internet ordern wie ein Paddelboot oder eine Kreuzfahrt in der Business Class.

Abgehobene High Society nehmen ihre Reisebegleitung in Berlin oder New York in Empfang. Auf Hawaii oder in London wird sie der Agentur zurückgegeben oder frisch getauscht. Hormonbeflügelnde Schmusegirls und -boys sind weltweit zu haben, für alle Anlässe, eine Frage des Bankkontos, nicht der Moral.

Die beiden hatten sich ihre Golfkappen bis an die Augenbrauen runtergezogen, so hatte frontaler Fahrtwind keine Chance, sie wegzublasen.

Die Straße war nach vorn und hinten frei. Erneut setzte er zum Überholen an. Doch wieder bremste er abrupt, beinahe mit Blechkontakt.

»Was für ein Vollblutspinner ...«

Endlich gab er Gas, diesmal richtig, und mühelos wie ein Pfeil zog der gelbe Porsche an mir vorbei, und beide winkten mir fröhlich zu.

Als ich ihre Handküsschen erwiderte, hatte ich schlappe 150 Stundenkilometer auf der Nadel. Wie guten Freunden winkte ich ihnen hinterher.

Oh, lá, lá, geteilte Freude schießt ins Gemüt wie Traubenzucker ins Blut! Das fühlte sich wie eine wohltuende Kopfmassage an, mit warmem Öl aus exotischen Nüssen.

Irgendwie hatte das optisch ungleiche Paar recht. Es war super drauf, ich dagegen nicht – bis jetzt. Ihre alberne Freude wirkte ansteckend, mein schrulliger Bock war plötzlich verschwunden, ich konnte wieder positiv denken. Ich musste über mich schmunzeln – ja, doch, es würde ein richtig guter Tag werden.

Blind drückte ich den Button. »Radio Nora, die besten Hits im Norden«, behauptete der Sender pausenlos über sich.

Beim Autofahren höre ich gern mal rockige Oldies. Viele der alten Songs sind noch solide Handarbeit, Kunst, an dem synthetischen Studiogebräu haftet immer eine Art Blutleere.

Oh nee, wirklich Scott McKenzie? Ja, McKenzie, eindeutig, der Hippie-Halbgott.

»If you're going to San Francisco ... be sure to wear some flowers in your hair ...«

Die Paradieshymne kam im richtigen Moment, sie kam rüber wie Edelschokolade. McKenzies Stimme brachte die Seele zum Rocken. Ja, der Dino-Song törnte mich noch immer an. Samtene Erotik. Sonnige Verheißung. Text und Melodie glühten wie fließende Lava.

Wehmütig lauschte ich der lange nicht gehörten Glücksballade, und meine Lippen sangen leise mit. Gänsehautfeeling. Freude. Tränen der Rührung, als wenn einem die Engel übers Herz pieseln.

Jetzt die Hommage mit den himmlischen Glocken, musikalisch umarmt von McKenzies leidenschaftlich beschwörendem Gesang: »Such a strange vibration, there's a whole generation with a new explanation ...«

Wirbel für Wirbel stieg wohlig kribbelnde Wärme in mir hoch, bis in die Nackenhaare. Wie von selbst kam mir der Text zurück, ich sang dröhnend mit, wie damals, als Mr. McKenzie den ganzen Erdkreis mit seiner Paradieshymne beschenkte, damals, als ich noch ein Teenager war ...

Plötzlich fühlte ich mich stark wie ein Elefant.

McKenzie sei nur zufällig auf Sendung, sagte Jakob Clemens, der eloquente Moderator. Er habe einer Hörerin den Musikwunsch ihres Gatten erfüllt. Der so Beschenkte arbeite als Meeresbiologe auf der Insel Helgoland. Dort, so ließ die Frau die Hörer wissen, sei der Hummerbestand dramatisch eingebrochen. Ihr Liebster, der jetzt wohl zuhöre, forsche mit anderen Wissenschaftlern nach den Ursachen. Die Hummerpopulation solle wieder angeschoben werden …

Unvermittelt brach der Moderator das Interview mit der redseligen Frau ab: »Wir kommen gleich mit der Oldie-Hitparade zurück, liebe Hörerinnen und Hörer. Radio Nora unterbricht mit einer aktuellen Info für Verkehrsteilnehmer, die auf der A7 unterwegs sind. In Höhe Kaltenkirchen erwarten Sie elf Kilometer Stop-and-go in beiden Richtungen, die Polizei empfiehlt, den Bereich wie folgt zu umfahren« und so weiter …

Ich drückte den Button – das Radio schwieg.

Bis zum Flugplatz brauchte ich heute gerade mal 20 Minuten. An Werktagen dauert die Fahrt manchmal doppelt so lang.

Hinter dem Segeberger Forst, gleich rechts nach der Baumschule, tauchte die Blecharmada auf. An Wochenenden reichten selbst 1000 Parkplätze nicht aus, und bei Flugschauen wurden sogar die Rad- und Gehwege mit Autos zugestopft.

Für die lauernden Abschleppgeier ein sattes Fressen! Die Ablöse kostete Parksünder um die 200 Euro, Fahrzeugschäden gab's gratis dazu; ein Persilschein für legalisierte Abzocke. Nur wochentags war auf dem Megaparkplatz immer genug Platz, dann lauerten die Geier anderswo ihren Opfern auf.

Ohne zu zögern bugsierte ich den Volvo in die Lücke, die das Womo eben frei gemacht hatte. Skandinavisches Modell, das Teil hätte mir echt gefallen können.

Jetzt erst mal zu Eva.

Bei Eva, ihr korrekter Name war Evamaria, gab's neben aktuellem Klatsch und Tratsch auch einen ordentlichen Cappuccino.

Im Umfeld von Evas Imbissoase blinkten an die 30 herausgeputzte Motorräder: modifizierte Harleys, bärige BMWs und ein paar PS-starke Japaner. Die dazugehörigen Lederjacken hatten Evas Imbiss zu ihrem Meetingpoint auserkoren. Hier traf man sich. Hier war man wer. Hier bei Eva konnte jeder jedem zeigen, was der Motorradkult ihm wert war.

Aber auch aus einem anderem Grund war der eher unbedeutende Sportflugplatz zum Magneten mutiert: Hier wurde das legendäre »Werner-Rennen« zelebriert. Ein bebender Rockevent. Premiere für jährliche Nachbeben. Seit dem Megaevent von 1988 ist es für Freaks ein Novum, wenigstens einmal im irdischen Bikerleben hierher gepilgert zu sein. Doch halt, die vielen Leute kamen nicht nur wegen der lockeren Atmosphäre.

Dass hier Tag für Tag etwas los war, war eindeutig Evas delikater Aura geschuldet. Seit sie hier das Zepter schwang, ließen sich auch prominente Biker blicken, Politiker sogar. Man erkannte sie erst, wenn sie ihre Helme abgenommen hatten. Auch Abgeordnete möchten gerne mal 'ne simple Grillwurst futtern. Manche Promis wie Peter Maffei gaben Autogramme. Evas illustres Bratrefugium an der B206 war zum absolut angesagten Treffpunkt geworden.

Was jedoch die Hygiene betraf, o meine Güte, da durfte man nicht pingelig sein. Hochpeinlich war arg untertrieben. Leider fehlte es an sanitären Anlagen. Das für den Imbissbetrieb nötige Wasser wurde per Gartenschlauch hergeleitet. Zum Händewaschen für die Gäste reichte es nicht. Doch für mitgebrachte Hunde stand immer ein Napf frisches Wasser parat.

Da menschliche Bedürfnisse sich nicht abschaffen lassen, haben Vorbesitzer ein mobiles Klo aufgestellt, als Provisorium, nur für wenige Wochen. Das war vor x Jahren. Aber das gallegrüne Kackkabinett stand noch immer da. Ein bisschen von Paletten getarnt, doch der Geruch verriet wohin man gehen musste, wenn es sich nicht mehr vermeiden ließ.

Das Klo-Manko wurde von den Gästen billigend oder missbilligend in Kauf genommen. Zum Glück war es zum Blockhaus nicht weit, allerdings kosteten die Klobesuche einen Euro. Als Alternative galt der Segeberger Forst, besonders für müssende Männer. Zwei Gehminuten ... warum also meckern. Für Tausende Fliegen war das Plumpsklo Heimat und ein Paradies auf Erden.

Meist jobbten bei Eva zwei gutaussehende studentische Aushilfen. Eine reichte mir mit dem Lächeln einer Flugbegleiterin den heißen, rustikalen Henkelpott durch: »Zweifünfzig, bitte.«

Vergleiche mit klassischem Cappuccino erübrigten sich von selbst, doch wer dachte hier schon an so was.

»Das Klopapier ist alle!«, kreischte eine Frauenstimme.

»Kommt!«, rief die Jobberin und warf einen Gegenstand in Richtung Plumpsklo.

Ein Mann in roter Lederjacke fing ihn auf und klopfte diskret gegen die Tür. Eine schlanke Hand schnellte hervor, grabschte zu, und weg war sie, die weiße Rolle.

»Bist du bald fertig?«, rief gereizt eine andere Frau. Sie trat von einem Bein aufs andere. »Ich muss da ganz dringend mal rein!«, wimmerte sie. Doch das Klo schwieg beharrlich.

Also stieg das agile Weib über den zwei Meter hohen Maschendrahtzaun und verschwand hinter den Büschen; was ist denn schon dabei, wenn's so heftig kneift ...

Sekunden später tauchte sie panisch wieder auf, die Unterwäsche noch auf Halbmast.

So schnell konnte keiner pinkeln, so viel war klar.

Dann sah ich ihn, den muskulösen Rottweiler, dessen Job es war, die Hangars zu bewachen und mit seinen Reißzähnen zu verteidigen.

Der riesige Rüde drohte mit barbarischem Knurren und ließ sein furchterregendes Waffenarsenal aufblitzen.

Einige Leute kicherten blöde.

Beherzte warfen dem Tier Wurstreste vor die wütende Schnauze. Aber der Rottweiler ließ sich nicht wirklich ablenken. Er verschlang zwar alles, aber ohne das Knurren zu unterbrechen.

Die schockierte Dame hatte indessen den Maschendrahtzaun return überwunden und fiel ihrem Begleiter in die Arme. Noch immer kicherten die Leute. Es war wirklich eine komische Szene. Der Hund bleckte unmissverständlich seine Zähne und zog sich, ohne jede Eile, ins Unterholz zurück. Nein, der Frau ist, bis auf den Schock, nichts geschehen.

Auf diesen Wachhund konnte der Besitzer wahrlich stolz sein.

O nein, verdammt noch mal nein! Das konnte doch nicht wahr sein!

Die unsichtbare Wolke kam völlig überraschend dahergeweht. Sie generierte Abscheu und Ekel in den Gesichtern der Anwesenden. Man griff sich an den Hals und würgte. Biker sattelten auf und fuhren davon. Kein Zweifel, die Massenflucht hatte etwas mit Evas grünem mobilen Klo zu tun.

»Was für eine ekelhafte Pestilenz!«

Im Nu löste sich die eben noch fidele Menschentraube auf. Nur Eva und ihre Aushilfen harrten aus; die Damen mussten sich dringend etwas einfallen lassen …

Wie sich später herausstellte, war der Fäkalientank geborsten. Normaler Verschleiß? Rache der Vorbesitzerin? Böser Streich?

Eva würde das nie genau erfahren. Jedoch sollte das peinliche Fiasko für sie ein folgenschweres Nachspiel haben.

Höchste Zeit, mich beim Manifest blicken zu lassen. Immerhin war ich zum Springen hier, und das lief nur mit Check-in beim Manifest. Mein erster Freifall stand bevor, vorausgesetzt, es kam nichts Unvorhergesehenes dazwischen. Tatsächlich konnte bei Top-Sprungwetter wie heute alles Mögliche einen hässlichen Strich durch die Rechnung machen.

Meine wenigen Utensilien waren schnell zusammengerafft; das Auto verriegelte sich automatisch. Zum Manifest waren es nur zweihundert Schritte. Bis dahin würde der nasale Härtetest nicht reichen.

10:35 Uhr. Gut, dass ich noch im Zeitpuffer war.

Das Buch wäre unvollständig, wenn Evas erstaunliche Karriere unter den Tisch fiele. Wir werden sie im letzten Kapitel erzählen.

Vorfeldzirkus

Auf der kurzgeschorenen Graslandebahn, dem sogenannten Vorfeld, durfte nur in Not- oder Ausnahmefällen gelandet werden, was selten vorkam. Zuweilen übten hier die SAR-Piloten Rettungsmanöver.

Im Sommer war das Refugium für den Fallschirmsport reserviert.

In Sichtweite zum Manifest waren riesige Planen ausgelegt, auf denen die benutzten Fallschirme inspiziert und gepackt wurden. Die orange markierte Packzone war fürs Publikum tabu. Wer das ignorierte, musste mit einer roten Karte rechnen.

Die aus zig Komponenten bestehenden Textilflieger wurden von den Springern in voller Länge und Breite ausgelegt, sodass sie von allen Seiten untersucht werden konnten. Nähte, Leinen, Schlaufen, Mechanismen und Systeme mussten filigran auf Schwachstellen geprüft werden.

Besucher sahen gern dabei zu. Erstaunlich, wie das Leinengewirr gebündelt, gestaucht und zu immer kleineren Päckchen gefaltet wurde. Angesichts der Materialmasse verblüffte es nicht nur Gäste, wie viel Gedrösel in den Rückencontainer hineinging.

Am Ende der Packprozedur knieten die Packer auf den Bündeln und kneteten sie zusammen, bis sie im Rucksack, dem POD (Parachute Opening Device), verstaut waren; nur die Öffnungsringe blieben draußen.

Scherz unter Fallschirmspringern: »Packfehler machst du nur einmal …!«

Unzähligen Unfällen zufolge waren nur lizensierte Packer packberechtigt. Von uns Azubis vorgepackte Schirme galten als »closed«, bis sie von zwei autorisierten Packern gecheckt und als »cleared« signiert worden waren.

Durch Einführung des zunächst kritisierten CCS (Cross-Control-System) sank die Unfallrate infolge von Packfehlern fast auf null.

Zu viele Unfälle waren passiert, meist mit tödlichem Ausgang. Damit war von einem auf den anderen Tag Schluss.

Ein Meilenstein im Fallschirmsport.

Das imposante XXL-Blockhaus gleich neben dem Vorfeld war für alle Aktiven und Gäste die ultimative Anlaufstation. Es ähnelte einer oligarchen Villa irgendwo im Outback Kanadas.

Die Architekten wollten kunstvolle Extravaganz und die Betreiber Umsatz und maximalen Gewinn. Beide Grundideen waren richtig, weil jeder, der hier aufkreuzte, ein paar Euro ausgab.

Fallschirmspringer mussten nach ihrer Anmeldung beim Manifest im Voraus zahlen, ein Schelm, wer Übles dabei denkt …

30 Euro pro Lift, mit einer Zehnerkarte gab's ein alkoholfreies Getränk gratis.

Auf dem Vorfeld spielte sich neben der operativen Gerätepflege das soziale Mit- und Gegeneinander ab. Hier hatte man alles im Blick, hier ging es familiär zu, hier klagte man kollektiv über Wartezeiten, lauschte auf Lautsprecherdurchsagen, und last but not least ging's auch um »sehen und gesehen werden«.

Kontaktsuchende brauchten nur das Wetter anzusprechen, und schon begannen endlose Palaver.

Tatsächlich war die Wettersituation Stimmungsbarometer Nummer eins. Einfach alles drehte sich in den Springerforen der Welt um das Wetter, genau gesagt um Sprungwetter.

Einerseits ließen sich verpatzte Sprünge wunderbar auf Mistwetter abwälzen. Andererseits fraß es kostbare Zeit und vermieste einem die Freude.

Warten auf optimales Sprungwetter konnte beim Meridian 53° Tage, manchmal Wochen dauern. Hangover-Days versauten jedem die gute Laune. Das war dann die Zeit für Querelen und Begleichung noch offener Rechnungen, aber auch für Trinkgelage.

Skydiver brauchten neben einer Top-Ausrüstung noch drei wichtige Dinge: Geduld, Geduld und Geduld.

Auch die Piloten hassten wetterbedingte Gammeltage wie dicke Pickel am Allerwertesten. Sie wurden nur für reguläre Landungen bezahlt: Kein Start = keine Landung = kein Geld!

Nur die Gastronomie freute sich an Hangover-Days über klingende Kassen. Den Vorfeldvergleich eines englischen Fliegermagazins konnte man gelten lassen: »Skydive locations are like extraordinary circus worlds!«

Der Schreiner

11:50 Uhr. Westseitig am Vorfeldrand hatte ich »Platte« gemacht, Walter war etwas später dazugekommen: Badetuch ausbreiten, Sachen drumherum verteilen – fertig. Von hier aus war alles Geschehen gut zu überblicken. Die verstreuten Tageslager gab's alle paar Meter, die besten waren schnell besetzt. Zuerst war jede Menge Platz, dann rückten einem die Nachzügler immer näher auf die Pelle.

Walter war vor einer Weile zum Duschen gegangen und bislang nicht zurückgekehrt. Hing er in der Warteschlange fest?

In den Duschkabinen waren auch die Toiletten untergebracht oder umgekehrt. Eine, auch zwei der vier Kabinen waren meist defekt, weshalb die intakten auch in Grüppchen blockiert wurden. Dann kam es draußen zu gereizten Belagerungszuständen. Vielleicht hatte Walter das Pech gehabt.

Indessen kniete ich auf dem Gras und suchte vergeblich eine saubere Stelle auf meinem Badetuch. Kurzerhand zog ich mir den am wenigsten dreckigen Zipfel lichtabweisend über das Gesicht.

So auf dem Rücken liegend, ließ ich mich in den Schlummermodus fallen. Walter würde jeden Moment auftauchen und, wie es seine Art war, mich mit dem neuesten Tratsch versorgen.

Wenn ich so dalag und döste, schlief ich keineswegs. Stattdessen war ich hellwach für alles, was um mich herum vorging. Dösen war gut zum Akkuaufladen; erholsam wie Meditation. Augen schließen, Klappe halten und das Denken abschalten, das funktionierte fast überall.

Während mein Akku neue Energie speicherte, schaute ich gelassen Kopfkino. Beim Kopfkinoschauen erschienen mir Erinnerungsfilme, ohne Vor- und Nachspann, Überraschung pur.

Die virtuelle Leinwand tat sich in der Stirnmitte auf, direkt über der Nasenwurzel. Ajna-Chakra nennen die Hindus die Stelle über der Nasenwurzel. Das Ajna-Chakra ist für sexuelle Triebe zuständig, die es zu beherrschen gilt, heißt es. Hindufrauen und -männer punktierten sich mit einem farbigen Mal, meist tiefrot bis orange. Das rituelle Mal zwischen den Augenbrauen konnte im Hinduismus alles Mögliche bedeuten. Placeboeffekt? Wer wusste das schon genau.

Das Badetuch störte meinen Geruchssinn empfindlich, es hätte längst in die Wäsche gehört. Die von den Flugzeugen emissierte Lärmkulisse musste ich eh ignorieren, ebenso meinen Durst. Walter würde gleich mit Eistee zurückkommen, suggerierte ich mir.

Kaum hatte ich die Gesichtsmuskeln entspannt, ging es los, mein privates Kopfkino.

Mein verstorbener Opa erschien – wie immer quicklebendig. Er arbeitete im Garten und lief in seinen schiefgelaufenen Clogs herum. Auf dem Kopf thronte der hoffnungslos zerknautschte Lederhut. Vor sich her balancierte er die Blechschubkarre, die mit frisch gesägtem Brennholz beladen war. Die Radnabe quietschte und jaulte nach ein paar Tropfen Öl.

Ich kannte diese Gartenszenerie zur Genüge. Heute nicht so mein Ding, ich wollte abschalten. Aber ich wartete eine Sekunde, wie es diesmal weitergehen würde, weil kein Movie wie das vorherige war. Das Kopfkino kam jedes Mal anders daher, in immer neuen Varianten. Die Zeit spielte keine Rolle. Ganze Episoden konnten in Sekunden durchlaufen sein. Die Movies endeten abrupt, sobald sich die Augen öffneten oder wenn die Hauptmuskulatur bewusst bewegt wurde.

Im Kopfkino war es Sommer. Ich war etwa zwölf und verbrachte einen Teil der Ferien bei meinen Großeltern. Mein Opa und ich saßen auf umgedrehten Blecheimern unter dem Kirschbaum. Wir futterten kiloweise knackige Knubberkirschen. Die Kerne spuckten wir in die Blechschubkarre; so wurden die Treffer akustisch mit »bang« bestätigt.

Mein Opa erzählte gern seine alten Geschichten, manchmal auf Plattdeutsch, was ich so halbwegs zu sprechen lernte. Seinen Geschichten gingen oft Sprüche wie dieser voran: »Wenn du das Ziel erreicht hast, geh weiter, weil das Beste erst noch kommt.«

Nein, einen tieferen Sinn konnte ich damals nicht begreifen, aber einige seiner Sprüche sind bis heute hängen geblieben.

Das Kopfkino schien spannend zu werden, es gab keinen Grund, es vorzeitig abzuschalten.

Also, mein Opa war gelernter Möbelschreiner mit Meisterbrief. Er arbeitete in einer Fabrik, die altdeutsche Wohnmöbel herstellte. Leider waren diese nicht mehr in Mode, sodass er seine Brötchen anderswo verdienen musste.

Nur halbherzig bewarb er sich um die freie Stelle am Theater zu Lübeck, als Kulissenbauer, der das Schreinerhandwerk können sollte. Prompt bekam er den Job und bestand auch die dreimonatige Probezeit. Doch so richtig wohl fühlte er sich dort zunächst nicht. Die Arbeitszeit war an die aktuellen Spielpläne gebunden, sodass er an den Wochenenden und Feiertagen Bühnendienst machen und oft bis nachts bleiben musste.

Doch aus Vorbehalten wurde bald Begeisterung. Immerhin hatte ausgerechnet er, mein Super-Opa, die von 30 Mitbewerbern begehrte Anstellung bekommen. Und diese sollte sein bisher beschauliches Leben dramatisch verändern.

Irgendwann war der Intendant zu ihm in die Kulisse gehuscht und hatte ihn bekniet, für einen erkrankten Darsteller einzuspringen. Nur eine simple Nebenrolle sei das. Er stünde doch schon lange genug hinterm Vorhang und wisse, wie so was gehe. Er persönlich wie auch die Regie trauten ihm das locker zu – mehr noch, genau er sei der Richtige.

Billiger Köder, leicht durchschaubar, doch der so Geschmeichelte biss an. Insgeheim hoffte er, dass man ihn in Ruhe lassen würde, sobald sein Antitalent offenbar wurde.

Im Nu wurde eine perfekt sitzende Butlerrobe aufgetrieben, und bereits in der Abendvorstellung agierte mein Opa das erste Mal in seinem Leben nicht hinter, sondern auf der Bühne, inmitten der von ihm kreierten Kulissen.

Er sollte den umtriebigen Butler Gottfried mimen, welcher mit der nymphomanischen Beatrice Gräfin von Brunn ein heimliches Tête-à-Tête pflegte.

Die Schrittfolgen, Gesten und Dialoge kannte er als Backstage längst auswendig: »Zu Diensten, Herr Graf! Schlafen Sie wohl, Gnädigste! Gute Nacht, edler Herr, werde die Hunde zur Nacht noch einmal ausführen.«

Drei Mal musste er auf der Bühne erscheinen.

Im ersten Akt sollte er im Jagdsalon die gläserne Vasenattrappe von der Kommode nehmen und sie ungelenk fallen lassen, sodass sie zerbrach. Dann sollte er sich im Rückwärtsgang drei Mal vor der Gräfin von Brunn verneigen, ganz tief runter, bis es in den Knien wehtat.

Im zweiten Akt sollte Gottfried forsch ans Salonfenster schreiten und ratlos um sich blicken. Er sollte die Vorhänge zuziehen und dabei den Fensterriegel demonstrativ öffnen, damit derselbe Hallodri zu Mitternacht hurtig ins Bettchen der schmachtenden Gräfin steigen konnte.

Für den leidenschaftlichen Background sorgte ein Stöhn-Tonband, das die Requisite im Sexshop erworben hatte.

Als der infame Lump im dritten und letzten Akt der Komödie durch das manipulierte Fenster zurückstieg, wo er mit den Hosenträgern hängen bleiben sollte, musste er sich vom gehörnten Grafen mit der Hundeleine jagen und prügeln lassen, bevor er stolpernd – aber ohne zu fallen – durch die offene Salontür fliehen sollte; verfolgt von zwei abgerichteten, echten Beagles.

»Fantastisch! Herrlich! Großartig! Genial, einfach great!«

»Besser hätte man den Butler nicht spielen können, Herr Conradi! Wir müssen das feiern, unbedingt, mein lieber Conradi! Mein guter Conradi, mein bester, mein allerbester Conradi!«

Die maßlose Euphorie des Intendanten war meinem Opa höchst peinlich. Aber den lauwarmen Sekt irgendeiner Billigmarke musste er wohl oder übel trinken.

»Prost, mein guter Conradi! Sie haben soeben mit Bravour die Abendvorstellung gerettet. Das Theater ist Ihnen allerhöchsten Dank schuldig!«

»Prost unserem edlen Retter!«

Das Gefolge hob die Gläser und rühmte ihn, den Helden des Tages. Ja, auch das Ensemble sei von seinem Debüt begeistert gewesen. Endlose Schmeicheleien, nur einige schienen neidisch.

Der überfallartige Rummel war meinem Opa unheimlich und suspekt. Er glaubte erst, man wollte ihn veräppeln. Aber auch die Hauptrollen lobten sein Talent. Also hat Großvater sich feiern lassen, schließlich war es ja nur eine einmalige Ausnahme.

Doch am Folgetag rückte der »Herr Direktor«, wie die Bühnenarbeiter den Intendanten anzusprechen hatten, damit heraus, dass er den Gottfried doch bitte, bitte auch noch über die verbleibende Spielzeit mimen solle. Neubesetzung sei so schnell nicht möglich, das könne er sich doch denken.

Im Übrigen sei er, Philip Conradi, ein Geschenk des Himmels.

Er würde dem Theater einen bombastischen Dienst erweisen, was man ihm nie vergessen werde … und was den Kulissenbau betreffe, dafür habe man bereits eine Lösung gefunden.

»Das war wie ein Asteroideneinschlag!«, sagte Großvater später. »Mir war schwindlig, ich hätte mich in Luft auflösen mögen.«

Mit letzter Courage hatte er das Angebot dann abgelehnt und dem Herrn Direktor mit weichen Knien erklärt: »In der Kulisse kann ich tausend Illusionen generieren. Nebel, Regen, Schnee, alles kein Problem, Herr Direktor, wirklich nicht! Aber als Schauspieler,

Herr Direktor, auf der Bühne vor Publikum spielen, Herr Direktor, das kann und mag ich nicht!«

Doch der mutige Fluchtversuch lief voll ins Leere. So schnell gab der Intendant alias Herr Direktor nicht auf.

»Und ob Sie das können, mein Guter! Sie müssen sogar, mein Bester! Wir haben doch nur Sie! Sie werden unser Theater doch nicht im Stich lassen wollen, lieber Conradi?!«

Mein Opa wollte damals auf der Stelle kündigen ... Doch irgendwie gelang es dem Ensemble, den frisch gekürten Joker zu überreden, er möge doch erst mal annehmen – mit dem Vorbehalt, jederzeit aufhören zu dürfen.

Aufhören? Kündigen!

Dazu war es, o seltsame Fügung, nicht gekommen.

Nach zwei Dutzend Gottfrieds bekam er weitere Röllchen und Rollen, und nach einem Jahr gehörte er fest zum Ensemble.

Seine Zeit als Kulissenmeister war Geschichte.

Ja, mein Opa war einfach köstlich, ein Unikum. Ich werde ihn nie vergessen.

Doch neue Bilder zogen auf, gedankenschnell. Clownerien aus meiner Kindheit. Wenn Opa und ich trübsinnige Dramen in fetzige Kabaretts verwandelten – wow. Das interfamiliäre Publikum hielt sich brüllend die Bäuche und verlangte nach Zugaben.

Als Staffage reichten uns Tücher, Sofakissen, Hüte, Stöcke und Omas alte Lippenstifte.

Kaiser Nero ließ sich besonders gut persiflieren, weil Opa eine Saftpresse mit Kurbel besaß, die er als Leierkasten entfremdete. Beim Drehen der Kurbel sang er so erbärmlich wie Sir Peter Ustinov in seinem berühmten Historienfilm. Und wenn Opa Herbert Grönemeyers gehüstelten Song »Wann ist ein Mann ein Ma-ha-hann« imitierte, machten sich alle beinah in die Hosen.

Mein Rücken meldete sich unangenehm, einige Wirbel taten mir weh. Ich drehte mich etwas zur Seite und – aus! Das Kopfkino erlosch im selben Augenblick.

Ja, die Erinnerungen an meinen Opa generierten Melancholie, weil er vor zwei Jahren gestorben war – im Alter von 88.

Er war mein bester Freund, mein kluger und väterlicher Mentor. Er war mein Till Eulenspiegel, mein vertrauter Beistand und weiser Ratgeber. So, wie er war, wollte ich auch einmal werden.

Nach schwerer, Gottlob nur kurzer Krankheit ist er eines Morgens nicht mehr aufgewacht. Als ich an seinem Bett traurigen Abschied nahm, sah ich in seinem Schelmengesicht, dass er vollkommen mit sich im Reinen war. Es war das Gesicht eines Träumenden, eines mit Dank erfüllten Menschen.

Walter?!

Wo mochte er sich herumtreiben?

Egal, Opas Story war noch nicht ganz zu Ende, der Dös-Modus noch nicht erkaltet. Ich schloss erneut die Augenlider, und – wie auf Knopfdruck lief das Kopfkino weiter. Neue, andere Bilder kamen daher, aber nur flackernd, weil auf dem Runway so schrill gebremst wurde.

Okay, Springerforen sind keine Sanatorien und gewiss keine Orte zum Dösen oder Akkuaufladen … als ich dies dachte, rasten die neuen Bilder unaufhaltsam weiter!

»Den größten Gewinn hab ich meinen Niederlagen und Gegnern zu verdanken«, hörte ich meinen Großvater sagen. Dieser weise Satz ist mir bis heute geläufig, weil ich glaube, ihn verstanden zu haben.

Ein paar Jahre nach dem Quereinstieg ins Bühnenmetier erkrankte mein Opa. Er wurde alkoholkrank, mit verheerenden Folgen.

Aus dem harmlosen Weinchen unter Freunden wurden Flaschen. Opa trank zu allen Anlässen, auch zu nichtigen. Und wenn er erst zu trinken angefangen hatte, war er außerstande, aufzuhören. Er konnte das Trinken nicht wie andere beenden, es war ihm nach dem ersten Glas einfach nicht möglich, es bei diesem zu belassen. Fast immer wurden Exzesse daraus.

Blackouts und Alkoholvergiftungen waren die schrecklichen Folgen.

Hinzu kam, dass er heimlich trank und glaubte, es würde keiner merken. Sein Weinkonsum nahm immer größere Ausmaße an. Wer ihn auf seine Fahne ansprach, bekam zu hören, dass er Kräuterpastillen lutschen müsse, zur Pflege der angegriffenen Stimme.

Was für ein Unsinn!

Sogar auf der Bühne erschien er eines Abends besoffen, und der verstolperte »Herzog von Cardigan« war nicht improvisiert, wie das amüsierte Publikum glaubte. Es waren die Promille, die ihn mehr und mehr zum Popanz machten.

Obwohl mein Opa längst nicht mehr zu beneiden war, spukten ein paar intrigante Figuren um ihn herum, Pharisäer, die den Entgleisten grausam verhöhnten. Der Fiesheit Gipfel war, dass man ihm kurz vor dem Auftritt ein Gesöff gegen Lampenfieber reichte, und der verdammte Narr trank es, weil er nicht imstande war zu widerstehen. Die Gutmenschen amüsierten sich diabolisch, wenn mein Opa seinen Text nicht mehr auf die Reihe brachte. Und so verkam seine Komödiantenkarriere zur Farce, zum peinlichen Versteckspiel, was den Weinkonsum noch weiter steigerte.

Die Alkoholkrankheit hatte ihn bald fest im Griff.

Wir machten uns große Sorgen, und im Theater war man ratlos, machtlos und bald auch böse, sehr böse sogar. Für das Theater war er zum Risikofaktor geworden. Ein labiler Mime war nicht zu gebrauchen. Das Ende seiner Laufbahn war nur noch eine Frage der Zeit.

Mein Opa brauchte dringend professionelle Hilfe.

Erst nach der zweiten donnernden Abmahnung bröckelte sein

Widerstand allmählich. Für das Theater war er zur Belastung geworden, aber auch für sich selbst.

Eine Therapie könnte die Misere vielleicht beenden, ließ man ihn unmissverständlich wissen, er möge sich dafür entscheiden, und zwar unverzüglich.

Widerwillig begab er sich in eine »Klinik für Suchttherapie«, als Privatpatient, von der Krankenkasse bezuschusst. Der Klinik im Harz, bei Braunlage, sagte man einen sehr guten Ruf nach, was sich bestätigen sollte.

Im Grunde, so die erste Diagnose, habe er nur einen winzigen Strickfehler in seiner DNA.

»Ich bin ein abhängiger Säufer«, wagte mein Opa vehement zu widersprechen, weil er sich unglücklich fühlte und miserabel.

Nein, dozierten die Ärzte, man müsse seine genetischen Anlagen nicht zwangsweise hinnehmen. Man könne sie quasi umerziehen, wenn man erkannt habe, dass sie schädlich sind. Philip Conradis Trinkverhalten habe höchstwahrscheinlich genetische Ursachen. Eine Laune der Natur, wenn er so wolle. Abhilfe sei möglich und dringend nötig.

Wenn er sich von seinem Trinkzwang lösen wolle, müsse er sich ohne Wenn und Aber auf die Therapie einlassen. Er müsse den Therapeuten vertrauen, vor allem aber sich selbst.

»Ich habe mich darauf eingelassen und allem zugestimmt. Hatte ich denn eine andere Wahl?«

Und so lernte der geschasste Mittvierziger, dass er Alkohol nicht vertrug. Dass seine Unverträglichkeit genetisch bedingt und hauptursächlich für seine heutige Misere sei.

»Sorgt euch nicht, die Zeit des Saufens ist passé, für immer vorbei!«, erklärte er nach dem Ende der Therapie. Aber wer sollte und mochte ihm das glauben?

Ich! Conrad Conradi.

Nichts konnte meinen Opa je wieder zum Trinken bewegen. Er

blieb für den Rest seines Lebens clean. Nein, er verurteilte nicht, wenn gefeiert und gezecht wurde. Nie verurteilte er Leute, wenn sie mehr tranken, als ihnen guttat, und davon gab es viele.

An privaten Feiern und Theaterpremieren nahm er regelmäßig und gern teil. Das ihm gereichte Sektglas lehnte er höflich ab oder ließ es einfach stehen.

»Alkoholische Getränke haben jahrtausendalten Kultstatus, durchaus auch positiven, warum sollte ich das ändern wollen?« Die Entscheidung zur Abstinenz habe er nur für sich persönlich getroffen, sagte mein Opa all denen, die es hören wollten.

Auch über seine Neider am Theater brach er nie den Stab. Die versuchten, den »Phönix aus der Asche« in die eine und andere Falle zu locken. Aber davon ließ er sich nicht beeindrucken, was sich nach und nach herumsprach.

»Wenn dein Erfolg zu groß wird oder umgekehrt nachlässt, rückt die Flasche immer näher, nicht nur in der Künstlerszene«, sagte mein Opa zuweilen.

Mit frisch gestyltem Image gelang es ihm, seine alte Karriere neu zu beleben. Er gewann das Vertrauen des Intendanten zurück, und auch das Ensemble schätzte ihn wieder. Obendrein erhielt er den »The Art of Comic«-Preis und bekam sehr gute Kritiken von der Presse. Das Publikum kam seinetwegen, und das war allemal auch gut fürs Theater.

Natürlich existierten die einstigen Neider und Schleimer noch, aber die hielten sich bedeckt, es fehlte ihnen an Munition. Stattdessen suchte man seine Gunst, einige krochen ihm fast in den Hintern.

Rache nehmen?!

Nein, für Rache war Philip Conradi nicht zu haben. Im Gegenteil.

»Ich schulde meinen Gegnern Dank«, sagte er. »Sie waren es doch, die mir mein Trinkproblem erst bewusst gemacht haben. Ich habe allen Grund, einigen von ihnen dankbar zu sein.«

So richtig Fahrt kam auf, als auch befreundete Theater Interesse an seiner komödiantischen Begabung zeigten. Die Pflicht- und Gastrollen waren kalendarisch kaum noch unterzubringen. Sogar Hauptrollen waren dabei: Zuckmayers »Schinderhannes« und Samuel Becketts »Warten auf Godot«, wo Opa den »Estragon« spielte.

Der reanimierte Komödiant zeigte allen, was er noch draufhatte.

Bei den Premieren in Dresden und Berlin saßen wir exklusiv in der Ehrenloge. Es war nicht zu glauben, dass der agile Mann da unten auf den Brettern unser aller Phillip, mein fantastischer Opa war.

»Hey Conrad, gepennt wird zu Hause!«, donnerte Walter und riss mich rüde aus meinen Träumen.

Schluss!

Das Kopfkino war aus, die Déjà-vus waren wie abgeschaltet.

Walter war zurück. Er strahlte, wie Sieger strahlen. Die Mundwinkel reichten ihm bis an die Ohren.

»Wo hast du gesteckt? Wie lange habe ich gedöst?«

»War mit Jennifer Eistee trinken. Echt heiße Frau!«, schwärmte er. »Sie war sauer, dass man ihren Lift gecancelt hat.«

Ich kannte Jennifer nur flüchtig – alleinerziehende Mutter. Ihr Baby trug sie meist in einem Bauchbeutel herum, wie die Kängurus das machen.

Dass bereits gebuchte Lifts gecancelt wurden, kam öfter vor. Jeden konnte es erwischen, alles Mögliche konnte der Grund sein.

»Explosionen!«

Es knallte mehrmals hintereinander. Alle rissen die Köpfe rum. Beim Nordpfeil schien ein Flugzeugmotor zu verrecken. Aus der Cowling der »Piper 28« quoll Rauch. Ein hektischer Mann, wohl der Pilot, fotografierte das Malheur. Der nostalgische Löschwagen näherte sich mit Blaulicht und Sirenenjaulen, zwei behelmte Männer liefen nebenher.

Bei Feueralarm ist das Herumlaufen auf Flugplätzen verboten. Jeder muss den Brandsektor auf kürzestem Weg verlassen. Allein die Feuerwehr ist autorisiert, Weisungen zu geben. Erste Lektion im Lernfach »Verhalten in besonderen Fällen«.

Als einer der Männer die Cowling öffnete, kam nur noch dünner Dampf heraus. Dann wurde die betagte Piper abgeschleppt, weit weg in Richtung der Hangars.

Die Zeiger der Turmuhr hatten Armlänge, man konnte die Uhrzeit noch aus großer Entfernung lesen: 12:12 Uhr.

Mein Körpergeruch lockte eine Höllenbande Stechfliegen an, aber die sind beim Akt des Blutsaugens leicht zu erwischen.

Durst.

Walter hatte uns kaltes Wasser mitgebracht. Meine Flasche war im Nu geleert, mit den letzten Tropfen putzte ich meine Brillengläser.

Walter zündete sich ein Zigarillo an und wählte eine Nummer auf dem Handy.

Ich fühlte mich trotz der gefühlten 30 Grad entspannt. Auch Walter war gut drauf. Er telefonierte. Das Handysyndrom war eine seiner Hauptbeschäftigungen.

Unsere Blicke trafen sich flüchtig, aber einvernehmlich. Wir mussten uns jetzt ernsthaft um unseren Lift kümmern.

Gero

Nur ein paar Schritte weiter hatte Gero Platte gemacht, allein. Wie alle Springer horchte er gespannt auf die Lautsprecheransagen.

Gero machte oft einen grüblerischen Eindruck.

Unsere erste Begegnung war vor drei Wochen. Gleich bei der Anmeldung zum Anfängerkurs stimmte unsere Chemie überein. Anschließend saßen wir fast zwei Stunden im Café und redeten angenehm über Gott und die Welt.

Er sei studierter Flugzeugingenieur und arbeite im Airbus-Konzern in Hamburg-Finkenwerder. Über betriebliche Interna dürfe er explizit nicht sprechen. Verstöße könnten ihn den Job kosten. Also plauderten wir erst mal locker über Belangloses. Gemeinsame Begeisterung für asiatische Kampfkünste kam zutage: Kung-Fu, Tai-Chi und Sumo.

Bald darauf, bei einem unserer Waldläufe, wurde es vertraulicher. Wir kamen beide aus frisch zerbrochenen Beziehungen, wohl der Hauptgrund, weshalb wir hier waren. Wir wollten Schiefgelaufenes mit neuen Inhalten füllen. Einfach mal etwas ganz anderes tun.

Wir fanden, dass Probleme sich halbieren, wenn man sie bespricht, und dass Glück sich vermehrt, wenn man es mit anderen teilt.

Beim ersten Waldlauf, der über einen rustikalen Trimm-Dich-Pfad führte, erzählte Gero mir von seinem »Tsunami«, wie er es nannte.

»Wer A sagt, muss nicht unbedingt B sagen. Er kann auch erkennen, dass A falsch ist.«

Das Brecht-Zitat liebe und hasse er, weil es mit Konsequenzen und Ungemach jongliert. Am zweiten Trimmgerät, dem Balance-Balken, wurde er deutlicher.

Fast ein Jahr war er bereits von seiner Familie getrennt. Seine beiden Kinder vermisste er wahnsinnig. Seine Noch-Ehefrau auch, obwohl sie den Tsunami ausgelöst hatte.

Er sei damals fast durchgedreht, ließ Gero raus, während wir die Trimmgeräte, eines nach dem andern, abturnten.

Wir ließen uns Zeit dabei, weil er emotional zu entgleisen drohte. Seine Tsunami-Geschichte ist mir so in Erinnerung geblieben:

Gero und Anna waren wohlbehütet in gutbürgerlichen Familien aufgewachsen. Sie hatten ihre Kindheit in Lauenburg verbracht, einer mittelalterlichen Kleinstadt am östlichen Elbufer, 30 Kilometer südlich von Hamburg. Von hier wollten sie, wie ihre Eltern, niemals weg.

Anna war als Kind ein hübsches, lustiges Mädchen. In der Schule gaben die Jungs für ihre Gunst alles. Tage ohne Liebesbriefchen waren selten. Oft wurde sie zu Geburtstagen eingeladen.

Später, am Gymnasium, ging es mit ihrer Beliebtheit weiter. Kleine Geschenke, Kinokarten, Naschereien bis hin zu »Billy Boys«.

Männliche Schüler zupften gern an ihren langen Zöpfen herum, aus Jux, dem Balzverhalten geschuldet.

Einmal führte das zum rabiaten Bolzen, erinnerte sich Gero. Mitten auf der Treppe zum Odeon-Kino, dem einzigen in Lauenburg, war das passiert.

Florian aus der Achten hatte wieder einmal Annas Zopfspangen geöffnet. Er hielt ihr die Dinger provozierend vor die Nase und machte auf Platzhirsch.

Da stellte sich Gero vor Anna, den Rest besorgten die Fäuste.

Florian unterlag, was keiner der johlenden Teenies erwartet hatte, am wenigsten Gero selbst.

Seit dieser Heldentat war Gero zu Annas Beschützer und Freund mutiert.

Mit 19 machte Anna das Abitur. Ihr Wunschtraum war ein Tiermedizinstudium an der Freien Universität Berlin. Doch der Numerus Clausus war leider unerreichbar für sie. In Hamburg hatte sie mehr Glück, sie bekam dort einen Platz für ein Architekturstudium. Nach drei Semestern musste sie allerdings abbrechen, weil Anna-Katrin unterwegs war. Mit 23 heiratete sie den Vater des Mädchens, Gero König. Julius kam ein Jahr nach Anna-Katrin auf die Welt.

Das Studium wollte sie später unbedingt wieder aufnehmen, auch ihr Mann Gero legte Wert darauf, dass sie eine solide Ausbildung hatte. Dass daraus nichts wurde, habe Anna, so Gero, nie richtig verkraftet.

Bei der dritten Schwangerschaft kam es zum Abbruch. Gynäkologen diagnostizierten eine seltene Hormonstörung. Sie könnte aber weitere Kinder bekommen, sagten die Ärzte, vielleicht in zwei oder drei Jahren.

Gero waren zwei mopsfidele Kinder genug, Anna im Grunde auch, und dabei ist es dann geblieben.

Nach der Fehlgeburt nahm Anna an Gewicht und Umfang enorm zu. Schicke, moderne Kleidung passte ihr nicht mehr. Die heißgeliebten Jeans kniffen ihr die Schenkel blau, und die zarten Spitzen-BHs hinterließen rote Striemen auf der Haut.

Ihre Kleidergröße war nur in speziellen Läden erhältlich, und das auch nur in langweiligen Farben. So musste die zunehmend Unglückliche hässliche Kartoffelsäcke und darunter unangenehme Korsagen tragen.

Den Ärzten zufolge vertrug sie das Hormonpräparat nicht. Es wurde gewechselt, doch das Übel blieb. Gero betonte vehement, seine Frau auch mollig geliebt zu haben.

Seinen Job übte Gero wie eine Berufung aus. Seine Vorgesetzten vertrauten ihm und schätzten ihn als Lieferanten findiger Ideen.

Sein Team war für aerodynamische Optimierung von Heckleitwerken zuständig, wozu sensible Tests neuer Materialien gehörten.

»Nichts im Flugzeugbau ist endgültig. Alles muss wieder neu auf den Prüfstand und weiter optimiert werden«, stellte Gero klar.

Seit seiner Beförderung zum Abteilungsleiter verdiente er ausgesprochen gut. »Ich konnte meine Familie mühelos versorgen und sogar Geld für Urlaubsreisen und die Hobbys unserer Kids zurücklegen.«

Er machte seinen Job mit ingenieurtechnischer Leidenschaft, und wenn ihm spontane Ideen kamen, tüftle er auch nachts am PC. Wahrscheinlich, so Gero, war er durch etwas zu viel Ehrgeiz, ohne es zu merken, zum Workaholic geworden.

Anna liebte ihre Rolle als clevere Hausmanagerin und Mutter. Ihre Großmutter hatte sie einst in die Kunst der Kräuterkunde eingeführt, die sie eifrig weiterpraktizierte. Es kam vor, dass Nachbarn klingelten, wenn wieder einmal exotische Düfte durchs Treppenhaus zogen.

»Na, was gibt's denn heute Schönes zu essen, liebe Frau König?«

Die Miete der relativ großen Dienstwohnung war super günstig, alles lief rund und passte. Kaum nennenswerte Probleme in der Schule. Sie waren die Vorzeigefamilie schlechthin.

Anna-Katrin machte Judo und hatte den gelben Gürtel bekommen. Julius war leidenschaftlicher Fußball-Torwart. Zu seinen großen Vorbildern gehörte Matchwinner Oliver Kahn.

Gero erzählte hastig weiter, als lese er mir aus der Zeitung vor. In den Schulferien sollte es diesmal in die Türkei gehen, per Flugzeug nach Antalya. Dann mit dem Mietwagen weiter nach Beleck, wo sie im Hotel »Oktopus« »all-inclusive« testen wollten.

14 Tage Sonne pur und baden im Mittelmeer, da kam schon Monate vorher Freude auf. Auf der Agenda stand neben der Erkundung von Land und Leuten die eine oder andere Tour im Taurusgebirge an. Als Kulturhighlight sollte das antike Theater

von Aspendos besucht werden – und mindestens einmal der Basar in Alanja.

»In diese Vorfreude hinein platzte dann der Tsunami«, sagte Gero. Der Ton seiner Stimme wurde seltsam dünn. Am Reck hielt er nach zwölf Klimmzügen inne und rang, den Tränen nahe, nach Worten.

Ich unterbrach ihn jetzt besser nicht.

Wir schwitzten, weil wir von 18 Trimmgeräten schon zwölf geturnt hatten, und das ausgiebig. An der 13, einem Stufenbarren, hörte ich dann von dem eigentlichen Tsunami.

»Also«, begann Gero, »ich bin so eine Art Schnäppchenjäger, der Sonntagfrüh gern über die Flohmärkte der Umgebung streift. Das ist nicht nur entspannend, manchmal finde ich auch Kurioses für wenig Geld. An jenem Sonntagmorgen, den ich nie vergessen werde, war der Flohmarkt in Lüneburg dran. Anna und den Kindern musste ich versprechen, rechtzeitig zum Mittagessen zurück zu sein. Für die Kids sollte ich nach Comic-Heften schauen, die sie sammelten. Bei einem der Markttrödler sah ich sie dann, die roten High Heels. Sie lagen auf dem Tisch inmitten von anderem Trödelkram; zehn Euro sollten sie kosten. Kein Zweifel, das waren eindeutig Annas Schuhe. Ich erkannte sie am Korallenrot und an den Fehlnähten. Wegen der Fehlnähte haben wir damals im Schuhladen 20 Prozent Rabatt bekommen. Anna hatte die High Heels schon lange nicht mehr getragen. Sie besaß Dutzende Schuhe, deshalb war mir das nicht aufgefallen.

›Woher haben Sie diese Pumps?‹, fragte ich den Zigarette rauchenden Mann und nahm sie prüfend in die Hand. Der Trödler schien sichtlich überrascht. Paffend behauptete er, sie am Elbufer gefunden zu haben – zwischen Lauenburg und Geesthacht. Dorthin gehe er zum Angeln; morgens von sieben bis neun, dann würden die Fische am besten beißen …

›Was haben diese Schuhe mit Ihrer Angelei zu tun?‹

Der Trödler, völlig perplex, qualmte wie besessen. Er drehte sich verunsichert ab, hoffend, so den lästigen Frager loszuwerden.

›Nun reden Sie schon, Mann!‹

Der schmuddelige Trödler schien zu merken, dass Zoff drohte. Er wägte kurz ab, hielt es aber für besser, der Aufforderung zu folgen.

›Also‹, begann er sich umständlich windend. ›Also nah bei unserer Angelstelle stand oft ein roter Lada. Morgens, zwischen acht und neun; immer an derselben Stelle, unten am Elbufer, von Weidenbüschen verdeckt.‹

›Na und? Reden Sie weiter Mann!‹

›Der Lada wippte auffällig, es war klar, was in der Kiste abgeht. Mein Kumpel und ich haben einen Stiernacken und eine dicke Frau beobachtet.‹ Er beschrieb einen Bogen über den Bauch und blähte dazu die Backen.

›Und weiter?‹

›Nix weiter‹, log der rauchende Bastard.

Er schien zu begreifen, dass er aus der Nummer nicht mehr rauskam. Mit dreckigen Nikotinfingern zündete er sich die nächste Lulle an. Dann wandte er sich beflissen der Dame zu, die sich für den geflochtenen Bastkorb interessierte.

Als sie den Preis hörte, ging sie wortlos weiter.

›Ein letztes Mal‹, drohte ich dem Trödler, ›wie sind Sie an die Pumps meiner Frau gekommen?‹

Der Trödler zuckte zusammen. Dann entschied er sich zu reden, hoffend, mich danach loszuwerden.

Letzten Sommer sei das gewesen, sagte der Händler. Er und sein Kumpel hätten, nur so aus Jux, ans Autodach geklopft, weil die rote Kiste wieder so gehüpft sei. Die Insassen hätten sie nicht genau erkannt, weil die Scheiben von innen beschlagen gewesen waren.

›Und weiter?!‹

›Nach einer Weile hörte das Wippen auf, der Wagen kam zur

Ruhe. Wir traten ein paar Meter zurück, um schnell abhauen zu können, falls die Typen da drinnen keinen Spaß vertragen.

Dann ging der Motor an und der Lada fuhr davon.‹

›Und was weiter?‹

›Am Steuer saß so ein Stiernacken und beim Wegfahren rieb die Frau hastig die beschlagenen Autoscheiben frei …‹

›Und weiter?‹

›Dann ist der Wagen den Deich rauf und in Richtung Stadt gefahren.‹

›Weiter, alter Mann, lassen Sie sich nicht jede Silbe aus der Nase ziehen!‹

›Zurück im Gras blieben diese Pumps.‹ Der Trödler deutete mit den Fingern darauf. ›Ich habe sie aufgehoben und einfach nur mitgenommen …‹

Was der qualmende Halunke da erzählte, konnte ich zuerst nicht glauben«, sagte Gero. »Nie und nimmer konnte das wahr sein. Aber die korallenroten High Heels gehörten eindeutig meiner Frau.

Der eben noch zugeknöpfte Kerl hat dann wie aufgedreht drauflos geplappert. Es sei immer dasselbe Auto gewesen. Nach einer Stunde sei es wieder weggefahren. Sie hätten sich lange nicht um das Wackelauto geschert, nur dieses eine Mal … den ganzen Sommer sei das so gelaufen, jeden zweiten Tag, das erinnere er genau.

›Manchmal‹, sagte er grienend, ›haben wir den roten Lada sogar vermisst …‹

Als der Kerl mit Reden fertig war, bekam ich Schüttelfrost. Mein Magen verkrampfte. Im Kopf schlugen Blitze ein. Herz und Puls hämmerten und drohten zu explodieren …

Was für ein Tsunami!

Der Trödler war erleichtert, als ich ging. Die zehn Euro ließ ich ihn behalten. Ich war zu keinem klaren Gedanken mehr fähig, war komplett erledigt …«

»Wow«, sagte ich nur und ließ Gero weiter erzählen.

»Auf der Heimfahrt brach das Elend über mich herein. Meine Anna muss ein Doppelleben geführt haben. Wie lange machte sie das schon? Wieso hab ich nichts bemerkt? Wer war der Stiernacken mit dem roten Lada? Ich wähnte mich in einer entgleisten Achterbahn. Meine Hände klebten am Lenkrad. Schweißperlen, dick wie Wassertropfen. Was für eine entsetzliche Scheiße! Allerlei Retros hetzten mir durchs Hirn. Anna kuschelte nicht mehr wie früher. Wie lange haben wir schon keinen Sex mehr gehabt? Selbst gute Gelegenheiten wusste sie zu vermeiden. Migräne, Periode, die Kinder und so weiter. Ohnmächtig, mit rasendem Herzen schaute ich auf die verruchten Pumps. Die Dinger auf dem Beifahrersitz konnten nichts dafür. Es waren halt nur Gegenstände, Beweise, stumme Zeugen von wer weiß wie vielen Quickies. Paradox, aber mir gefielen die schönen High Heels noch genauso gut wie damals bei der Anprobe im Schuhgeschäft.«

Zehn Aufschwünge sollte man am vorletzten Trimmgerät machen, dann weiter joggen, durch den herrlich duftenden Hochwald.

Geros Drama war noch nicht ganz zu Ende. Ihm war anzumerken, dass er etwas Ballast abwerfen musste. Er schien froh, dass ich ihn reden ließ, ohne Fragen zu stellen.

»Anna sah in den High Heels todschick aus. Doch an jenem Tag sind widerwärtige Indizien daraus geworden. Meine eben noch intakte Welt war innerhalb von Sekunden zerbrochen. Unsere Kinder! Unsere Familie! Nur noch ein eingestürztes Kartenhaus ...«

»Der nächste Brückenpfeiler gehört dir«, rief ich, aber es kam keiner mehr.

»Ich fuhr absichtlich viel zu schnell. Bis vor die Haustür brauchte ich eine halbe Stunde, für den Hinweg waren es 15 Minuten mehr gewesen. Als ich mit den korallenroten Pumps in der Türe stand, versagten Anna die Knie. Sie fasste nach der Garderobe und riss, was dran hing, mit sich runter auf den Boden. Ihr Gesicht war weiß wie Kreide.

Unsere Kinder kamen aus den Zimmern und fingen an zu weinen. Auch wenn sie die Details nicht verstanden, spürten sie doch, dass etwas Furchtbares geschehen war. Wir waren alle überfordert.

Gemeinsam halfen wir Anna hoch und bugsierten sie zu dem Korbsessel hin. Anna weinte entsetzlich. Ich war fix und fertig. Die Kinder waren schockiert, das Mittagessen fiel aus.

Anna stritt nichts ab. Ich warf die Pumps auf den Boden, diese Mistdinger, die alles an den Tag gebracht hatten. Das Heulen nahm kein Ende. Die Kinder schickten wir schließlich runter auf den Spielplatz.

Sie habe geahnt, dass die Sache mit Justus eines Tages böse enden würde, schluchzte sie. Justus?! Der stiernackige Sexprotz mit dem roten Lada hieß also Justus. Den Namen hatte Anna noch nie zuvor erwähnt. Sie kenne ihn vom Studium, von damals in Hamburg. Sie seien sich zufällig in der Mönckebergstraße begegnet, hätten sich in ein Straßencafé gesetzt, über alte Zeiten geplaudert, alles Weitere hätte sich dann ergeben … Auch Justus sei verheiratet und betrüge seine Partnerin. Eigentlich sollte nach dem ersten Date Schluss sein. Aber der heimliche Autosex sei für beide zur Sucht geworden. Kein Herz dabei und keine Liebe, nein! Ihnen sei es nur um Befriedigung von Lust gegangen …«

Gero rang um Fassung, erzählte aber weiter, während ich brav die Klappe hielt.

»Wenn ich zur Arbeit fuhr«, so Gero, »chauffierte Anna die Kinder zum ZOB. War der Schulbus außer Sichtweite, stieg sie um in den verhurten Lada – und dann nix wie hin zum Elbufer … Wenn sie mit Knattern fertig waren, brachte Justus Anna zurück zum ZOB und ging ins Postamt zum Dienst. Anna setzte sich in ihren Peugeot und fuhr nach Hause, als sei nichts gewesen.«

Wir waren am Waldrand angekommen, dem Ende des Trimm-Dich-Pfads. Gero tupfte sich die Augen. Ich wagte die Frage, was denn aus alledem geworden sei.

»Ein Asteroid hat uns getroffen, einfach nur schrecklich!

Ich mochte nicht mehr mit Anna zusammen sein, bin zu einem Freund gezogen. Die Kinder haben mich dort besucht. Sie waren traumatisiert und wollten, weil sie sich für ihre Mama schämten, nicht mehr in die Schule gehen. Sie wollten auch nicht mehr mit ihrer Mama am Tisch sitzen. ›Eine total beschissene Familie sind wir! Eigentlich sind wir asozial und gar keine Familie mehr!‹, protestierte Anna-Katrin. Und Julius kam erst nach Haus, wenn's draußen dunkel wurde … Die Sonne war erloschen! Von einen auf den anderen Tag, wenn du verstehst, was ich meine, Conrad.«

Gero tat mir leid. Aber mehr, als ihm zuzuhören, konnte ich nicht tun.

»Aus dem Türkeiurlaub wurde nichts«, sagte er. »Die Kinder sind mit ihren Vereinen ins Zeltlager gefahren. Ich hab ein paar Tage blau gemacht und beinah meinen Job riskiert. Die anschließende Grübelei hat mich fertiggemacht, bis auf den Grund der Seele ausgelutscht. Schließlich habe ich mich meinen Vorgesetzten anvertraut und musste, auf deren Ersuchen, den psychologischen Dienst des Konzerns aufsuchen.

›Sie müssen selbst entscheiden, Herr König‹, ließ man mich wissen. Ich möge das Ganze doch etwas lockerer sehen und an meine Zukunft im Konzern denken. Im Übrigen heile die Zeit bekanntlich alle Wunden … Blablabla …

Was ist falsch und was ist richtig? Mit Anne unter einem Dach zu leben war für mich unerträglich geworden. Bei meinem Freund auf der Couch konnte ich aber auch nicht ewig bleiben. Eine Lösung, eine Übereinkunft musste her, aber wie sollte die gestrickt sein?

Der Gedanke, auszuziehen, ging mir gewaltig gegen den Strich. Hab's dennoch gemacht, bin in eine kleine Mietwohnung gezogen. Die Kinder sind bei ihrer Mutter geblieben. Sie waren dort, trotz allem, in guten Händen. Nach unzähligen Grübelnächten hat es mich schweren Herzens zum Advokaten gezogen …«

»Scheidung?«, erlaubte ich mir zu fragen. Gero nickte, er sah schrecklich betrübt aus.

»Wir alle machen Fehler«, sagte ich. »Nichts und niemand ist perfekt. Aus unseren Patzern können wir 'ne Menge lernen. Vielleicht ist eure Beziehung ja wieder heilbar …«

Gero wich der Frage aus. Annas Verrat war für ihn unverzeihlich. In schlaflosen Nächten habe er immer wieder den hopsenden Lada vor Augen gehabt. Er könne nicht verkraften, dass seine geliebte Frau sich diesem Mistbock hingegeben hatte. Seine gute Anna, nur ein billiges Flittchen … Er hatte sich dann für die Trennung entschieden, schließlich trug allein Anna die Verantwortung für das Scheitern der Beziehung.

»Sie wird es längst bereut haben«, wagte ich einen letzten Versuch.

»Mag sein, aber es war ja kein Ausrutscher. Meine Frau hat ihre Familie gnadenlos hintergangen. Das Vertrauen ist hin; der Scheidungstermin ist in vier Wochen.«

»Mein Gott, Gero!«

Ich drückte ihn freundschaftlich an mich, was er gerne zuließ.

Seine intime Tragödie war eben zurückgekehrt. Die Giftpfeile der Demütigung steckten noch schmerzend tief in seinem Herzen.

Später, als der Dampf abgelassen war, stießen wir im Blockhaus mit frisch gezapftem Hefeweizen an. Die anderen Azubis warteten bereits auf uns. Wie immer wurde in der Runde eine Menge Bullshit geredet und sehr, sehr viel gelacht.

Ob es ein Happy End mit Anna und der Familie König gab?

Keine Ahnung. Gero ließ sich nach der Scheidung vom Konzern nach Singapur versetzen.

Der Nordpfeil

13:10 Uhr. Flaute. Hitze. Tote Hose im Windsack. Marokko in der Arena von Hartenholm, zumindest klimatisch.

Vom Himmel regnete es Fallschirme. Sie fielen aber nicht, wie Regen fällt, sie taumelten, purzelten in Spiralen, in Schleifen, sie kreisten frei in weiten oder engen Ellipsen der Erde entgegen.

Im Halbstundentakt landeten die Pulks auf dem Vorfeld. Manchmal kleine Teams, meistens um die 20 Gleiter pro Pulk.

Beim Anflug konnte man die Textilien flattern hören wie Fahnen bei Sturm. Manchmal waren Gesichter im Landeanflug erkennbar. Die Anfänger erkannte man am Jubeln und Johlen und wenn sie beim Kurven übertreiben – adrenalingesteuert.

Den Profis ging's eher nicht ums Gackern. Die übten mit Bedacht und Hingabe an ihrer Routine, an Stilverbesserung und Präzision.

Den schubweise landenden Tandems eilten »Fänger« entgegen; trotzdem ließen sich verstauchte Haxen nicht vermeiden.

Der Sprungbetrieb rotierte um diese Zeit bereits am Limit. Ein Lift folgte dem anderen, bis zum Sonnenuntergang. Der Clubkasse tat das gut, auch die Gastronomie lief im Hochbetrieb.

Bevor die Gleiter landeten, kamen die Absetzflugzeuge runter; Zeit für die Piloten zum Tanken und für die Sicherheitschecks.

An Wonnetagen wie heute ist in Hartenholm immer volles Haus. Luftzirkus schauen ist trendy. Nicht nur, weil's nix kostet, auch weil alles echt ist. Grandiose Liveshows zum Anfassen und Mitmachen.

Nein, das Röhren der Motoren wird nicht als »Krach« verunglimpft, es gehört dazu wie Musik zum Tanzen. Das geübte Gehör vermag sogar zu deuten, welche Motorenmelodie zu welcher Maschine gehört; der Dopplereffekt ist hier hautnah erlebbar.

Der Grund und Boden und alle Flugplatzeinrichtungen gehören der Betreibergesellschaft, einer anonymen Investorengruppe.

Den Springern ist das piepe. Den Pächtern und Mietern ganz

und gar nicht, sie klagen über ständig wachsende Mieten. »Gebührenanpassung« lautet dafür das neudeutsche Unwort.

Optisch ähnelt das neue Blockhaus einem Outback-Hotel. Der abgerissenen Hütte trauert niemand mehr nach.

Die Blockhausgastronomie hat einen guten Ruf, ebenso der Biergarten mit Sicht auf den Luftzirkus. Ferngläser können beim Service ausgeliehen werden, für fünf Euro am Tag.

Das Interieur ist rustikal designt, in den Räumen viel Tageslicht und Zwecktreue. Die Sanitäreinrichtung ist vorbildlich, wie auch der Schlaftrakt für auswärtige Clubs. Sahnestück ist die Muckibude mit finnischer Sauna plus Separee zum Entschleunigen.

Das neue Ambiente samt zwei Mini-Shops kommt beim Publikum an, so wie es sich die Planer vorgestellt hatten.

Kati und zwei Kolleginnen pflügten mit beladenen Tabletts durch den Parcours der großen Terrasse. Kati jobbte hier als Aushilfskellnerin. Tatsächlich war sie studierte Sängerin und Schauspielerin. Wenn sie hier kellnerte, hatte sie gerade kein Engagement. Die Konkurrenz sei erdrückend, und gute Rollen seien begehrt und deshalb rar, besonders gut bezahlte. Die meisten Schauspieler lebten von der Hand in den Mund, sagte sie. Viele kämen nur mit Nebenjobs über die Runden. Das Publikum erfahre von den Schattenseiten ihres Berufs kaum etwas: »Intrigen, Kungeleien, Gerüchte. Wer treibt es grad mit wem und all die dekadenten Angebereien und Verlogenheiten.«

Dennoch liebe sie ihren Beruf. Aber der müsse einen auch lieben, scherzte sie gern. Sie halte nichts von Staralüren und krieche niemandem in den Hintern, was immer ihr als Köder versprochen werde. Aber gute Kontakte seien am Theater existenzrelevant.

Leider durfte ich sie auf der Bühne noch nicht erleben, musste ihr aber versprechen zu kommen, sobald sie die passende Rolle hatte.

Das Angebot als Chefkellnerin hatte sie dankend abgelehnt, was ihr von allen Seiten Respekt eintrug.

Wer sie blöd anbaggerte, wurde treffsicher und cool entwaffnet. Für die Blockhausgastronomie war diese Frau ein echter Glücksfall.

»Was darf's denn heute sein, Conrad?«

»Cappuccino und Asteroidensaft, bitte!«

Blitzschnell tippte sie die Bestellung ins funkgesteuerte Manual ein.

»Bin in einer Minute zurück.«

»Alles klar, in einer Minute ... sonst halber Preis, okay?«

Das war ihr keine Antwort wert.

Walter kam und setzte sich zu mir auf die Terrasse. Er hatte sich den »Exit« bestellt, einen Mix aus Darjeeling-Tea, Fliederbeerensaft und Soda. Der alkoholfreie Longdrink war zum Renner mutiert, weil man ihn heiß oder mit Eiswürfeln haben konnte, auch als Take-away.

Die drei Bikerinnen stellten ihre Rennräder in Sichtweite ab. Walter winkte sie heran, als kenne er sie, und »peng« saßen sie bei uns am Tisch. Der Coup ginge auf ihn, grinste er siegesbewusst.

Walter war wieder solo. Seine Beziehungskiste war alles andere als witzig. Wir werden sie an anderer Stelle erzählen.

Die drei Amazonen, es waren Eliza, Beate und Corinna, nahmen ihre Helme ab und legten sie neben sich auf die Sitzbank.

Sie waren 40 Kilometer durch die Feldmark geheizt, etwa zwei Stunden – ohne Pannen und Pausen. Beate und Eliza waren hier im Blockhaus mit ihren Partnern verabredet. Die aber schmorten nach letzten Infos noch immer auf der A7 im Stau ...

»Oje, das kann 'ne ganze Weile dauern«, gab Walter zu bedenken. Der Filou hatte es eindeutig auf Corinna abgesehen, was ihr zu gefallen schien.

Als das Trio vom Erfrischungsgang zurückkam, brachte Kati das bestellte flammende Rechaud samt XXL-Pfanne. Darin köchelten frische Gemüsesorten und Reis sowie ein Mix aus Muscheln, Fisch- und Krabbenfleisch – eine kulinarische Kampfansage.

»So, ihr Lieben«, rief Kati, »nun wünscht Klaus Störtebeker euch guten Appetit!«

»Der berühmt-berüchtigte Pirat?«

»Genau der«, bestätigte sie. Die nordfriesische Fischpfanne gehe traditionell auf den später enthaupteten Piraten zurück.

Diese maritime Einleitung war das Startsignal für fünf gut gelaunte, hungrige Esser. Als die Stimmung auf dem Höhepunkt war und das fröhliche Gabelgemetzel sich dem Ende neigte, kamen zwei genervte Rüden angetrottet, die Ehemänner von Beate und Eliza.

Ohne Gruß schnappten sie sich die Rennräder und luden sie auf den Pickup, mit dem sie eben gekommen waren; die Frauen tippelten lustlos hinter ihnen her.

»Was für Blödmänner«, raunzte Walter. Ich gab ihm recht; mehr war dem nicht hinzuzufügen.

Kati kam mit der Rechnung und grinste vielsagend. Wahrscheinlich hatte sie den Auftritt der Machos beobachtet und Mitleid mit uns.

Walter wollte alles allein bezahlen.

»Gut«, sagte ich, »meinetwegen, es war ja dein Coup …«

Kati bedankte sich für das opulente Trinkgeld mit einem bühnenreifen Knicks. »Viel Spaß später beim Springen, man sieht sich!«

Höchste Zeit, dass wir uns im Springerforum blicken ließen.

Zurück blieb Corinnas Witz von der »sprechenden Waage«. Walter meinte, ihn mir gleich noch mal erzählen zu müssen: »Das neue Schuhgeschäft hat draußen vor der Tür eine Waage platziert, als Köder für die Laufkundschaft. Eine dicke Frau kommt des Wegs, und die Waage tönt: ›Prüfe dein Gewicht, ich bin eine sprechende Waage.‹ Die Matrone stellt sich auf den Wiegeteller und wartet ab, was passiert. Es rattert, ein rotes Lämpchen blinkt, dann spricht die Waage: ›Bitte nur einzeln die Waage betreten!‹«

»Ha. Ha. Ha. Soll ich jetzt etwa lachen?«

»Okay, blöder Witz«, sagte Walter, »aber alle Witze sind blöd, sonst wären es ja keine.«

Im Springerforum war es ruhig.

Fabian, nach dem wir suchten, sei gerade in der Luft, meinte der nickelbebrillte Mann mit Funkgerät, der sogenannte Buchmacher.

»Wie steht's denn mit unserem Freifall?«, begehrten wir zu erfahren.

»Ihr seid vorgemerkt, aber der Lift ist noch nicht bestätigt.« Wir sollten auf die Durchsagen achten, die Entscheidung würde in Kürze fallen.

»Geduld, Männer, Geduld!«

Geduld?

Der offensichtlich überforderte Buchmacher sabbelte gleichzeitig in zwei Mobiltelefone und wandte sich mürrisch von uns ab.

Geduld sollen wir haben und abwarten ... als ob wir dafür einen Buchmacher bräuchten.

Das 500 Meter lange Vorfeld, das real eine Gras-Landebahn war, bot fast keinen Schatten. Wer auf dem Vorfeld »Platte machte« und Schatten wollte, musste sich früh etwas einfallen lassen oder, wie die meisten, die pralle Sonne mehr oder weniger tapfer ertragen.

Kinder tobten um uns herum, sie rannten ihrem ausgebüxten Hund hinterher. »Hunde sind an der Leine zu führen«, warnten mehrere Schilder, aber das scherte heute keinen, es war Sonntag und viel zu heiß.

Bei den Rundflügen boomte es kräftig.

Endlich konnte auch Tante Olga das Geburtstagsgeschenk ihrer Enkelkinder abfliegen. Eine Stunde dauert der große Rundflug über Fehmarn und die Holsteinische Schweiz. Die kurzen reichten nur bis zum Nord-Ostsee-Kanal, nach einer halben Stunde war man wieder zurück.

Die Controller von der Luftaufsicht liebten die Tage mit viel Metall in der Luft. Dann blieb das Kreuzworträtsel liegen. Stattdessen wurde mit den Piloten gefunkt, bis der Arzt kam.

Halluzinationen? Es war dieses rätselhafte Prickeln, das mich bei Stress manchmal heimsuchte. Unaufhaltsam saugte es sich vom Becken hoch bis an die Kehle, sich dagegen zu wehren war zwecklos.
 Wieso auch wehren? Es fühlte sich angenehm an, wohltuend sogar, wie Gänsehaut im Blut. Hitze und Wassermangel vielleicht? Dehydrierte ich etwa, oder waren es die ersten Adrenalinduschen?
 War doch so was von egal …

Nein, diese Lautsprecher verdienten ihren Namen eindeutig nicht. Es waren Mistdinger, die jeden nervten. Die Durchsagen fingen immer mit schnarrenden Rückkopplungen an. Mucksmäuschenstill musste es sein, wenn man etwas verstehen wollte, so wie in diesem Moment:
 »… bitte folgende Springer um ? Uhr am ? bereithalten …«
 Verbotenes Knarren, schleifendes Rauschen, Stille und so weiter.
 Was mag wohl die Botschaft gewesen sein?
 Noch einmal knirschte es kurz, dann schwiegen die Boxen, als seien sie, was viele hofften, endlich für immer krepiert.
 Aber dann erschienen ein Dutzend Overalls auf der Szene.
 Sie eilten zum Nordpfeil, wo die Absetzmaschine schon wartete.
 Sie mussten das krächzende Boxenhebräisch verstanden haben. Mir ein Rätsel. Vielleicht eine Sache von Hörgewöhnung?
 »Nordpfeil« – das meistgebrauchte Wort am Flugplatz.
 Physikalisch ist das Teil ein zusammengeschweißtes, an den Enden konisch geformtes Kreuz aus gebürstetem Niro-Stahl.
 Das zwei mal drei Meter messende Kruzifix liegt plan in einem Kiesbett, die marmorweißen Kiesel sollen angeblich aus dem Rhein stammen. Tagsüber ist es für die Luftfahrer gut erkennbar. Nachts blinken rote oder grüne Dioden himmelwärts.
 Nordpfeile sind auf den Airports der Welt Standard, hatten wir

gelernt. Sie halfen den Piloten dabei, sich zu orientieren. Orientierungshilfe ist auch beim Fallschirmsport unverzichtbar, weil Textilflieger ja nicht mal eben durchstarten können. Fallschirmpiloten haben immer nur einen einzigen Landeversuch.

Kurz vor zwei: »… folgende Springer bitte 15 Uhr am Nordpfeil bereithalten …«
O verdammt, nein. Im Nu war ich wieder hellwach.
Die Maschine sei ausgelastet. Anmeldungen und Umbuchungen könnten nicht mehr berücksichtigt werden.
Die Frauenstimme las Namen vor. Ich glaubte, meinen gehört zu haben, aber diese sägenden Rückkopplungen …
Fragende Blicke Richtung Walter.
Der bedeutete mir, dass er mit dem Manifest telefonierte, um ebendies zu klären, bis das Gespräch wegbrach.
»Verdammter Mist!«, schrie er und versuchte es erneut. Dann verschluckte er fast seinen Zigarillo. Er würgte das matschige Zeugs wieder aus und machte auf Rumpelstilzchen.
»Wir sind in der Drei-Uhr-Maschine! Bingo!«
»Wirklich?«
»Ja, echt, wir stehen verbindlich auf der Startliste!«

Eigentlich war damit kaum noch zu rechnen, weil heute extrem viel umgebucht wurde. Außerdem hatten die Teams und Formationen Vorrang vor den Anfängern …
Halleluja! Wir würden noch heute aus einem fliegenden Flugzeug jumpen und der Schwerkraft folgend erdwärts sinken. Wir würden autonom öffnen, gute hundert Sekunden frei fallen und dann, im Gleitflug, auf dem Vorfeld landen. Wahnsinn!
Beruhigend, meine zehn Pflichtsprünge waren im Sprungbuch dokumentiert und von zwei Instrukteuren bewertet worden: »Exit ok. Timing leicht verzögert. Stabil. Umsichtig. Freifallausbildung ohne Bedenken.«

Bei den Azubis musste jeder Fussel pingelig dokumentiert werden. Versicherungen verweigern bei Unfall oder Tod gern Leistungen. »Haftungsausschlussbedingungen« nennt sich das.

Die meisten Instrukteure kamen aus stinknormalen Berufen: Angestellte, Selbstständige, Freiberufler. Sie machten den Job in ihrer Freizeit, ohne Kohle, auch Lizenzerwerbe zahlten sie aus eigener Tasche.

Kursierenden Klischees zufolge waren sie eiskalte, abgezockte Hasardeure. Lernte man sie kennen, entpuppten sie sich als kluge, besonnene Lehrer, die die Ängste der Anfänger feinfühlig ermessen und virtuos zu leiten wussten.

Noch war der Job von Männern dominiert, zumindest in Europa. In den großen Springerzentren der USA waren ein Drittel der Coaches Frauen.

O nein, diese Möchtegernlehrer. Anfänger mussten sich davor in Acht nehmen. Die hielten sich für besonders witzig, indem sie Azubis als Organspender und Riesenradfahrer verunsicherten. Dabei waren gerade sie schuld daran, dass nur wenig Probanden die erste Hürde schafften, die zehn »Automaten«*. Nur fünf Prozent machten den Fallschirmsport zum regelmäßigen Hobby, obwohl es eine der schönsten und aufregendsten Nebensachen unserer Zeit ist.

* Jumps mit automatischer Öffnung werden in der Springerszene salopp »Automaten« genannt. Mindestens zehn sind für Einsteiger gesetzlich vorgeschrieben. Automatische Öffnung funktioniert, indem das mit dem Hauptschirm verbundene Zugseil an einer im Flugzeug fixierten Öse mit Karabinerhaken befestigt wird. Wenn der Springer die Maschine verlässt (Exit), wird durch sein Fall- bzw. Eigengewicht der Haupt-Fallschirm geöffnet. Ausgebildete Springer aktivieren die Öffnung selbst (pullen), dann spricht man von autonomer Öffnung.

Um drei Uhr beim Nordpfeil – Wow!

Doch Halt! Das Ding war längst nicht gebacken. Noch hockten wir auf dem Vorfeld und warteten schwitzend und nervös auf unserer Platte.

13:50 Uhr zeigte die Uhr an. Unser Countdown hatte eben erst begonnen.

Tatsächlich wurde uns erst jetzt bewusst, was da abgehen sollte. Unser Vorhaben war beileibe kein Trampolinhupf. Bist du aus der Luke raus, gibt's absolut kein Zurück.

Wir werden das schon packen, suggerierte ich mir und versuchte, gelassen zu wirken. O nein, Lampenfieber und ähnliche Zustände haben nicht nur Anfänger. Auch erfahrene Strategen sind vor dem Exit nervös, sie können es nur besser verbergen.

»Solche Zustände müsst ihr aushalten können«, hörten wir. Wirklich?! Muss man erst aus Flugzeugen hechten, um sich Mut und Coolness zu beweisen? Was ist denn überhaupt Coolness und was Mut?

Mutig finde ich die Seniorin aus der Tageszeitung, die dem Taschendieb entschlossen in die Hoden gekniffen und nach der Polizei gerufen hatte, bis der lausige Schurke die Flucht ergriffen hatte.

Nö, man muss wirklich nicht erst ganz da oben rauf und kopfüber runter ... so ähnlich sah es auch Walter.

»Bei mir wird wie immer die Neugier siegen!«, meinte er und versuchte, ein paar lästige Mücken mit der Hand davonzuwedeln.

Auch bei mir würde wohl die Neugier triumphieren. Patschpatsch, zwei der Blutsauger waren platt. Aber die lästigen Jagdflieger sind eh unbesiegbar. Stechmücken und Fliegen wird's ewig geben, und das andere Ungeziefer auch.

Dana Lora

Noch knapp drei Stunden bis zum Takeoff, falls er denn planmäßig stattfinden sollte. Schlauchendes Warten. Ausharren bei 30 Grad unter freiem Himmel.

Was hatten die Instrukteure gesagt?

»Kein anderes Hobby verlangt mehr von dir, und keins gibt dir mehr zurück. Allerdings musst du ganz viel richtig machen. Fallschirmsport ist etwas Grandioses, das ihr euer Leben lang nicht vergessen werdet. Euch erwartet das Coolste und Geilste, das unsere Zeit zu bieten hat. Glückspilze seid ihr! Obendrein seid ihr super drauf. Ihr werdet es locker bringen.«

Ermutigende Worte der taffen Instrukteure für die Anfänger.

Doch eine Stunde vor dem »Go« erreichte uns das nur bedingt, wir waren hypernervös.

Die Instrukteure schwärmten davon, dass der Fallschirmsport uns frei mache. »Du wirst danach ein anderer Mensch sein, für immer. Du erhältst Antworten, die deine Seele und deinen Geist erhellen. Die Angst zu überwinden befreit und erbaut den Freak wie auch den Anfänger. Nach dem ersten Freifall werdet ihr sein, wie ihr wirklich seid.«

So hatte Fabian es uns in der Ausbildung suggeriert, bis wir es selbst glaubten. Ausgerechnet der Supermann mit seinen 3000 Sprüngen.

Dagegen sind wir Plüschtiere, harmlose Beckenrandschwimmer, knuddelige Welpen. Okay, auch er ist nicht als Chefinstrukteur geboren worden. Auch er muss irgendwann einmal Anfänger gewesen sein, wie wir.

Aber wir mochten die Art, wie er uns zu motivieren versuchte. Etwas davon blieb bei jedem von uns hängen, und genau das schien seine Absicht zu sein.

Mittags glich das Vorfeld einem bunten Jahrmarkt. Trotz glühender Hitze kamen neben den Aktiven Hunderte Gäste, ganze Familien, die meisten sommerlich leicht bekleidet, Bierbauch hin, Cellulitis her.

Tobende Kinder, hechelnde Hunde, handyversunkene Teenies und neugierige Erwachsene schwadronierten durcheinander.

Technikinteressierte ließen sich Funktionsweisen der Fallschirme erklären. Andere bogen ihre Hälse, um das Matratzenballett über ihren Köpfen zu verfolgen. Die wenigen Plätze unter den Birken waren sehr begehrt, obwohl man dem spärlichen Schattenwurf pausenlos nachrücken musste.

Die soeben landende »Stearman« hüpfte beim Aufsetzen wie ein Flummi. Der Pilot musste energisch bremsen. Die Fahrwerksreifen generierten qualmende Schleppen. Der seltene Doppeldecker mit Sternmotor war und ist eine Perle unter den Spornradflugzeugen.

»Mami, Mami, das Flugzeug brennt!«

»Unsinn, das ist Rauch, kein Feuer«, beruhigte die junge Mutti ihre sommersprossigen Zwillinge.

»Mami, Mami, das Eis kleckert …!«

»O nein, Kind!«, rief die ebenso sommersprossige Mama erschrocken.

Zu spät für die schicken Astrid-Lindgren-Kleidchen.

Als hätte sie das Malheur vorhergesehen, riss die Mutter Papier von einer Rolle und rieb an einem der Mädchen herum.

»Aua, Mami, du tust mir weh!«

»Wie kann man nur so roh mit seinen Kindern umgehen!«, schimpfte die Chips futternde Matrone nebenan.

Die Mutti ignorierte die Bemerkung und nahm sich das andere Mädchen vor.

Die Fünfjährige weinte kläglich, ihre Eiswaffel war auf den Boden gefallen.

Als der andere Zwilling danach grabschte, war der Totalschaden nicht mehr abwendbar. Als die süßen Gören ihre verschmierten Finger an den Kleidchen abwischten und nach neuem Eis jammerten, gab die Mama genervt auf.

»Nirgends kann man mit euch hingehen!«

Wieder krächzten die Lautsprecherboxen Unverständliches.

Rauschen, Schnarren, Rückkopplungen. Die Dinger gehörten eindeutig in den Schrott. Hatte man sie etwa dort ausgegraben?

Einige Springer sahen sich fragend an. Die Durchsagen waren wichtig, weil alles Mögliche sich geändert haben konnte: Absagen, Umbuchungen, Verspätungen, unvorhergesehene Pannen.

War mein Name dabei? Ich beschloss, beim Manifest nachzufragen. Nicht jetzt, aber gleich.

Babygeschrei ertönte. Eine schlanke Frau im Springerkombi kam dahergelaufen. Über ihrem Kopf schüttelte sie wild eine Babyflasche. Dora! Vor ein paar Tagen war ich ihr das erste Mal begegnet und hatte es irgendwie geschafft, sie in ein Gespräch über das Fallschirmhobby zu verwickeln.

»Nein«, hatte sie cool gesagt, »bin keine Anfängerin mehr.«
»Ich schon«, hatte ich erwidert. Mir war klar, sie wusste es.
Meine Fragen schienen sie zu amüsierten.
Wie hübsch das Gesicht lachen konnte.

Ein braunes Muttermal, das aussah wie ein Nugget, garnierte die Oberlippe unter der Nase. Dunkelbraune Haare, Prinz-Eisenherz-Frisur, verdammt gut aussehende Frau!

Sie habe 111 Jumps auf der Nadel und beende gerade die Babypause, wenn ich verstünde, was sie damit meine ...

»Verstehe«, sagte ich unverblümt, doch was verstehen Männer schon von Mutterschaft und so?

Die Frau hatte etwas Hypnotisierendes. Ihre feminine, offenherzige Körpersprache weckte bei mir Schmetterlinge. Sie schien das zu bemerken und senkte kurz den Blick.

Fühlte sie dasselbe?

Sie strahlte mich entwaffnend an. Ich strahlte hoffentlich genauso entwaffnend zurück. Weiter wagte ich nicht vorzupreschen, es hätte ja des Babys Papa um die Ecke kommen können: »Weg da, Kumpel, die Frau gehört mir«, oder so …

Da ein solches Mannsbild nicht erschien, lud ich sie in den Hangar ein, wo es immer Trinkbares gab, einen Euro pro Getränk.

»Ich bin Dana Lora, meine Freunde nennen mich Dora.«

»Conrad, werde Conny genannt, ob mit Ypsilon am Ende oder i, darf sich jeder aussuchen …«

Beim Abklatschen verschmolzen unsere Blicke erneut für einen kurzen Augenblick.

»Dora?«

»Ja, Dora!«

»Prost, Dora.«

»Prost, Conny.«

Ihre Mama, fuhr sie fort, sei echte Florentinerin. Sie heiße Carmen Lorenzia. Sie liebe den Namen Carmen Lorenzia, sei aber nach ihrer Großmutter, Dana Lora, getauft worden, und aus Dana Lora war dann »Dora« geworden.

»Dora find ich gut«, sagte ich, weil mir etwas Gescheiteres nicht einfiel.

»Aber Conny … Conny als Männername? Conny klingt so weiblich. Conrad dagegen männlich«, lächelte sie.

»Was bedeuten schon Namen«, erwiderte ich. »Den Hund mag man Hektor oder Astra nennen, er wird mit jedem anderen Namen schnüffeln, wie Hunde das tun.«

Dora nickte: »Okay. Einleuchtend.«

Ich war echt hingerissen von dieser Frau. 111 Mal aus fliegenden Flugzeugen gejumpt. Einfach irre!

Sie erzählte, dass sie zurzeit kontrolliertes Gleiten übte, bei Ausnutzung von Wind und Thermik.

»Was ist kontrolliertes Gleiten«?

Ganz einfach sei das. Sie platzierte ihr Baby-Bag auf ein Bord und erklärte es mir gestenreich: »Nach dem Exit öffne ich den Schirm und komme in eine stabile Fluglage. Dann steuere ich aufsteigende Luftströmungen an. Erfassen die mich, lässt das Sinken sofort rapide nach, und ich komme in eine Art Gleitflug. Kräftige Thermik nimmt mich quasi mit nach oben, und es folgt ein Spiel mit Balance und Thermik, ähnlich dem Segelfliegen.«

»Aber das geht doch nur, wenn die Luft sehr lange von der Sonne aufgeheizt wird«, hielt ich dagegen, stolz, eine intelligente Anmerkung machen zu können.

»Richtig, Conrad, die besten Gleitflugbedingungen finden wir nicht hier in Schleswig-Holstein, sondern an den Steilküsten rund ums Mittelmeer. Das Spiel mit der Thermik geht natürlich auch im Flachland; aber du brauchst immer ein Vehikel, das dich rauf bringt, von dem aus du dich fallen lassen kannst.«

Doras Begeisterung war erfrischend. Hinreißende Frau! Eine, die auch ohne Make-up klasse aussah.

Keine Frage, Sympathie auf dem ersten Blick. Wir stießen mit unseren Bechern auf meinen bevorstehenden Freifalljump an, und alle Schmetterlinge tanzten und wirbelten wie lange nicht mehr.

»Was ist, wenn die Thermik den Gleitschirm verreißt, wenn du die Kontrolle verlierst?«, fragte ich naiv.

»Rausfahren! Einfach wegdrehen vom Thermikpaket, das ist ganz einfach«, sagte sie und warf den Becher lässig in einen Mülleimer.

»An den Rand der Thermik fahren und nix wie raus aus dem Kamin! … ein paar Spiralen drehen und – Bingo!«

Mit etwas Übung sei das total easy. Man müsse schon ziemlich viel falsch machen, um in der Nordsee zu landen.

»Nordsee?«

»Nordsee« fand sie witzig. Wir lachten und wussten, dass wir uns richtig gut leiden konnten.

Dann sah sie unvermittelt auf ihren Chronometer. Ihre Nasenflügel fingen an zu beben.

»Ich muss jetzt aber gehen, Conrad.«

Mein Kopf war voll Musik und leer wie eine Seifenblase. Ich warf meinen Becher zu ihrem in den Müll.

Sie schnappte sich das Babybündel, sagte »Tschüss Conrad, man sieht sich«, und huschte winkend davon.

Idiot! Wieso hast du dich nicht mit ihr verabredet? Eis essen, Boot fahren oder so …

Oje, liebe Juliane, hab ich dich jetzt verletzt oder betrogen?, meldete sich mein Gewissen.

Eigentlich nicht. Butterflies kann man nicht mal eben so aus dem Hut zaubern. Sie kommen oder nicht; sie flattern davon oder nicht – ohne sich anzukündigen – ewige Laune der Natur.

Sich spontan zu verknallen ist allemal köstlich, extrem gesund und nach den Gesetzen der Evolution sowieso unverzichtbar.

Nö, befand mein Gewissen, du warst deiner Juliane nicht untreu, nicht wirklich …

Also keine gelbe Karte für Conradi.

Die erste knisternde Begegnung mit Dora ließ mein Herz etwas schneller schlagen, als ich sie jetzt entdeckte.

Heute hatte sie wieder ihr Kind dabei, das unüberhörbar nach Futter schrie. Sie residierte am Vorfeldrand, 30 Schritte von uns entfernt, ich machte mich auf die Socken zu ihr.

Ohne zu zögern versenkte sie die Nuckelflasche in die Tiefe des Kinderwagens und im selben Moment verstummte des Babys Geschrei.

Wir freuten uns angesichts des Wiedersehens und tauschten sympathische Bussis aus. Mit Wangenküsschen bedacht sie auch zwei Frauen, die just dazugekommen waren.

»Meine Aufpasserinnen«, scherzte sie. »Dies ist Helena und

das ist Christina – und das hier ist Conrad, mein Parachuting-Companion in spe ...«

»O hallo! Was soll ich bitteschön sein?«

Wir grinsten uns augenzwinkernd an, während sich das Baby in der Karre mit Milch volllaufen ließ.

Helena war hübsch und kess. Die blonden Haare reichten ihr bis auf die Schultern. Die 15-Jährige kniete neben dem Wagen und tupfte dem Baby pausenlos Sabberschaum aus dem Gesicht.

»Mein Au-pair«, verkündete Dora. »Aus Memphis, Tennessee.«

Helena umhüllte ein Fummel aus heller, hauchdünner Baumwolle. Gegen das Licht sah man das Darunter, ein karamellfarbenes, winziges Etwas.

Christina, vermutlich Ende 20, kam aus Hamburg-Eppendorf. Sie war dunkelhaarig und eine Cola-Dose größer als Helena.

Ihr Outfit entpuppte sich auf dem Vorfeld im Nu als Blickfang, was sie genoss, indem sie schmachtende Männerblicke mit gespieltem Desinteresse ignorierte – beinahe perfekt.

Vom Erscheinungsbild konnten die Frauen unterschiedlicher nicht sein. Dora, im gestylten Latex-Springerkombi, hätte auch gut zu einer Ufo-Crew gepasst.

Helena, das vor Selbstbewusstsein strotzende College-Girl, fiel durch quakenden Südstaatenakzent auf – und natürlich durch das atemberaubende Sommerkleidchen.

Die eher coole Christina präsentierte sich mit raffiniert platzierten Tattoos, was Walter, der mit von der Partie war, beinahe die rote Karte eingebracht hätte.

Die Frauen schmückten das triste Vorfeld wie lebende Skulpturen. Immer mehr Kerle kamen – rein zufällig – vorbei, Walter und ich eingeschlossen.

»Nein, ohne Quatsch, mit Fallschirmsport haben wir nix am Hut. Wir kümmern uns um das Baby, wenn seine Mutti da oben rumkurvt«, ließ Christina einen Bodybuilder wissen.

Der Kerl war wie aus dem Nichts aufgetaucht.

Als der Muskelmann checkte, dass er unerwünscht war, errötete er wie Scampi in der Pfanne und ging auf seinen kurzen O-Beinen von dannen.

»Ich kann so aufgeblähte Hohlköpfe nicht ab!«, sagte Christina, und Au-pair-Helena rief ihm hinterher: »Move your evil arse, Cowboy!«

Damit war der Weg für andere Balzbrüder frei.

Doch bevor sich Nennenswertes ereignete, vergingen sich die Mädels an dem mitgebrachten Mini-Sonnenschirm.

Den Schaft hatten sie einigermaßen in die Erde gewürgt, doch das obere Teil versagte aus irgendeinem Grund. Kaum aufgespannt, sackte es wieder in sich zusammen.

»Scheiß Schirm!«, kommentierte Dora.

Helena und Christina hielten sich mit Bemerkungen noch zurück.

»Made in USA«, sagte ich unbedacht.

Helena konterte: »Shit is always made in Germany …«

Tatsächlich war das Teil billigster Mist, den man Passanten in der Fußgängerzone gratis in die Hand drückt, sobald sie auf der Liste »Pro« angekreuzt haben.

»Lass mich das mal machen«, funkte Walter dazwischen. Und als alle Augen auf ihn gerichtet waren, mimte er den Magier.

»Nun schaut mal alle her, wie man so was macht.«

Zuerst ließ er eine Flachzange in der Runde kreisen. Dann beugte er sich theatralisch vor, schnippte mit den Fingern – »Slop!« –, und da schaut's her, das Scheißding funktionierte.

Die Mädels klatschten.

Eins zu null für Walter. Bussi von Christina, Bussi von Dora und Bussi von Helena. Von mir nicht.

Was für ein durchtriebener Hallodri, dachte ich.

Auf wen hatte er es abgesehen? Auf Dora? Auf Christina? Sicher nicht auf Helena, die war doch erst 15.

Egal, irgendwas war da am Köcheln.

Okay, Walter war wieder solo. Neuerdings warf er überall seine Netze aus, denn allein bleiben wollte er nicht, jedenfalls nicht für immer.

Helena und Christina hockten nun geduckt unter dem mickrigen Schattenspender, für Dora war da eh kein Platz mehr.

»Soll ich was Kaltes zu trinken holen?«, schleimte Walter weiter.

Kollektives Kopfnicken.

Aha, so macht der Schlawiner das, dachte ich. Doch dann passierte ihm dieser saublöde Fauxpas.

Aus Christinas gnadenlos aufregendem Dekolleté lugte ein farbiges Tattoo hervor, eine urzeitliche Amphibie oder so.

Völlig unbedacht, einem Impuls folgend, wagte Walter, seine Hand nach dem grässlichen Monster auszustrecken, was ihm posthum einen heftigen Kick gegen das Schienbein einbrachte.

»Sorry, ich wollte doch nur die Wespe verjagen!«

»Welche Wespe?«, fragte Christina lauernd.

Tatsächlich waren weit und breit keine Wespen unterwegs. Auch keine anderen Insekten. Christinas Dekolleté war eindeutig clean.

Dem Busengrabscher versagte die Stimme.

Aber Christina ließ es gut sein, immerhin hatte Walter für Schatten gesorgt, und frische Getränke wollte er jetzt auch noch heranschaffen.

»Spendierst du mir eine Zigarillo?«, fragte sie Walter, was der angesichts der frivolen Tat kaum ablehnen konnte.

Er griff in die Brusttasche und hielt ihr die kubanischen Minis hin.

Christina bediente sich und wartete schweigend auf Feuer.

Doch Walters Feuerzeug versagte, es produzierte nur laue Funken.

»Mist!«, fluchte Walter.

»I am sure that's made in Germany!«, trumpfte vorlaut das Girl aus Memphis auf. »I am very sure!«

Just in dem Moment kam dieser lange Schlacks daher und küsste Christina inniglich auf den Mund ...

Igitt, ihr Lover! Mit hängenden Schultern zog Walter los, Getränke besorgen ...

»It smells penetrating, doesn't it!«, kommentierte Au-pair Helena mit gerümpfter Nase in die Runde. Der Fall war sofort klar und der Schuldige enttarnt.

»Hab's geahnt«, sagte Dora und beeilte sich, ihrem kleinen Scheißerchen, das Thor-Valentin hieß, die Windeln zu wechseln.

»Ich bin ein Versager, ein glückloses Arschloch«, jammerte später ein zerknirschter Walter auf unserer Platte. »Nein, nein, ehrlich, ich habe Christinas Möpse nicht begrabschen wollen. Da ist wirklich eine Wespe im Dekolleté gekrabbelt ...«

»Die wär eh nix für dich«, versuchte ich ihn zu trösten. »Einer wie du braucht ne Lady, die ohne Reptilien am Busen auskommt ...«

Schweigen.

Grotten-Alex

12:28 Uhr. Noch immer Ausharren. Mittagshitze, um die 30 Grad. Walter nestelte an seinem Mobiltelefon. Ohne war er quasi nackt. Sein Tick, pausenlos zu chatten, grenzte an Suchtverhalten.

Mit dem Handy an der Backe lief er los, Zigarillos besorgen.

Wann würde endlich die verbindliche Durchsage kommen?

Leichtes Beinegrätschen, Arme vorbeugen, bis die Handflächen den Boden berühren. Die Dehnübung ist ein verlässlicher Fitmacher. Dazu die Hüften kreisen, abwechselnd einbeinig dastehen, eine Minute etwa. Dann ist der Rumpf elastisch wie ein Flitzbogen.

Da niemand was von mir wollte, brachte ich meinen Body in die Seitenlage, setzte die Baseballkappe auf und schloss die Augen.

Meine Lauscher blieben selbstverständlich auf Empfang.

Nach und nach verblassten die Bilder von Helena, Christina und Dora und ihrem putzigen Windelscheißerchen.

Der Schlummermodus war wie immer gut.

Das Kopfkino ging automatisch an. Erste hastige Bilder flatterten daher. Ich erkannte sie sofort, die Bilder von der abgesoffenen Grotte. Dieses Abenteuer hätte meinen Daddy beinah das Leben gekostet.

Als Kind konnte ich von seinen Höhlenabenteuern gar nicht genug bekommen. Mein Vater hatte, genauso wie sein Vater, einen extravaganten Tick. Er verstand sich als leidenschaftlicher Amateurgeologe, als Grottenforscher aus Passion.

Unter seinen Freunden wurde er Grotten-Alex genannt. Mit ihnen geisterte er jahrelang in allen möglichen Berghöhlen herum.

Dazu kam noch ein extremer Sammeltick, der bei meiner Mutter oft die Grenzen ihrer Toleranz sprengte.

Sie habe genug von dem scheiß Geröll im Hause, zeterte sie dann, völlig zu Recht. Wenn's ganz fett kam, büxte sie sogar aus, meist zu ihrer Freundin. Das geschah zyklisch, zwei- bis dreimal jährlich.

Auch mir waren die Mengen an Mineralien lästig. Wie oft hatte ich deswegen mein Fahrrad in die Garage umlagern müssen. Papa brauchte mal wieder Platz – ausgerechnet meinen – für ein ach so einzigartiges Fossil.

Überall standen mit Artefakten überladene Regale herum.

Okay, es waren prächtige Edelsteine darunter und Mineralien mit seltenen, changierenden Farben. Dazu glitzernde Stalagtiten und Jahrmillionen alte Versteinerungen aus dem Kambrium.

In gedeckelten Holzkisten lagerten urzeitliche Fossilien in Stroh gebettet, und in dem abschließbaren Stahlschrank hortete er ein paar Goldnuggets und Asteroidensplitter, die er von den Anden mitgebracht hatte.

Unser Haus quoll über von Kisten, Vitrinen und Behältern mit angeblich unermesslich wertvollen Kostbarkeiten.

Obendrein war der ganze Keller vollgestopft mit Ausrüstungen, das meiste in doppelter Ausfertigung: Eispickel, Geohammer, Karabinerhaken, Felsnägel in allen Größen. Dazu Seile, Stiefel, Lupen, Lampen, Laser- und Funkgeräte.

All das hatte ein Vermögen gekostet, was oft zu elterlichem Zoff führte.

Ging's um Vaters Hobby, null Problem. Im Keller gab's passende Helme, Scheinwerfer, Akkus, Leuchtbojen, sogar Neoprenanzüge und Pressluftflaschen zum Tauchen.

Im Azoren-Archipel, auf dem Eiland Terceira, hätte er Tauchgeräte dringend benötigt. Doch der Reihe nach: Es ging um die Erkundung einer unerforschten Grotte. Als Vierer-Seilschaft waren sie durch einen Felsspalt eingestiegen. Tief im Berginnern waren sie dann von den Fluten eines einbrechenden Sees überrascht worden.

Die vier konnten sich zunächst in eine höher gelegene Felsspalte retten und warteten dort. Irgendwann würde der Zustrom enden, sie hatten mit Wassereinbrüchen schon Erfahrungen gemacht, immer waren sie mit dem Schrecken davongekommen.

Doch diesmal war es anders.

Der Zustrom nahm und nahm kein Ende. Es musste sich um ein riesiges Wasserreservoire handeln. Aber solange das Wasser abfloss und sich nicht aufstaute, war man zuversichtlich, mit der Situation fertig zu werden.

An Flucht war allerdings nicht zu denken. In der Grotte herrschte absolute Finsternis, die Nässe war eisig und das Orientierungsseil für den Rückweg, das am Einstieg fixiert war, war futsch.

Innerhalb von einer Minute waren sie zu Gefangenen des Berges geworden.

Irgendwie gelang es den Männern, sich weiter höher festzukrallen und das Gurtzeug an Felsgraten zu befestigen. Da der Zustrom unvermindert anhielt, musste man so angeklammert ausharren.

»Zitternd vor Kälte und völlig durchnässt, baten wir Gott um Hilfe, bis uns die Stimme versagte«, erzählte mein Daddy mir später.

Die Seilschaft saß in der Falle. Es war mit dem Schlimmsten zu rechnen. Den Frierenden wurde klar, dass sie ihre Kräfte einteilen mussten.

»Gut, dass wir in Rufweite waren, so war wenigstens noch Verständigung möglich. Es galt vor allem wach zu bleiben. Wären wir eingeschlafen, wären wir unweigerlich erfroren. Also riefen wir abwechselnd irgendwelche Sprüche in die Finsternis, was eine Zeitlang half. Wir waren in absolut akuter Lebensgefahr, die Verzweiflung nahm zu und die Hoffnung auf Rettung ab. Aufs Grausamste mussten wir lernen, dass der Wille, zu überleben, schon durch Schlafentzug gebrochen werden kann.

›Durchhalten!‹

›Wie lange noch?‹

Die Helmlampen versagten. Wir froren. Die Erschöpfung nahm zu. Was sollten wir tun? Was konnten wir tun? Warten, sonst nichts!

Uns war bewusst, wir würden in dieser Gruft nicht mehr lange überleben können. Tom schwieg bereits seit Stunden; war er ohnmächtig oder gar schon tot? Wir alle rechneten mit dem baldigen Ende, stillschweigend … Nach 56 Stunden tödlicher Gefangenschaft ließ das strömende Gurgeln plötzlich nach, was die Höhlenakustik signalisierte. Auf einen Schlag wurde es still, absolut still. Das unterirdische Gewässer versiegte, wie wenn man in der Badewanne den Stöpsel zieht.

Alles Wasser, es müssen ungeheure Mengen gewesen sein, versickerte in den Tiefen des Bergs.

Unsere Rettung?!

Tom meldete sich plötzlich. ›Das Wasser zieht ab‹, hörten wir ihn aus der Dunkelheit heiser krächzen. Er war bewusstlos gewesen, aber er lebte!

Mit klammen Fingern lösten wir die Fixseile vom Fels und wagten uns runter ins knietiefe Wasser. In blinder Nacht ertasteten wir uns und umarmten einander … wortlos, unbeschreiblich erleichtert.

Jetzt bloß keine Zeit vergeuden.

Raus hier. Raus, die Wasserkaskaden könnten jederzeit wieder losbrechen …

Instinktiv folgten wir dem Luftzug, der uns zur Grottenöffnung hin führen musste … und so sind vier erwachsene Vollblutdeppen dem grausigen Verließ entwischt, leicht verletzt und fast erfroren, aber lebendig und überglücklich. O nein, nicht mangelndes Können, Selbstüberschätzung war unser großer Fehler! Außer uns wusste niemand von der Tour. Das war unprofessionell, illegal und sogar strafbar. Nur unsere Autos hätten Suchtrupps einen Hinweis geben können. Aber die parkten hundert Meter vom Grotteneingang entfernt.«

Noch Jahre später hat mein Vater das knallende Tosen und Schlürfen in seinen Albträumen gehört und die todbringende Kälte in seinen Gliedern gespürt – auch nachts im warmen Bett, wie er sagte.

Nie werde er den schroffen Felsen, an den er mit Karabinern fixiert war, vergessen können. Nie habe er sich hilfloser, machtloser und dümmer gefühlt.

Zwei Gefährten bedurften der Psychotherapie, aber keiner der vier hat je wieder illegal eine Grotte betreten, sagte mein Daddy.

Über all das sprach er nur sehr selten, und wenn er es tat, spürbar geläutert. Manchmal kullerten ihm sogar ein paar Tränchen über die Wange. Die nackte Dankbarkeit stand dann im Raum, und wenn endlich das befreiende Lachen aus ihm hervorbrach, war die Geschichte meist zu Ende.

Die »Grotte« hinterließ noch einen Schatten: Einer der Gefährten war mit 58 Jahren verstorben. Ich kannte den lustigen Mann persönlich, er war Zahnarzt gewesen und über viele Jahre mit meinem Vater befreundet.

Mit einem Mal lösten sich die vorbeijagenden Bilder auf. Das Kopfkino war vorbei. Ich öffnete die Augen und sah in den wolkenlosen Himmel. Schön, dass es meinen herrlich verrückten Daddy noch gibt. Nach dem Beinah-GAU hat er seinen Grottenspleen aufgegeben und – zur Freude meiner Mama – das platzraubende Höhlenzeugs nach und nach verhökert.

Beide sind leidenschaftliche Golfspieler geworden und viel auf Reisen.

Kopfkino

14:05 Uhr, zurück auf der Platte am Vorfeldrand. Die Mittagssonne brannte gnadenlos auf uns herab. Das forderte Tribut, konditionell wie geistig. Mich beschlich das Gefühl, dass bei mir und meinem Umfeld der Motivationspegel rapide sank, ausgerechnet jetzt.

Der Durchsagen wegen wagte ich nicht, die Platte zu verlassen, um in den Hangars Schatten zu suchen. Startzeiten können sich ändern. Flugzeuge können von einer Minute auf die andere ausfallen, überhaupt, alles kann kippen, was grade eben noch galt.

Also weiter warten, den Platz halten und hoffen, dass es nicht vergeblich ist. Diese Warterei! Kopf, Achseln, Rücken, Pobacken, alles an mir war nass. Schweißtropfen rannen von den Brauen auf die Brillengläser.

Brille tragen zu müssen war mir schon immer lästig. Aber ohne könnte ich nicht mal Auto fahren, ohne Brille war ich blind wie ein Nashorn. Dass die Hälfte der Europäer Sehhilfen braucht, mag ja tröstlich sein, aber glücklicher wäre ich ohne mein Nasenfahrrad.

30 Grad sind selten in Schleswig-Holstein, sogar im Hochsommer, im Juni sowieso. Klimawandel. Erderwärmung. Ozonloch. Begriffe, an die wir uns wohl gewöhnen werden müssen.

»Du, Conrad …«

Um Gottes willen, konnte Walter nicht einfach mal die Klappe halten. Ignorieren? Ging nicht, Walter lag eine Platte weiter. Auch er langweilte sich und gab sich dabei alle Mühe, es zu überspielen, während sich inwendig die Spannung hochzwiebelte. Er löste den Zustand mit Rauchen und Telefonieren. Ich hatte mir das Rauchen abgewöhnt und mein Handy so weit unter Kontrolle, was mich aber nicht automatisch zum Ritter erhebt.

Er könne mir die Ursache der aufsteigenden Hitze bei Nervosität erklären, wenn ich wolle. Null Bock auf sein Gerede, doch er legte einfach los.

»Also, zuerst ist da dies schwebende Fahrstuhlgefühl – tief unten im Becken – stimmt's?«

»Stimmt.«

»Du glaubst zu glühen. Heerschaaren urinierender Ameisen rasen dir durchs Adergeflecht, dein Puls trommelt, aber du bist machtlos.«

»Ja, so ähnlich.«

»Adrenalin«, dozierte Doc Walter, nichts Schlimmes sei das.

»Lampenfieber«, wagte ich zu ergänzen.

»Hormonsuppe«, prustete Walter, womit der alberne Disput endete. Von den biosynthetischen Abläufen im Blut haben wir weiß Gott keinen Schimmer …

Aber Lampenfieber und Adrenalin sind miteinander eng verwandt, kam mir dunkel, und dass beides die Herzfrequenz antörnt und unseren Blutdruck. In Stresssituationen mixt unser Chemielabor blitzschnell eine Extraportion Energie zurecht, was sogar gesund sein soll …

Ich wollte dazu noch etwas sagen, aber er war schon wieder in sein Handy vertieft.

Ein plötzlicher Lärm riss alle in die Senkrechte. Was war da los? Die »Beach Bonanza« drohte über die Runway hinauszuschießen. Wirklich nur eine Armlänge vor dem Ende der Piste kam sie zum Stehen, mit geplatztem Bugrad.

Schwein gehabt! Nix passiert. Einige klatschten verhalten.

Hartenholms 600 Meter kurze Runway wurde oft unterschätzt. Um die Crash Cases kümmerte sich Ludwig mit seinem Traktor. Landwirt Ludwig, selbst gelegentlicher Tandemgast, machte das gern und zum Selbstkostenpreis, die Abschlepphaie nahmen zehnmal mehr.

Zum Glück endeten die meisten Crashs mit harmlosen Plattfüßen oder Fahrwerksschäden, nur selten hatte bisher die Ambulanz anrücken müssen.

Walter gähnte übertrieben, vermutlich hatte die Gewaltlandung der »Beach Bonanza« ihn nachdenklich gemacht.

Kurz vor dem Go, da waren Walter und ich uns einig, lagen die Nerven blank, zumindest bei Anfängern. Alle Debütanten seien kurz vor ihrem Auftritt nervös, so seine Beobachtungen, das sei ähnlich wie bei einem Gerichtstermin.

Gerichtstermin? Er meinte wahrscheinlich das Desaster mit seiner Noch-Ehefrau. Wenn er das einblendete, ging es ihm mies, dann kriegte er Hitzeschübe und rot-weiße Flecken breiteten sich auf seinem Gesicht aus. Tatsächlich erlebte er just einen solchen Anfall, denn er rannte ad hoc los. »… bin mal eben zum Klo.«

Indessen legte ich mich flach aufs Handtuch. Den saubersten Zipfel deckte ich mir übers Gesicht und schloss die Augen. Anstelle des Kopfkinos meldete sich unerwartet meine innere Stimme, und sie hörte sich besorgt an.

»Du bist verrückt, Conrad!«

Ich schwieg, denn ich wusste, dass sie recht hatte.

Die Stimme, eine männliche, kam oft zu mir, meistens wenn ich relaxte oder morgens in der Aufwachphase war. Ich kannte sie seit meiner frühesten Kindheit und mochte sie sehr. Manchmal sagte ich dazu Kopfkino, manchmal Déjà-vu. Gemeint war aber immer dasselbe. Okay, abgehobene Begriffsakrobaten würden den Vergleich kritisieren. Meinetwegen. Aber ich befand mich in allerbester Gesellschaft, denn sogar der einzigartige Sokrates (469–399 v. Chr.) hörte auf eine innere Stimme und kommunizierte mit ihr. Er nannte sie »Daimonion« und verehrte sie wie eine Gottheit. Daimonion oder Kopfkino oder die undefinierbare innere Stimme, sie alle belebten das Herz, den Geist und die Seele.

Das »Dahinter« brachte Ordnung in meine Hirnschubfächer,

es glich aus, was sich gerade in Schieflage befand: Ärger, Patzer, Verwicklungen, Euphorie und Niederlagen, einfach alles Wichtige wurde beleuchtet, eingeordnet und meist begriffen.

Die Stimme ließ Falschverstandenes oder Verdrängtes immer wieder neu Revue passieren, sie spielte damit kritisch-analytisch, und genau das war der Punkt. Ein erfrischendes Playback-Spiel, biegsam und einfach. Nichts wurde gefordert, nichts riskiert, alles blieb frei, offen und möglich.

Ja, ich mochte das Erinnerungspuzzle sehr. Oft wurde, was früher nicht so toll gelungen war, aus einer anderen Perspektive neu beleuchtet und nachgebürstet. Man bekam, wenn man sich drauf einließ, eine neue, klarere Sicht. Erkenntnisse, Denkanstöße, Ideen, oder so ...

Manchmal mischen sich auch abstruse Kabinettstücke ein, aber auch die machen mir Spaß. Als Kind träumte ich oft, fliehen zu müssen. Immer wieder musste ich vor mysteriösen Mumien oder Schattengestalten, die nie genau zu erkennen waren, davonlaufen.

Die in düsteren Kathedralen hausenden, gesichtslosen Medusen machten mir Angst. Immaterielle Wesen waren das, die mühelos Mauern durchdringen konnten. Sie erschienen aus dem Nichts und starrten mich immer nur stumm und lauernd an.

Zum Glück konnte ich, wenn's wirklich brenzlig wurde, wegfliegen. Egal, in welcher Klemme ich war, ich konnte mühelos abschweben und war wieder mal gerettet ...

Die vertraute Stimme von »Dahinter« ist immer in meiner Nähe. Ich liebe diese Zwiesprache, diese virtuelle Freundschaft, sie ist ein wichtiger Teil meines Lebens.

Möge es gern so bleiben, weil ich bislang immer Positives dazugewonnen habe.

Manchmal werde ich sogar auf Reisen eingeladen, in fantastische Paradiese, in Galaxien, wo ich real nie hinkommen könnte.

Träumenden ist alles erlaubt, und Geträumtes ist es wert, etwas genauer betrachtet zu werden.

»Was ist denn dabei?«, antwortete ich meiner inneren Stimme. »Dass ich verrückt bin, ist doch okay und nicht neu. Ich wechsle gern mal die Spur, mag gern mein eigenes Ding durchziehen und die volle Kontrolle über mein Tun und Lassen haben.«

Die väterliche Stimme schwieg einen kurzen Moment und fragte dann, ob ich das noch etwas genauer erklären könnte.

»Nun ja, hm ... es ist mir geradezu ein Bedürfnis, etwas abseits der geraden Pisten Neues zu erkunden. Fremdes, Neues und anderes ist reizvoll und gut fürs Gemüt. Mitläufer und Jasager sind mir suspekt.«

Meiner inneren Stimme gefiel, was ich meinte. Sie hielt kurz inne und schien abzuwägen.

»Das meine ich aber nicht, Conrad«, sagte sie endlich und holte tief Luft. »Wieso überhaupt aus Flugzeugen springen? Weshalb zum Henker tust du das? Bist du wirklich so hohl im Kopf, dein Leben und deine Gesundheit zu riskieren?«

Dazu fiel mir momentan rein gar nix ein ...

Etwas bedröppelt öffnete ich die Augen und richtete mich sitzend auf – und Ende Imagination, Ende des Zwiegesprächs! Schnitt! Die vertraute Stimme war weg, erloschen, eine Fortsetzung würde sicher bald folgen ...

Um mich herum hatte sich nichts verändert, nur die verschmierte Brille, ich musste sie mit den letzten Wassertropfen spülen. Mehr gab die Flasche nicht her ...

Verdammt, die Uhr?! ... aber die Zeiger der Tower-Uhr hatten sich kaum von der Stelle bewegt.

FC Condor

Wer kannte sie nicht, die Alleskönner der Lüfte, die Pilatus Porter und die Cessna Caravan, die größten einmotorigen Flugzeuge der Welt? Während die Pilatus Porter oft als Sanitätsflugzeug diente, wurde die Cessna Caravan bevorzugt in der Business-Fliegerei eingesetzt.

Beide Maschinen dienten in der NATO als Pilotentrainer und als Absetzmaschinen beim Fallschirmspringen.

Doch um Superlativen ging es dem FCC gar nicht, vielmehr um Erholung der ausgelutschten Clubkasse. Auslöser waren das ewige Schietwetter und die damit einhergehenden niedrigen Einnahmen.

Ruhende Flugzeuge kosten Geld, viel Geld, niemand im FCC fand das witzig.

Mangels Alternativen wagte man dann das Experiment, indem die beiden Edelflieger gechartert wurden. Der Deal sei zufällig ins Rollen gekommen, weil der Charterkunde die finanziellen Zusagen nicht erfüllt habe, hieß es. Man habe beide Maschinen in einer Nacht- und Nebelaktion heimholen müssen, von Luxemburg nach Berlin-Tempelhof.

FCC-Präsident Dr. Fresenius hatte mit seinem Ex-Kommilitonen, heute Boss eines Aero-Charterunternehmens, super Konditionen ausgehandelt, mit denen auch die Skeptiker überzeugt werden konnten.

Nun würde man dem norddeutschen Risikowetter sehr viel besser auslastbare Maschinen entgegensetzen können. Ein gewagtes Experiment, das auch floppen konnte.

Zuerst musste man die beiden Luxusliner zu schnörkellosen Absetzflugzeugen umfunktionieren, was in Tempelhof erledigt wurde. Parachuter brauchen keine Ledersessel, auch die Pantry zum Kaffeekochen ist verzichtbar. Möglichst viel Platz muss in den Röhren sein.

Also wurde das schmucke Interieur aus den Kabinen entfernt, vor allem solche Teile, an denen Springer sich verhaken können.

In den Cockpits blieb alles, wie es war.

Die so zu Arbeitselefanten umfunktionierten Edelflieger sollten, nach Kalkulation von Dr. Fresenius, bis zu 20 Mal täglich starten, und das über die fünfmonatige Saison. An Schönwettertagen okay, an Schietwettertagen eindeutig nicht. Doch Dr. Fresenius war fest vom Gelingen des Experiments überzeugt, womit er recht behalten sollte.

Der Statistik zufolge war nie zuvor mehr Publikum erschienen, was man auch einer wohlgezielten Medienwerbung verdanken musste sowie einem norddeutschen Radiosender. Der pfiffige Doc hatte, was die erfreulichen Umsätze bewiesen, den Geschmack der Zeit getroffen. Die Zahl der Tandemgäste hatte sich bereits im ersten Monat verdreifacht. Man hofierte besonders diese Gruppe, weil sie das meiste Geld einbrachte. Die in der Clubgazette veröffentlichten Zahlen und Umsätze waren allemal überzeugend.

Beim Tandem-Jump der 80-jährigen Seniorin war zwar keiner von uns Azubis dabei. Aber der Zeitungsartikel klebte am Infobrett, kurz kommentiert vom Tandempiloten Tim von Hoff: »Voll lockere Lady, null Hemmungen, hat gejubelt wie ein Teenager …«

Dazu das etwas gekürzte Interview der Seniorin:

(…) »wollte einfach mal ausprobieren, was in meinem Alter noch geht. War als junge Frau viele Jahre beim Ballett und geh auch jetzt noch gerne tanzen. Meine reizenden Kinder und Enkel haben mir den Gutschein zum heutigen Geburtstag spendiert. Aber so richtig zugetraut haben sie es mir nicht. Nun hab ich allen gezeigt, dass ihre Großmutter kein Feigling ist. Ich würde es jederzeit wieder tun …«

Psycho-Jo-Jo

Warten, bis Rudirallalla kommt … die Uhrzeiger bewegten sich sachte weiter, aber die Zeit verging überhaupt nicht.

Walter lief mit dem Mobiltelefon im Gesicht babbelnd hin und her.

»Digitale Demenz … elendes Finanzamt!«, echauffierte er sich, was generell ja zu bestätigen war, in der Sache aber kaum weiterhalf.

Wann würde ihm der Akku-Saft ausgehen? Handy-Neurotiker. Nervige Epidemie. Global im Trend, einfach nicht zu bremsen.

»Schnauze da drüben!«, pöbelte eine Männerstimme mit Hamburg-Akzent. »Sünd hier doch nich inn Callcenter oder waas.«

Der Hanseat hatte eindeutig recht.

Walter ließ das Teil in die Tasche gleiten und zog ein Affenmaul …

Wieso haben wir auf unsere Chemie kaum Einfluss? Die Frage ist ein Rätsel, aber sie beschäftigte mich für einen Moment.

In brenzligen Situationen bilden unsere Nebennieren blitzschnell eine Mixtur und leiten sie dosiert in den Blutkreislauf hinein. Unser Hirn reagiert, indem es Mut- und andere Potenziale generiert, die dann unser Handeln steuern und gezielt unterstützen.

Unser Chemielabor funktioniert blitzschnell, nahezu perfekt und dabei vollautomatisch, und das ist richtig gut so.

Von alldem bekommen wir kaum etwas mit. Nur das Kribbeln im Bauch signalisiert uns, dass, in welchen Abteilungen unseres Chemielabors auch immer, emsig und intelligent gearbeitet wird. Was für ein genialer Schachzug der Evolution.

Die immer wiederkehrende Vision, ganz vorn an der klaffenden Luke zu hocken, löste eben einen solchen Adrenalinspot aus.

Gefühlt ist das so, als wenn tausend Ameisen durch deinen Körper marodieren. Du kannst das Phänomen weder präzise beschreiben noch abschalten, es ist eine Art chemische Umwandlung, eine kurzzeitige, machtvolle und erhebende Metamorphose.

Was, wenn der Fallschirm sich nicht öffnet?

Kopfgesteuerter Unsinn! Ausblenden. Einfach abschalten.

Aber es gibt keinen Knopf, keinen Hebel, der das für einen erledigt. Astronauten kompensieren solche Selbstzweifel mit autogenem Training. Schön und gut, aber wir sind wir, keine Astronauten.

Den »Hätte-Wenn-Aber«-Modus sollen wir Anfänger kurz vor dem Go gar nicht erst zulassen, hat uns Fabian eingetrichtert.

Gut gemeinter Tipp, aber keineswegs so einfach umzusetzen. Gedanken kommen und gehen, so wie Wolken plötzlich in den blauen Himmel ziehen …

Noch immer diese bescheuerten Zweifel. Obwohl ich alle Griffe wie in Trance beherrschte, schlichen sich immer wieder Zweifel ein, dass ich im entscheidenden Moment etwas Kardinalwichtiges falsch machen könnte.

»Ihr könnt gar nix falsch machen«, hatten uns die Lehrer gepredigt. »Lasst euch einfach von der Kante fallen, wie Fallobst, fertig. Dann alle fünf Sekunden den Höhenmesser ablesen und spätestens bei tausend Fuß über Grund Kissen vom Klett lupfen – und mit einem Lächeln loslassen – that's it.«

»Ja, ja, ja.«

Der Exit. Fallenlassen war so was von Pipi, und was dann kam, im Grunde auch: »Exit – stabile Lage – Hilfsschirm raus, die Öffnung abwarten. Dann völlig entspannt und happy nach Hause gleiten …«

O ja, das Timing beherrschte ich im Schlaf. Da war nichts, weshalb ich mir in die Hosen machen musste.

Dennoch, immer wieder hatte ich dieses verdammte Krug-Symbol vor Augen: »Mal halbvoll, mal halbleer«. Dabei ist halbvoll oder halbleer doch dasselbe. Lediglich eine Frage der aktuellen Sichtweise.

Ach, was soll's! Ich würde mit den anderen auf 4000 Meter hochliften, und wenn ich an der Reihe war, raus aus der Röhre und knackig runter ... jawohl, genau so würde ich es machen ...

Kobolde im Kopf! Sie sind zu nichts nütze. Oder vielleicht doch?
»Tu es – lass es.«
»Halbvoll versus halbleer.«
»Spot on – spot off.«
»Yin oder Yang.«
Das eine geht nicht ohne das andere. Gegensätze sind abhängig voneinander, sie bedingen sich wie Licht und Schatten, wie Tag und Nacht. Dennoch sind es Keime für Zweifel und höchst lästig. Einerseits machen sie dich kirre, andererseits haben sie ihre Berechtigung. Doch das Hin und Her der Gefühle zerrt an den Nerven, frisst die Entschlossenheit auf, gar nicht so gut kurz vor dem Go.

Das sei das »Psycho-Jo-Jo«, beschwichtigten uns schulterklopfend die Instrukteure ... wir müssten es so oder so erdulden ... es wolle uns doch nur helfen ...

»Wie bitte?!«
»Was ist, wenn ich den Höhenmesser falsch ablese?«
»Was, wenn ich kotzen muss? Wenn ich in Panik oder ins Trudeln gerate? Was, wenn ich bewusstlos werde?«
»Und was ist, wenn der verhurte Leihschirm, aus welchen Gründen auch immer, ausgerechnet heute, ausgerechnet bei mir versagt?!«

Unentschlossenheit sei der Hefeteig für Versagen und Pech. Das gelte im Wettkampf wie im Leben, sagen die Samurai. Allerdings gebe es analog auch positiv gebackene Zweifel und berechtigte Ängste, die uns zur Besonnenheit und richtigem Handeln führen.

Nur wer besonnen in den Wettkampf gehe, so die Leibwächter der japanischen Kaiser, könne siegen. Drum sollte man lernen, positiv und negativ ideell zusammenzufügen wie Yin und Yang, es könnte dein Lebensretter sein.

Jene antiken, fernöstlichen Bräuche gelten gleichermaßen auch bei uns. Vorausschauendes Ausbalancieren möglicher Risiken gehört zum Abenteuer dazu wie das Salz zum Frühstücksei.

Walter sah das ganz ähnlich. Nun ja, schließlich hüpften wir nicht von der Fußmatte, sondern aus fliegenden Flugzeugen, aus 4000 Metern.

Abgesehen von Hitze, Schweiß und Warterei ging es mir super. Walter wohl nicht so, er musste schon wieder flitzen – wieder im Schweinsgalopp.

Aus Nordwesten näherte sich leise knurrend die Pilatus Porter. Über dem Wald kurvte sie rechts ein, etwa 800 Fuß über Grund. An dieser Position der Platzrunde mussten die Piloten mit dem Sinkflug beginnen – dem schwierigsten Teil beim Pilotieren.

Sie mussten im Endteil der Platzrunde den Speed reduzieren und das Flugzeug filigran stabilisieren, dass sie bei linearer Sinkrate die Schwelle der Landebahn erreichten.

Die Porter war just in der letzten Anflugphase. Wie ein landender Schwan taumelte sie der Schwelle entgegen. Der Pilot trug eine gelbe Kappe, Sonnenbrille und Headset. Den Lippenbewegungen nach dürfte er mit dem Tower sprechen.

Die uns zugewandten Cockpitfenster sandten grelle Reflexe aus, die vom Tageslicht verschluckt wurden. Die Luke stand offen, also war niemand mehr in der Kabine, der sie hätte schließen können.

Das Flugzeug hielt auf die Bahn 21 zu, die Nase gierig vorgeneigt.

Wieso, dachte ich, stürzen Flugzeuge mit offenen Türen nicht wie Fallobst ab?

Ich konnte den Gedanken nicht zu Ende denken, weil der Abstand zwischen Flugzeug und den letzten Baumkronen gegen null ging.

O mein Gott, nein!

Die Maschine wird kollidieren und abstürzen!

Entsetzen. Kollektives Aufschreien, einige wendeten sich panisch ab.

Ein brachiales Knirschen hätte wohl niemanden überrascht.

Doch gutgegangen, um Haaresbreite, wie immer – fast immer.

Die Porter setzte bei der Schwelle souverän auf und rollte durch bis zum Ende der Landebahn, bog dann links ab auf den Taxiway und hin zur Tankstelle, der nächste Absetzflug stand bevor.

Landungen bei hohen Temperaturen wie jetzt waren nichts für zarte Nerven. Über dem Wald lauerten Fallwinde, und entlang der Flanken war mit tückischem Scherwind zu rechnen. Flugzeugführer hassten das, besonders wenn sie dazu noch von der Sonne geblendet wurden. Verständlich, dass viele auswärtige Piloten unseren Platz mieden.

14:30 Uhr. Das Fahrwerk der Porter radierte quietschend auf.

Eine Schleppe verschmorten Gummis folgte ihr nach und waberte in Richtung Herthas Terrasse. Einige Gäste drückten Tücher vors Gesicht, um die hochgiftigen Mikropartikel nicht einzuatmen.

Dennoch, beim Luftzirkus zuschauen war äußerst beliebt geworden. Obwohl die Start- und Landeprozedere sich optisch ähneln, sind die einzelnen Aktionen und Abläufe nie gleich. Sie folgen den momentan anliegenden Bedingungen, und die können sich in der Luftfahrt schlagartig ändern.

Beim Nordpfeil parkte startbereit die elegante Cessna Caravan. Es war gerade Bordingtime für den Zwei-Uhr-Lift. Die Startzeiten hatten sich um 30 Minuten verspätet. Also würden auch die nachfolgenden Starts aus dem Plan kippen.

Mehrere Overallträger trabten daher, männliche und weibliche, die meisten in Joggingschuhen. Auf den Rücken trugen sie ihren kostbarsten Besitz: den penibel gepackten Fallschirm.

Wie immer machten sie den weiten Bogen um die Flugzeugnase,

um nicht in den Sog des Propellers zu geraten. Neun Männer, vier Frauen, wenn ich richtig gezählt hatte.

Fürs Borden waren zwei Minuten das Limit, was ohne Einstieghilfe kaum zu schaffen war. Aber das kleine Alutreppchen galt vielen Kerlen als uncoole Krücke. Die absurde Marotte hatte manchmal abstrakte Clownerien zur Folge, wenn Schwergewichte aus dem Stand hochzuhüpfen versuchten, um sich mit Muskelkraft in die Kabine hineinzuhieven. Das gelang ihnen selten auf Anhieb und manchmal gar nicht. Durchtrainierte schafften das lässig – mit einem seitlich angesetzten Aufschwung. Wenn der gelungen war, griff man die noch Hüpfenden am Gurtzeug und zerrte sie brachial an Bord.

Bei den Ladys ging es deutlich galanter zu. Weder mussten sie hüpfen noch klettern. Ein hilfloser Augenaufschlag reichte aus für ein maskulines Knie – einige Kerle rissen sich sogar darum.

Zuweilen führte das krude Gerangel beim Borden zur Schlagseite. Die Gewichtsverlagerung bewirkte dann einen eiernden Balztanz, was nicht gerade gut für die Statik der Flugzeugzelle sein dürfte.

In der Fliegerei galt die Rangfolge zuerst der Sicherheit, dann dem Startplan. War der im Soll, dann wurde, wo irgend möglich, der Druck erhöht, gerne auch beim Borden der Passagiere.

Beim Fallschirmspringen waren dafür die Absetzer zuständig. Sie mussten dafür sorgen, dass Startzeiten und Sprungreihenfolgen eingehalten wurden.

Die Absetzer waren hochkarätige Jumper, sie hatten echt was drauf und genossen höchste Wertschätzung. Außer den Piloten würde es keiner wagen, ihren Anweisungen zu widersprechen.

»All parachutes ready for departure?«, blökte der Absetzer ins Megafon, während die Maschine sich in Bewegung setzte.

O nein, das konnte doch nicht wahr sein …!

Der Dicke war noch nicht an Bord. Er zappelte und hüpfte wie ein Flummi, bekam seinen Hintern einfach nicht hoch genug gehievt. Verzweifelt sah er zu seinen Kollegen hoch.

Mehrere Hände packten zu, und ratzfatz war der Nachzügler an Bord.

Das Rollo wurde abgelassen und die Maschine rollte nickend weiter, während der Pilot die Bremsentests durchführte.

Kein Quatsch, beim nächsten Lift würden auch Walter und ich in dieser Röhre sitzen. Diese Vision machte mir ein Gänsehäutchen, aber ein wohltuendes.

Wo blieb Walter nur? Er müsste längst zurück sein ...

Just in diesem Moment kam er von seiner endlosen Klomission zurück, käseweiß, leerer Blick.

»Flotter Otto«, sagt er leise, fast weinend.

Ich war von seinem Zustand schockiert. Mein Gott, Walter. Wie konnte ich ihm helfen?! Niemand konnte ihm jetzt helfen, er hatte akuten Durchfall ...

Es war das Aus für ihn. Das Aus auch für unseren ersten gemeinsamen Freifall.

Wir sahen uns zerknirscht an.

Er tat mir so leid. Der Mann war fiebrig krank, er hatte Schüttelfrost und gehörte nach Hause – ins Bett.

Durchfall oder Norovirus?! War die pipiwarme Cola schuld?

Ursachenforschung machte jetzt keinen Sinn. Mit inhaltsfeuchter Unterhose mag niemand in der vollbesetzten Kabine hocken.

Walter schien einen Schwächeanfall zu haben, was ihm furchtbar peinlich war. »Ich geh mal kurz rüber zum Manifest, fragen, ob die was gegen Durchfall haben ...«

Doch Walter wurde nicht mehr gesichtet. Versuche, ihn per Handy anzumorsen, gingen ins Leere. Dabei hatten wir uns so sehr auf dieses Abenteuer gefreut ...

Rückschau

Freitag, früher Nachmittag im Mai 2006. Ich war auf der Heimfahrt von Hamburg nach Bad Segeberg, hatte eben die A7 verlassen. Auf der B 206 rollte der normale Feierabendverkehr.

Das Wetter war klar und angenehm mild, seit ein paar Tagen schon.

Aus der Ferne sahen die bunten Schirme wie lustig vom Himmel purzelnde Spielzeuge aus, wie überdimensionale Luftmatratzen.

Das Schauspiel über dem Flugplatz Hartenholm zog automatisch die Blicke an, fast wäre ich in den spritsaufenden Monstertruck vor mir gerast. Um mich von dem Schreck zu erholen, fuhr ich links auf den Parkplatz, eine Pause war nach dem fruchtlosen Treff im Hamburger Hafen ohnehin fällig.

Ein abfahrender Geländewagen überließ mir seinen Platz – Glück gehabt!

Ehrlich gesagt war ich schon etwas länger neugierig auf die Bude an diesem Parkplatz gewesen. Wenn ich hier abends oder morgens vorbeifuhr, war sie stets von Menschen umlagert. Schon früh um sieben tummelten sich hier die Fernfahrer, der riesige Parkplatz stand voll mit Brummis.

Früher, noch gar nicht so lange her, war hier absolut tote Hose.

Was mochte der Grund für den Wandel sein? Jetzt würde ich es herausfinden.

Muss ne super Goldgrube sein, war mein erster Eindruck, doch der Reihe nach.

»Einen Cappuccino, bitte ...«

Die geschäftige Frau bestätigte durch freundliches Nicken, griff einen Becher und stellte ihn unter den Hahn des Kaffeeautomaten. Auf Knopfdruck spuckte die Düse frisch gemahlenen Kaffee in den irdenen Pott, obendrauf ein Schubs aufgeschäumte Milch, eine Prise Zimt, fertig.

»Dein Cappuccino, bitte!«

Die etwa 30-Jährige beugte sich gerade so weit vor, dass ihr nichts überschwappte. Etwas Schaum war trotzdem über den Rand gesuppt – okay, in Ordnung, einen edel zelebrierten Cappuccino durfte man hier nicht erwarten.

»Zweifünfzig, bitte – das erste Mal hier?«

»Ja, musste mal ne Pause einlegen.«

»Ne Pause«, wiederholte sie, »das Klo ist gleich um die Ecke.«

»Nix Klo«, sagte ich, »Pause ja, aber ohne Klo ...«

Unsere Blicke tasteten einander ab und blieben für einen Moment hängen.

»Ich bin Eva«, sagte sie und nahm meine drei Euro entgegen.

»Stimmt so.«

Mit gespielter Lässigkeit versuchte ich zu tarnen, dass ich sie mochte, mehr noch, die Frau hatte etwas, das mich beeindruckte.

»Conrad. Heiße Conrad.«

Erneut verfingen sich unsere Blicke, diesmal etwas intensiver.

Röte schoss ihr ins Gesicht, was ihr peinlich schien, aber auch ich ertappte mich verlegen.

Mongolin? Ukrainerin? Immigrierte Russlanddeutsche vielleicht?

Egal, diese Frau war eine Lotosblume, die meine Schmetterlinge aufweckte. Die grünblauen lachenden Augen, die würzige Stimme, ihre femininen Proportionen und Bewegungen. Eva erinnerte mich an Salvador Dalis Gemälde von seiner Lieblingsmuse. Eine Kopie davon hatte schon meine Studentenbude geziert.

Eva und zwei Helferinnen ackerten in der Bude auf engstem Raum. Hier ne Curry mit Pommes, da drei Kartoffelpuffer mit Apfelmus, etwas mehr oder weniger durchgebraten ...

Erstaunlich, was es hier außer Wurst und Pommes noch alles gab: kalte und heiße Getränke, frisch gepressten O-Saft, Omas Apfel-

und Vanillekuchen. Und dann die wirklich charmante Bedienung. Kein Wunder, dass der Laden lief wie ein Pferderennen.

Andererseits war die Flüssigkeit, in der ich rührte, nicht gerade preisverdächtig, nein, wirklich nicht. Ich hätte Kaffee ordern sollen, da konnte man nicht so viel falsch machen wie bei Cappuccino.

Egal. Die knackige Thüringer Bratwurst macht mich immer und überall an. »Die da bitte«, ich zeigte auf mein favorisiertes Objekt, und »schwupp« lag die Thüringer auf dem Pappteller.

»Zweifünfzig, bitte, Senf gibt's kostenlos«, scherzte Eva und gab mir das Wechselgeld in die Hand. Der Andrang an Evas Bude hielt an. Die Gäste schauten mit gekniffenen Augen und dem Kopf im Nacken in die Höhe. Um die 20 sinkende Gleiter vollführten da oben Karussellfiguren, riskant aussehende Spiralen, Kreise und Kurven. Man musste fürchten, dass sie miteinander kollidierten.

Diese Brathütte war wohl die einzige im Lande, die ihren Gästen eine so exklusive Kulisse bieten konnte. Kein Wunder, der Laden musste einfach florieren.

Beim Balancieren der Pappe durch die Menge stieß ich gegen einen Mann, der in einem Springeroverall steckte. Die dampfende Wurst geriet zwischen uns und fiel zu Boden.

»O sorry, tut mir leid!«, sagte ich vorsorglich.

Es sei eindeutig seine Schuld, sagte der Mann, womit er recht hatte. Mit »bin gleich wieder da« rannte er zur Brathütte, und eh ich mich versah, war er wieder zurück und reichte mir, o wie nett!, eine neue Pappe mit ner frischen Thüringer, daneben thronte eine riesige Senfpyramide.

»War doch nicht nötig«, untertrieb ich und biss hungrig ab.

Der Mann grinste breit und sah mir interessiert beim Kauen zu.

Was wollte der merkwürdige Typ nur?

Wieso ging er nicht seines Weges?

Und warum putzte er die Senfspuren nicht vom Overall ab?

Ich traute meinen Augen kaum: Er massierte die abbekommen

Senfkleckse ins Gewebe der Baumwolle hinein. Er machte das geradezu andächtig, indem er sie mit den Fingern verteilte, ähnlich Kunstmalern, die Farben auf der Staffelei verteilen. Komischer Vogel, dachte ich und glaubte, der Smalltalk sei nun beendet.

War er aber nicht.

Der Mann baute sich derart vor mich auf, dass ich ohne erneute Kollision nicht an ihm vorbeikam.

Auf seiner Brust prangte ein Graffiti aus Essensresten. Eine wilde Komposition aus Mayonnaise, Senf, Ketchup und Bratfett. Als er meine Verblüffung sah, beeilte er sich zu sagen, dass die Kruste sein Kälteschild sei. Dabei zeigte er demonstrativ hoch in die Luft und schlug sich, wie Orang-Utans das tun, gegen die Brust.

»Aha, also dein Kälteschild?«

Den Trick habe er den Radprofis abgeschaut, Tour de France und so. Wenn die bei alpinen Etappen talwärts rasen, stopfen sie sich vorher Zeitungspapier unter die Trikots, was gegen den eisigen Fahrtwind schütze. Er habe den Trick nur etwas modifiziert, indem er kein Papier nehme, sondern eine Kruste. Wenn er im Freifall durch eisige Luftzonen rase, schütze sie ihn, die Essenskruste, die sich jederzeit erneuern lasse.

»Genial«, log ich und hoffte, der seltsame Junkie würde mich nun meine Wurst essen lassen.

Aber nix da! Als ich mich davonmachen wollte, war es bereits zu spät. In just dem Moment war es zu der folgenreichen Wendung gekommen.

Mit der Penetranz eines Sektenpredigers wich der übel stinkende Mann nicht von meiner Seite.

Er klopfte mir kumpelhaft auf die Schultern und lud mich zu einem, wie er sagte, unvergesslichen Begleitflug ein. 15 Euro müsste ich berappen, das sei nur ein Trinkgeld für den affengeilen Trip.

Ich wehrte desinteressiert ab, sagte, dass ich zu Hause erwartet würde und jetzt gehen müsse. Aber der Filou ließ sich einfach nicht mehr abschütteln.

War der seltsame Spinner auf Kundenfang?
War die Rempelei Absicht?
Was sollte der Stuss mit dem Wind-Stopper-Trick?

Eh ich mich versah, thronte ich rechts neben einem Piloten in einem viel zu kleinen und viel zu lauten Kleinflugzeug, einer abgenutzt wirkenden »Cessna 182«.

Der mit Startchecks beschäftigte Pilot nahm kaum Kenntnis von mir. Er trug Turnschuhe, Jeans und ein olivgrünes T-Shirt mit dem Logo: »No Limit Sector«.

Während er an Knöpfen und Schaltern fummelte, blickte er mich bohrend an, aber ohne sich weiter um mich zu scheren. Erst jetzt läuteten bei mir die Alarmglocken.

Du musst hier sofort raus! Sofort, verdammte Scheiße!

Zu spät! Die einmotorige Kiste setzte sich in Bewegung, keine Chance mehr auf Flucht.

Mit vier behelmten Hasardeuren, die ineinander verschachtelt auf dem Boden kauerten, hob die betagte Cessna rumpelnd von der Runway ab. Lange würde der Motor die hohe Drehzahl nicht aushalten. Das Scheppern der Flugzeugzelle würde unweigerlich zum Kollaps führen.

Wir würden abstürzen!

Vorsorglich suchte ich schon mal das Terrain nach Stellen ab, die für eine Notlandung infrage kamen. Direkt unter uns lagen ein Biotop, daneben Viehweiden, dazwischen Wassergräben, Knicks und Zäune, wahrscheinlich aus Stacheldraht.

Im Sumpf würde ich ungern landen wollen. Baumkronen hielt ich als Stoßdämpfer für besser geeignet.

Auf den Weiden wären wir von Zäunen und Gräben hart gestoppt worden, womöglich hätten wir sogar das Milchvieh gerammt …

Vor uns lag der Wald, eine hoffnungsvolle Alternative.

Die imaginäre Notlandung generierte mir Horror. Meine Hände suchten Halt, doch das Steuerhorn vor meiner Nase dürfte ich keinesfalls berühren, bläute der Pilot mir ein. Es sei mit dem Steuerhorn des Piloten gekoppelt, und jeder Touch beeinflusse die korrekte Flugbahn.

Haltegriffe wie im Auto gab es nicht. Dem Türhebel war nicht zu trauen, die eh schon klapprige Tür könnte aufspringen.

Endlich! Nach etwa 30 Minuten kletterte die Maschine nicht mehr. Nach der Höhenmesseranzeige waren wir 4000 Meter über Grund, im Go-Level, wie ich mir zusammenreimen konnte.

Blankes Entsetzen. Mir standen beinah die Haare zu Berge. Dabei spürte ich mehrere Adrenalinschübe, versuchte aber, mir meinen Zustand nicht anmerken zu lassen. Ob mir das gelang, weiß ich nicht mehr. Immerhin flog das vibrierende Flugzeug noch. Es war noch nicht auseinandergebrochen. Also keine Notlandung, noch nicht.

Ich schöpfte wieder Hoffnung und betrachtete die Landschaft unter uns. Bäume und Straßen, weidende Kühe, Gräben, Moore, Häuser. Alles auf Spielzeuggröße geschrumpft.

Idiot, schimpfte ich mich, wie konntest du dich mit dem Graffiti vom Parkplatz einlassen? Bescheuerter Bauernfänger! Und du bist sein noch bescheuerteres Opfer geworden. Als ich glaubte, das Schlimmste sei überstanden, ging der Albtraum erst richtig los.

Die vier Hasardeure hatten sich entknotet, vom Boden erhoben und aufgerichtet. Sie bewegten sich behäbig, aber geschickt wie rappende Rapper. Mir ein Rätsel, dass sie nicht zusammenprallten, obwohl die Cessna ruckte, durchsackte und wie besoffen taumelte.

Die vier gaben sich mit den Augen Zeichen. Es schien ums Öffnen der Luke und die Sprungfolge zu gehen.

Auch mein schweigsamer Pilot blickte sich über die Schulter, eine Art Blitzcheck.

Dann nahm er den Vorschub raus – der Motor drehte nur noch im Leerlauf. Die akustische Warnung für den Strömungsabriss folgte, signalisiert durch markiges Tröten; für alle an Bord der Status: »Bereit zum Absetzen.«

Die Tröte erinnerte mich an den Film »Das Boot«. Im Film heulte immer dann die Tröte, wenn das unter Beschuss geratene U-Boot abzusaufen drohte, wie bei der nächtlichen Tauchfahrt durch die teuflisch verminte Straße von Gibraltar.

Unsere Tröte gab nur kurz Laut, vielleicht eine Sekunde lang. Dann öffnete einer der Springer die Backbord-Kabinentür, bis sie draußen am Rumpf »slicks« einrastete.

Im selben Augenblick schoss der entfesselte Orkan herein. Eisige Wirbel tobten durchs ganze Flugzeug, das ja keine Schotten hatte.

Verbale Kommunikation? Bei offener Luke unmöglich!

Alle in der Cessna – außer mir – hatten auf diesen Moment gewartet: »Exit and Go!«

Als ließe Tante Hedwig sich in den Whirlpool sinken, löste sich ein Typ nach dem anderen von der Luke ab, der Letzte per Salto rückwärts.

Jeder machte seinen Jump anders als sein Vorgänger, dabei waren alle ekstatisch-vergnügt, als bestünde nicht der geringste Anlass zur Besorgnis. Einer hechtete froschartig vor, ein anderer straffte seinen Body wie ein Wachoffizier am Tor zum Kanzleramt. Die hautnahe, von mir noch nie zuvor gesehene Exit-Phase war zugleich real und surreal, dabei lief alles absolut cool und geordnet ab, live, direkt vor meinen Augen. Ich vergaß für einen Moment, dass mir ja eigentlich hundeelend war.

Vier sympathische Chaoten, adrenalinberauscht, im Begriff, aus einer Höhe von 4000 Metern auf einem Quadratmeter Gras zu landen. Keiner schien besorgt, alles schien mit rechten Dingen zuzugehen, alle wollten nur das eine: »Exit«.

Nur dem mitgeschleiften Fluggast stockte der Atem. Wahnsinn! Absoluter Wahnsinn, was ich für 15 Euro zu sehen bekam.

Abends, zu Hause, war ich noch immer wie traumatisiert. Juliane hörte mir ungläubig zu. Zuhören war ja ein Teil ihres Berufs als Sozialpädagogin. Sie opferte sogar eine Flasche Wein von der

Bodenseekellerei, dazu leckere Dinkelkekse, gehortete Reste von Weihnachten. Ich solle ihr alles der Reihe nach erzählen, forderte sie, strahlte mich an und kuschelte sich an meine Seite.

»Die Verrückten ließen sich einfach so aus dem Flugzeug fallen, und im Nu war die Kabine leer. Die Luke war komplett offen, sodass der Orkan quasi mitflog. Er peitschte mir mit 200 Stundenkilometern ins Gesicht. Keine Chance für verbale Kommunikation. Physikalisch befanden wir uns während der Exit-Phase in labilem Flugzustand. In einer Phase, in denen Flugzeuge keinen Auftrieb mehr haben und im Begriff sind, abzustürzen. Unfassbar!«

»Und wie ging es weiter?«, fragte Juliane, am Weinglas nippend.

»Als die Männer abgesetzt waren, glaubte ich, der Horror sei nun überstanden. Ein Irrtum! Der Pilot fuhr die Landeklappen ein und gab wieder Gas. Ich nahm an, wir flögen nun gemütlich runter zur Landung. Doch der verrückte Hund drückte die Flugzeugnase steil nach unten. Dabei presste er die Lippen aufeinander, als strenge ihn das mörderisch an. Er umklammerte das Steuerhorn mit beiden Händen und drückte es bis zum Anschlag nach vorn, womit er den Steilflug einleitete. Den sich erbrechenden Fluggast würdigte er keines Blickes. Allmächtiger! Mein unseliges Ende?

Gleich würden uns die Tragflächen wegbrechen, der Absturz ist gewiss …«

»Der Pilot muss deinen Zustand doch bemerkt haben.«

In Julianes Stimme schwang jetzt deutliche Empörung mit.

»Schon möglich«, stimmte ich ihr zu, »aber was hätte das geholfen? Er drückte das sich widerstrebende Flugzeug steil nach unten. Höchstgeschwindigkeit! Die Flugzeugzelle zitterte, ächzte, knackte, gleich musste sie zerbersten.«

»Klingt ja apokalyptisch!«, amüsierte sich Juliane, ganz offensichtlich froh, nicht dabei gewesen zu sein.

»Apokalypse. Durchaus!«, sagte ich, während ich nach der x-ten Pfeffernuss langte. »Nein, ich hatte absolut keinen Schimmer, was bei Absetzflügen so abgeht. Der seltsame Graffiti hatte von ›unvergesslichem Begleitflug‹ gefaselt, nicht von Kamikazeflug. Mit ›unvergesslich‹ behielt er jedoch recht.«

»Und dann?«

»Nun ja, ich malte mir aus, wie ich mir den Mistkerl noch schnappen würde, und dann … Doch erst mal mussten wir heil gelandet sein – dann, ja dann würde ich ihn erwürgen.«

»Und wie weiter?«, fragte Juliane.

»Ich glaubte fest, dem Piloten sei das Hirn erloschen. Nach meinem Eindruck hatte er jede Kontrolle verloren. Adieu, liebe Welt … Er stank nach altem Schweiß und stierte wie hypnotisiert mal aufs Paneel, mal aus dem Seitenfenster. Die Windschutzscheibe war voll Fliegendreck, die Waschanlage leer, die Wischerblätter rührten sich nicht. Die Sicht nach vorn war gleich null, ihm schienen die Seitenfenster zu genügen.«

»Du hast ihm sicher ins Cockpit gekotzt«, empörte sich Juliane.

»Beinah – hab's wieder runtergeschluckt, wusste gar nicht, dass Erbrechen auch rückwärts funktioniert.«

»Pfui, Conny … und was passierte dann?«

»Sturzflug. Tschüss Mageninhalt, und wieder alles zurück. Ich saß in der mit Abstand fiesesten Achterbahn der Welt. Dabei hätte der lebensmüde Pilot den Sturzflug ohne Weiteres abfangen können. Tat er aber nicht. Er ignorierte sogar die aufzuckenden Kontrolllämpchen. Uns beiden und dem Flugzeug drohte nun das Ende. Wir würden krachend abstürzen. Adieu, du schöne Welt.

»Und was weiter?«

»Die Landebahn schon in Sicht, knallte es plötzlich unter der Cowling – Explosion! Unser Ende!«

»Ende?«, flachste Juliane. »Du futterst munter meine Kekse weg … Also, was passierte dann?«

»Die Knallerei waren nur harmlose Fehlzündungen. All das schien den Piloten nicht im Geringsten zu scheren, er wollte, wie er später sagte, etwas Verspätung aufholen.«

»Und weiter?«

»Kurz bevor mir der Mageninhalt endgültig aus dem Gesicht fiel, sind wir auf der Runway gelandet. Nein, nicht kopfüber. Nein, ganz und gar nicht. Wir landeten, wie die Schwäne landen, etwas onduliert, aber traumhaft sicher.

Als wir Bodenkontakt hatten, war meine Übelkeit augenblicklich weg. Und, als wäre der Schnupperflug super in Ordnung gewesen, rollten wir brav auf dem Taxiway zurück, ohne besondere Eile, bis in die reguläre Parkposition.«

»Oh, Conny«, hauchte Juliane. Sie goss die Gläser nach mit weißem Bodenseewein und erwartete das Finale der Story.

»Als der drangsalierte Kolbenmotor endlich schwieg, lachte der Spleener mich mitfühlend an und stellte sich als Carolus vor.

›Na‹, grinste er mir breit ins Gesicht, ›Fragen?‹

Das kommentierte ich nicht.

Erst als die Tür offen war, gelang mir ein geknautschtes Grinsen. Wie gelähmt, bewarf ich den Tyrannen mit einem Blickfeuerwerk, Worte brachte ich nicht zustande.

Urplötzlich war mein Pilot namens Carolus wie ausgewechselt.

Routinemäßig checkte er alle möglichen Knöpfe, Kipphebel und Armaturen. Er lächelte und wirkte geradezu entspannt. Erstaunlicherweise fing der Mann sogar zu sprechen an.

Er sei selbst mal gesprungen. Hätte sich bei einem Turnier in Bern alle möglichen Gräten gebrochen, eine Rückenversteifung sei ihm als Souvenir geblieben. Er sagte das so, als würde er vom Mann im Mond sprechen.

›Wie kam es zu dem Unfall?‹, fragte ich ihn, rechnete aber nicht mit einer Antwort.

›Line Twist‹, sagte Carolus trocken.

›Was bitte ist Line Twist?‹

›Hatte ne Fehlöffnung, Fangleinen verheddert, schlampig gepackt, mein Fehler.‹

Dann wechselte Carolus wieder in den Schweigemodus. Er lupfte aus der Hosentasche eine plattgesessene Packung Zigaretten und steckte sich eine davon an …«

»Und wie seid ihr verblieben?«, unterbrach mich Juliane.

»Ich machte ihm entgegen meiner Absicht keine Szene. Nach alledem war ich froh, wieder festen Boden unter den Füßen zu spüren.

Er sagte noch, dass er nach der Reha den Pilotenschein gemacht habe und in seiner Freizeit als Absetzpilot jobbe. ›Bullenreiten‹, nannte er den Job. An manchen Tagen komme er auf 15 bis 20 Lifts, heute seien es erst elf …

Übrigens, so Carolus, seien Sturzflüge kalkulierbar, wenn alle Parameter passten. Er kenne die Limits der Maschinen, die er flöge, wie seine Barthaare.«

»Also habt ihr euch wieder versöhnt, oder?«

»Ja, Carolus konnte plötzlich sympathisch lachen. Ich solle doch mal wieder vorbeikommen, er würde sich sehr freuen. Dann sog er den Rauch seiner ›Gitane‹ metertief in seine Lunge. Zum Schluss klatschten wir volle Hand ab, aber ohne uns irgendwas zu versprechen.

›Man sieht sich, okay?‹

›Okay, man sieht sich.‹«

Juliane nippte gedankenverloren an ihrem Glas und fragte wie entrückt: »Warum tun die Leute sich das an? Das ist doch alles andere als schlau oder witzig. Wahnwitzig ist das!«

»Meinst du die vier Hasardeure?«

»Ich meine dich, Conny, und Carolus und Fallschirmspringen per se. Das ist doch alles Harakiri und so was von leichtsinnig.«

Juliane hatte eindeutig recht. Aber ich schwieg, das eben Erlebte war noch zu frisch. Auch zirkulierte Eva mir noch im Kopf herum und der bekloppte Graffiti und Carolus, der fast tödlich verunglückt wäre. Und obendrein mein Hamburg-Termin. Der Kunde erwartete bis übermorgen schriftliche Projektdetails …

»Du weichst mir aus, Conrad«, beharrte Juliane. Sie wolle doch nur begreifen können, warum vernünftige Leute sich ohne Not derartigen Gefahren aussetzen. Aber wie sollte ausgerechnet ich, der Überrumpelte, dazu etwas sagen können?

Juliane senkte den Blick enttäuscht zu Boden.

»Also gut«, sagte ich und plauderte über meine heutigen Eindrücke: »Die meisten Parachuter sind männlich, kaum einer über 40. Man pflegt eine Art familiäre Kameradschaft. Den Freaks geht's um sprungtechnische Perfektion, was Ausdauer und viel Disziplin erfordert. Nein, lebensmüde sind die Leute nicht, verrückt aber schon … Ihre Motivation mag sich aus Risikobereitschaft und Kicksuche ableiten. Die Faszination, etwas zu tun, das nur wenige reizt, mag sie antreiben.

Eine Fallschirmmontur kann sich übrigens jeder leisten, es gibt auch gebrauchte. Nein, Juliane, die Typen sind nicht meschugge. Wird sicher auch ein paar Angeber und Adrenalinjunkies geben – im Grund weiß ich so wenig wie du …«

Juliane schwieg. Es war ihre Art, Neues erst mal sacken zu lassen.

»Gefallen sie dir?«, fragte sie unvermittelt.

Meinte sie etwa die selbst gebackenen Kekse? Ich folgte ihrem Blick nach unten.

Peinlich, die Korbsessel, auf denen wir saßen, waren neu.

»O wie hübsch, und sooo bequem!«, beeilte ich mich zu loben und bohrte meinen Hintern extra tief in die Polster.

Sie habe sie im Internet ersteigert und sie seien erst vor einer Stunde geliefert worden. Dann rückte sie mit der Kardinalfrage heraus.

»Und, Conrad, wie steht's mit dir?«

»Ist doch klar«, behauptete ich, »nie wieder werde ich in so einen Seelenverkäufer steigen!«

»Wirklich, Conny?«

»Versprochen, Juliane!«

Bei »wirklich« öffnete sich ihr Mund einen Spalt. Ihr Gesicht füllte sich mit dem »Alles-oder-Nichts-Strahlen«, das ich an ihr so liebte. Zärtlich drückte sie ihre warmen Lippen auf meine. Mit beiden Händen umfasste sie mein Gesicht und flüsterte mir ins Ohr: »Wer immer da oben rumgeistern möchte, aber nicht du, Conrad …«

»Nein«, flüsterte ich, »dieser Carolus wird mich nie wieder sehen …«

Juliane genoss mit geschlossenen Augen, wie ich langsam mit den Fingerspitzen ihren Haaransatz kitzelte. Die Welt löste sich auf wie Zucker im Tee. Wir spürten beide die weichen Flügelschläge von tausend bunten Schmetterlingen. Zauberhafte Ewigkeiten. Dann überkam uns ein nicht mehr beherrschbares Verlangen, bis wir uns endlich auf den Teppich sinken ließen …

Am nächsten Morgen weckte mich köstlicher Kaffeeduft. Juliane war schon fertig angekleidet: marineblaue Bluse, weiß betupft, die Jeans aus dem Floridaurlaub, dazu passend die braunen Pumps aus Florenz. Sie kam gut gelaunt von der Bäckerei mit unseren Lieblingsbrötchen. Auf dem Tisch standen ihre selbst gemachten Marmeladen und frisch gepresster Orangensaft.

Noch im Schlafanzug setzte ich mich an den runden Marmortisch. Wir hatten beide einen Fable für runde Formen und Möbel aus Echtholz. Wie immer gab's Cappuccino, den keiner so zelebrieren konnte wie sie.

»Hast du eigentlich schon unseren Inselurlaub gebucht?«, erkundigte sie sich beim Eierpellen.

Im August wollten wir eine Woche auf der Insel Föhr verbringen. Ich liebte das kleine Eiland am Rand der Nordsee, nirgends konnte man besser entschleunigen.

Oft schon hatte ich ihr von Föhr vorgeschwärmt, von Freds uriger Kate, wo es den besten Fisch der Welt gab, vom Kutter direkt in die Pfanne.

Echt delikat der weiße Heilbutt mit Shrimps im Gemüsebett, dazu halbkrosse Bratkartoffeln mit Zwiebeln, Speck und Dillsauce, alles mit Butter und frischen Inselkräutern liebevoll zubereitet.

Fred war früher als Koch zur See gefahren, zuletzt auf der M.S. Deutschland. Seine reetgedeckte Kate war nicht nur auf Föhr der Geheimtipp, auch in angesehenen Gourmetführern war man des Lobes voll. Knisterndes Kaminfeuer und drumherum Walfanggeschirre. An den Deckenbalken hingen bronzene Schiffsglocken, grausige Harpunen und Fangnetze mit mumifizierten und ausgestopften Seemonstern.

Die Kate glich mit ihren Kuriositäten einem Seefahrtsmuseum. Sie war, Freds Frau Simone sei Dank, zum Inbegriff für DIE maritime Küche mutiert, gleichzeitig zum Inbegriff für Gastfreundschaft ohne Sternedünkel.

Ich hatte Juliane auch von den endlosen Stränden vorgeschwärmt, von barfüßigen Wattwanderungen in jodhaltiger Seeluft. Von der Rückkehr der Krabbenkutter, begleitet von keifenden Möwen. Der Föhr-Urlaub war meine Idee gewesen und Juliane war neugierig darauf. Sie freute sich auf die gewaltigen Sanddünen, in denen man sich von seefrischen Brisen den Körper massieren lassen konnte.

»Nein, noch nicht gebucht«, musste ich ihr gestehen, aber ich würde mich drum kümmern, bis August dauere es ja noch ... Damit war's erst mal gut. Unser gemeinsames Frühstück war, wie meistens, die Zauberformel für einen positiven Tag.

Ja, wir freuten uns wie Kinder auf ein paar stressfreie, sonnige Inseltage.

Drei Autostunden nur, und wir wären da. Von den Streikorgien der Lufthansa und der Deutschen Bahn hatten wir die Nasen gestrichen voll.

Wir tranken den letzten Schluck Kaffee aus und beeilten uns, in die Arbeit zu kommen.

Bei der Autofahrt nach Hamburg musste ich wider Willen an den rabiaten Begleitflug denken. Der Erlebnismüll spukte mir noch den ganzen Tag im Kopf herum. Auch an den Folgetagen war das so. Dabei war das doch längst Schnee von gestern. Der Begleitflug war nur Zufall gewesen, eine dumme Fehlentscheidung. Luftsport hatte mich nie interessiert! Mein Element war das Wasser: Schwimmen, Surfen, Segeln, Tauchen.

Schon merkwürdig, wieso das Carolus-Syndrom so nachhaltig an mir klebte. Schöne Erlebnisse kamen weiß Gott anders daher, da musste man nicht sein Essen erbrechen. Hochgradig riskante Kabinettstücke gingen da oben ab, Hell-Riding out of limits.

Nö, mit Carolus' grenzwertiger Adrenalinwelt wollte ich nix mehr zu tun haben.

Doch die schrillen Szenen folgten mir überall hin nach, besonders vor dem Einschlafen, oder wenn ich solo im Auto unterwegs war. Dann zogen die vier eiskalten Hasardeure wieder ihr Ding ab, und Carolus, der Teufelsflieger, ebenso.

Nein, nein, die Männer waren sicher keine Idioten. Es waren keine Hasardeure. Es waren charmante Kerle, jung, sympathisch und obendrein sehr witzig und mutig.

Wieso diese Nachbeben bei mir im Kopf? Ja, es machte mir einige Probleme, das Erlebte mental wegzustecken.

Wieso tun die Leute so was?!

Was für eine Welt ist das?

Wieso stürzt man sich permanent aus Flugzeugen?

Okay, ging mich nichts an und betraf mich auch gar nicht.

Doch manchmal hatte ich wieder den öligen Kerosingeruch in der Nase und hörte die Luftwirbel peitschen. Manchmal saß ich wieder auf dem Co-Pilotensitz und spürte die ausgeleierten Sprungfedern am Hintern kneifen. Und manchmal saß ich geschockt neben dem abgebrühten Carolus, der keine Sicht hatte, weil die Frontscheiben total verdreckt waren.

Er wirkte auf mich wie ein sehbehinderter Raubvogel, der tastend den Luftraum abscannte, um dann im Sturzflug auf das Beutetier loszuschießen.

Jene atemberaubenden Szenen wollte ich eigentlich abhaken, aber die imaginären Kobolde ließen mich nicht los. Stattdessen törnten sie mich an, aber wieso in Teufels Namen?

Wieso fühlte sich das eben noch als masochistisch Verworfene wie eine, nein, wie meine hochpersönliche Angelegenheit an?

Carolus' Kamikazewelt ließ sich partout nicht verdrängen.

Was ist mit dir los, Conradi? Du hast »Nie wieder!« gelobt und es Juliane mit Herzblut versprochen. Fallschirmspringen ist brotlose Kunst! Vergiss Carolus. Wirf den Trip ins Feuer und lass ihn zu Asche verbrennen!

Aber der Wunsch, bei den Verrückten noch mal vorbeizuschauen, wuchs subtil weiter – gegen alle Vernunft. Meine Zwiespältigkeit ärgerte mich sehr. Mit Juliane zu reden wäre unfair gewesen, es hätte sie unnötig belastet. Als neu gewählte Gruppensprecherin war sie in großer Sorge, weil älteren Kollegen die Arbeitsverträge gekündigt hatten und einer dubiosen Zeitarbeitsfirma angedient werden sollten. Finanzielle Einbußen, kontraproduktives Betriebsklima und soziale Unsicherheit würden die Folgen sein.

Ältere Kollegen reklamierten Verrat, jüngere sahen ihre beruflichen Ziele wegbrechen. Juliane sollte auf der Tagung in Fulda die Interessen der Mitarbeiter vertreten. Seit Tagen rumorte es in ihr. Mit sozialen Argumenten sollte sie gegen versierte, überwiegend männliche Lobbyisten bestehen. Mein Krimskram war dagegen belanglos ... Nein, damit mochte ich sie nicht behelligen, nicht jetzt.

»Das Gegenteil von Zaudern ist Entschlossenheit.« Also wäre ein konsequentes »Njet« die Lösung gewesen. Aber ganz so einfach funktionierte es nicht. Sieben Tage war der Kamikazeflug jetzt her und noch immer waberten die Bilder und Endzeitgerüche durch meine Visionen.

Hatte sich jetzt doch ein Virus eingenistet?

Mein Ringen war Juliane nicht entgangen, aber sie hielt sich tapfer zurück, was ich ihr mit Blümchen und Naschereien dankte. Doch echte Freude sah bei ihr anders aus ...

»Bekloppt, wer das fliegende Flugzeug grundlos verlässt.« Damit lag Juliane goldrichtig. Auch ich war ja dieser Überzeugung. Doch Hirngespinste scherten sich einen feuchtwarmen Pferdeapfel um Vernunft. Irgendwie reizte mich der bekloppte Fallschirmrummel.

Würde ein einmaliger, unverbindlicher Versuch klare Verhältnisse schaffen? Ein Probetraining oder so? Wie auch immer, das Virus in meinem Kopf machte, was alle Viren tun: sich festsetzen und vermehren.

Also doch, aber nur ein einziges Mal – nur zur Probe …

Es wird sicher nicht so schräg werden wie mit Carolus. Er und die vier abgebrühten Hasardeure waren Profis, trainierte Freifaller, irre Freaks, je verrückter, desto geiler.

Mit Anfängern würde man rücksichtsvoll umgehen. Ja, natürlich würde man das. Probiere es einfach mal aus, Conrad …

Halleluja!

Probiere es einfach mal aus!

Auf diese Eingebung hatte ich lange warten müssen.

»Ausprobieren?!«, so die Empfehlung meiner inneren Stimme. In wichtigen Lebenslagen hält sie sich ungern zurück. Sie warnt mich bei Gefahren und wenn ich mich folgenschwer zu übernehmen drohe. Meiner inneren Stimme vertraue ich blind, seit ich denken kann. »Ausprobieren!«, lautete die Zauberformel. Das war eine klare Aufforderung zum Handeln. Okay, wer nichts wagt, kann nicht mitreden, wieso war ich nicht gleich drauf gekommen?

Der Tanzlehrer

Mein liebenswerter Freund, die Stimme von Dahinter, klang nicht gerade euphorisch. »Probiere es einfach mal aus«, erleichterte mir vieles. Nun konnte ich mir sogar vorstellen, einen Anfängerkurs zu belegen. Und wenn's am Ende ein Fehler war?! Egal, Experimente sind lehrreich und Wagnisse konstruktiv, weil wir Antworten erhalten. Ob Top oder Flop stellt sich erst im Praxistest heraus. Okay, Conrad, nur ein einziges Mal – beschlossen und verkündet.

Seit ich mich pro entschieden hatte, wurde es endlich wieder hell in meinem Kopf. Mir kam plötzlich die Idee, Juliane mit ins Boot zu holen. Natürlich würde sie mich auslachen, aber einen Versuch war's mir wert …

Leider keine gute Idee, der Schuss ging bombastisch nach hinten los.

»Wann gehen wir endlich Tango tanzen? Du hast es mir fest versprochen!«

»In den Wintermonaten – wär das okay für dich?«

»Nein, nicht okay, jetzt wäre es mir lieb. Die Tanzschule bietet laufend Kurse an. Ich werde uns gleich morgen anmelden!«

»Tango. Also meinetwegen, aber lass uns bitte im Winter damit anfangen …«

»Also gut, Conny, ich notier das fett im Kalender und werde dich rechtzeitig dran erinnern. Solltest du wieder kneifen, überleg ich mir das Angebot von Pedro Gomez. Ihm wär es eine Ehre, ihn mir zu zeigen – den Tango Argentino.«

»Wie bitte? Wer zum Henker ist Pedro Gomez?«

»Der Tanzlehrer!«, sagte Juliane stachlig wie ein Kaktus.

»Tanzlehrer? Gomez?«

Witzig fand ich das keineswegs, weil sofort Erinnerungen an meine Ex hochkamen. Sie war mit so einem Strahlemann abgehauen. Ihm war es gelungen, meine Exfrau mit esoterischem Psychomist zu ködern. Sie war voll drauf abgefahren und bald waren beide in der esoterischen Wollust gelandet.

Die intrigant inszenierten Spielchen hatten meine geliebte Familie zerstört und mir einen schlimmen Leidensweg beschert.

»Kruzifix!«, ging das Theater schon wieder los?

»Was will Senhor Gomez von meiner Freundin Juliane? Wer ist der angebliche Tangolehrer?«

Julia, die mein Vorleben kannte, wusste, dass sie tief ins Fettnäpfchen getreten war. Umso mehr bemühte sie sich nun um Schadensbegrenzung.

»Also, Conny, Senhor Gomez ist ein feiner, gebildeter Mann. Er hat sich nach seiner Karriere dem Tango verschrieben und in Lübeck die ›Akademie für südamerikanische Gesellschaftstänze‹ eröffnet. Er ist leidenschaftlicher Tänzer und genießt auch als Choreograf hohes Ansehen. Im Übrigen steht er gar nicht auf Frauen, sondern auf gut gebaute Männer.«

»… auf gut gebaute Männer?«

»… so hat er es mir erzählt – ich glaube ihm.«

Und ich glaubte Julia, womit die Angelegenheit eigentlich beendet war. Doch sie wurde plötzlich sehr traurig. Als ich sie in die Arme nahm, brach eine Lawine aufgestauter Träume aus ihr hervor. Schon als kleines Mädchen habe sie vom Tanzen geträumt. Sie wollte so gern Balletttänzerin werden, aber ihre Eltern hätten nicht die Mittel gehabt.

Für sie sei Tanz eine Sprache, eine wunderbare Körpersprache. Worte seien überflüssig. In der Sprache des Tanzes werde alles gesagt und alles verstanden. Und, hörte ich staunend, unter den Tänzen sei der Tango etwas ganz Besonderes; er sei der Mount Everest des Tanzes, die pure Leidenschaft.

Über sich selbst gerührt, tupfte sie sich die Augen und flüsterte: »Lass uns zusammen in die Akademie gehen, bitte, Conrad, du wirst ihn mögen, den Senhor Gomez …«

Auweia, ein verletztes Kinderherzchen. Ich drückte sie fest an mich und bedauerte den Anflug meines Misstrauens.

Seit diesem Gespräch stand fest: Juliane würde keinesfalls beim Fallschirmspringen mitmachen, heute nicht und morgen nicht. Sie liebte das Tanzen, Paartanzen und Tango-Schnickschnack. Nur damit ließ sich ihr Herz erfreuen. Doch mit einem tänzerischen Plattfisch wie mir argentinischen Tango tanzen lernen, ojemine …

Als Juliane sich wieder berappelt hatte, wollte sie mir eine Kostprobe geben. Sie posierte wie eine Königskobra und wirbelte mit kilometerlangen Schritten durch die Zimmerflucht. Plötzlich schoss sie aus dem Stand hervor, stampfte dramatisch mit den Füßen aufs Parkett und imitierte fingerschnippend Kastagnetten.

Als unter ihren flinken Füßen der Teppich wegglitt und das finale Olé in einem flauen Oje floppte, hielten wir uns vor Lachen die Bäuche. Doch blitzschnell war sie wieder im Takt. Sie schnappte meine Arme und schob mich links- und rechtsdrehend durch die Räume. Ich solle mich nicht so steif anstellen und so weiter …

So schillernd hatte ich sie noch nie erlebt. Juliane war irre wie ich, nur auf einer anderen Ebene.

»Manchmal«, sagte sie, »fühle ich mich in deinen Armen, wie wir im Dreivierteltakt übers Parkett gleiten; ein starker Mann und eine glückliche Frau. Zwei federleichte Körper, ekstatisch zu einem vereint. Du und ich, bis ans Ende der Welt. Wir schweben davon wie Musik, getragen von flammendem Flamenco …«

Spätestens jetzt wusste ich, was Juliane wirklich wichtig war: edler Tango Argentino und fetzender Flamenco. Sie würde niemals wie ein Kaffeesack an irgendwelchen Fallschirmen hängen und die Vögel imitieren. Tanzen wollte sie und hemmungslos getanzt werden. Kreischen wollte sie und sich in explosiven Kostümen neu erfinden. Ja, sie wollte mit mir sogar nach Argentinien reisen, hin zu den Quellen ihrer großen Leidenschaft.

Schon gleich bei unserem ersten Treffen im »Backtempel«, dem angesagten Künstlertreff in Lübecks Altstadt, waren mir ihre künstlerischen Neigungen aufgefallen. Was sie alles über lateinamerikanische Kulturen wusste, war beeindruckend. Der Tango komme ursprünglich aus Buenos Aires, geboren in den Armenvierteln an den Ufern des Rio de la Plata.

Er sei jüngst von der UNESCO zum Kulturerbe erhoben worden und zähle zu den ewigen Meisterwerken der Kunst, vergleichbar mit Leonardo Da Vincis Gemälde »Das letzte Abendmahl«.

Sie schwärmte von endlos geschlitzten Röcken, von Brokathosen, von Netzstrümpfen in knalligen Farben. All das könne man per Mausklick im Internet kaufen, auch eisenbeschlagene Schuhe, für Sie und Ihn, und außerdem noch dies und jenes …

Ihr kolossales Wissen förderte mein totales Unwissen zutage, was damals weder sie noch mich störte. Auch Zuhören und Staunen können schön sein und spannend, wenn man dabei glücklich ist. Am meisten faszinierte mich schon damals ihre Art, wie sie erzählen konnte: Humorvoll. Kundig. Aufregend. Sexy.

In unserer Flirtzeit haben wir zweimal »Evita« gesehen, im Theater und im Kino. In ihrem Alfa Romeo lag die CD von Madonna parat, und unter der Dusche sang sie gern Evitas schmerzschwangere Hymne »Don't cry for me Argentina« … und das hörte sich richtig gut an.

Nein. Juliane war für meine beabsichtigte Luftnummer eindeutig nicht zu haben, das stand seit heute fest.

Der Hörsaal

Freitags um elf begannen beim FC Condor die Anfängerkurse. Der Formalitäten wegen war ich zeitig angerückt.

Das fliegerärztliche Attest war als Originaldokument abzugeben, ohne ärztliche Bestätigung der körperlichen Tauglichkeit geht in der Luftfahrt gar nichts.

Den Versicherungsvertrag und ein paar andere Papiere hatte ich unterschrieben, ohne das Kleingedruckte zu lesen. Die faulen Eier in Versicherungsverträgen werden dem Kunden so oder so untergejubelt. Außerdem beabsichtigte ich nicht, ewig zu bleiben, vielleicht wär ja schon nach ein, zwei Tagen wieder Schluss. Mal schauen, was so laufen würde. Die reguläre Kursdauer betrug eh nur zwei Wochen.

»Das ist erst mal alles«, sagte die junge Frau vom Manifest, und: »Wir reden uns hier alle mit Du an.« Ob ich einverstanden sei?

»Kein Problem, mein Name ist Conrad, mit ›C‹ – okay?«

»Alles klar ... Conrad mit ›C‹, schön, dich hier zu haben!«

Die fahrige Frau musste – stehend – alles zugleich tun: telefonieren, Listen führen und pausenlos Auskünfte geben. Zudem rang sie mit einem rot gefärbten Strähnenbüschel, das ihr störend ums Headset tanzte. Ein simples Gummi und das Problem wäre gelöst, dachte ich bei mir.

Laila sei ihr Name, mit »a«, betonte sie und schmunzelte spitz.

Ihre Konzentration galt hauptsächlich dem Flugfunk, den sie per Headset abhörte. Der Job hatte das Potenzial von zwei Jobs, aber sie schien damit fertig zu werden. Irgendwie passte der Stress zu Laila.

»Herzlich willkommen im FC Condor!«, sagte sie, bemüht um ein einnehmend-sympathisches Lächeln.

»Danke, Laila! Ich freue mich ... bin gespannt.«

Meine Frage, was denn jetzt Sache sei, ging unter. Laila musste im

Feldbuchrahmen, den sie um den Hals trug, Notizen machen, und dabei flatterten ihr immer wieder die roten Strähnen vor die Augen.

Während ich mich an Bahnhofshektik erinnert fühlte, ermahnte sie mich, ich möge mir bald eigenes Equipment anschaffen, weil die Club-Schirme nur für die Schulung reserviert seien. Sie gehe davon aus, dass ich in Kürze Inhaber des »Luftfahrerscheins« sei und dann, so Laila, ergebe sich das sowieso. Wild gestikulierend zeigte sie zu den Hangars rüber, wo ich den Hörsaal fände und wohin ich mich jetzt begeben möge.

Zehn Erwachsene bevölkerten den Raum, alle männlich, alle in Turnschuhen und Overalls, wie man uns Azubis empfohlen hatte.

Der Hangar war durch eine Leichtbauwand in zwei Raumhälften getrennt, was den Motorenlärm von draußen erträglicher machte. Für Tageslicht und frische Luft sorgten vier Velux-Oberluken.

Die Schulungen fanden im hinteren Teil statt. Vorn parkten dicht an dicht mehrere Ultra-Light-Flieger, die, wie ich meine zu Unrecht, als »fliegende Rasenmäher« verhöhnt wurden.

Des Raumes Prachtstück war die nostalgische Tafel aus echtem Schiefer. Davor hatte man ein Rechteck aus Tischen und Stühlen zusammengeschoben, vermutlich Beutestücke vom Sperrmüll.

Der Kaffeeautomat und der Overhead-Projektor schienen neu.

Auf einfachen Holzregalen lagen wichtig aussehende Geräte und Instrumente, denen anzusehen war, dass unzählige Hände sie schon befummelt hatten.

Hörsaal? Der sogenannte Hörsaal war ein Schmarrn.

Er lag, wie gesagt, im hinteren Teil des Hangars. Der Hangar war eine alte Nissenhütte. Eine primitive Blechbehausung, wie man sie zum Ende des Zweiten Weltkriegs überall aufgestellt hatte, als Notunterkünfte, aber auch als Lager für Gerätschaften, Munition und Waffen.

Optisch erinnern Nissenhütten an überdimensionale, halbierte Ölfässer. Unsere Nissenhütte maß 20 mal 10 Meter, der ganze

Hörsaal 100 Quadratmeter. Die Wellblechkonstruktion war mit Flickstellen übersät. Auf dem Fußboden standen Dutzende Gefäße, die bei Regenwetter unter den Leckagen platziert wurden.

An den Innenwänden hatte sich uralter Ruß abgesetzt. Kleidung, die damit in Berührung kam, musste in die chemische Reinigung.

Durch die erdberührende Geometrie konnte man nur in der Raummitte aufrecht stehen.

Im Jahr 1950 war der heutige, private Sportflugplatz entstanden. Ein Spaßvogel habe irgendwann das Namensschild »HÖRSAAL« prägen lassen und an die Tür geschraubt, wie wir von unserem Coach hörten. Seitdem ist »Hörsaal« der hochtrabende Begriff für den wohl einzigartigen Schulungsraum.

»Noch als Großväter werdet ihr euch an unsere Akademie erinnern«, prophezeite uns Fabian mit breitem Grinsen und behielt recht. Keiner von uns kam ohne Beulen und rußverschmierte Klamotten davon.

In der ersten Lektion ging's um Sicherheitsbelange auf Flugplätzen im Allgemeinen. Um Begriffs- und Notfallkunde und eine Prise Luftrecht. Langweilige Dias mit Aha-Effekt wurden an die Wand projiziert. Vertiefende Sicherheitsregeln und Verordnungen sollten wir im Skript nachlesen.

Das meiste der Lektion war logisch und verstand sich von selbst.

Die zweite Lektion, nachmittags, behandelte physiologische Belange, denen Luftsportler in der Troposphäre ausgesetzt sind.

Unser Blutkreislauf erfährt bei abnehmender Luftdichte eine Unterversorgung mit Sauerstoff, was sich nachteilig auf Gehirn und Herzkreislaufsystem auswirkt. »Hypoxie« nennen es die Mediziner. Laien kommen mit dem Begriff »Höhenkrankheit« aus.

Die auch bei Alpinisten gefürchtete Höhenkrankheit führe erst zu Atemnot und dann zu Kreislaufbeschwerden. Sie könne auch zu Lungenödemen führen und lebensgefährliche Folgen haben.

In Höhen von über 4000 Metern kann die Akklimatisierung für

Alpinisten an »dünnere« Luft Tage und Wochen dauern. In der Luftfahrt begegnet man dem Problem mit Atemluftkompressoren, die in den Kabinen vollautomatisch für Druckausgleich sorgen.

Wir Parachuter bräuchten uns über Atemnot und Lungenbluten keinen Kopf zu machen, unsere Instruktoren würden das jederzeit zu verhindern wissen.

Damit war das erste Tagespensum durch. Massive Regel- und Verhaltenskunde, die man erst mal sacken lassen musste.

An Tag zwei ging es um Meteorologie, um korrektes Lesen von Wetterkarten und meteorologischen Symbolen, wie das Deuten von Isobaren, den Linien gleichen Luftdrucks. Weiter ging es um Unterschiede der Wolkenstrukturen und deren meteorologische Bedeutung. Frontsysteme und Konklusionswetterlagen wurden uns erklärt, weil besonders Meteorologie in der Prüfung gefragt werde, bläute Fabian uns ein.

- Wie und wo entstehen Wolken? Wie unterscheiden sie sich? Wie lauten ihre Namen?
- Wann spricht man in der Luftfahrt von kritischen Wetterlagen?
- Wie verhält sich der Luftfahrer bei Gewitter, Sturm oder Nebel?
- Wie beim Überfliegen von Wasserflächen oder Wäldern, wenn die thermischen Bedingungen so sind oder anders?
- Das Verhalten von Luftdruck, Temperatur und relativer Luftfeuchte ist kongruent – warum?

Am Ende der Lektion musste jeder eine Wettersituation basteln und sie vor der Klasse erklären. So wollte Fabian deutlich machen, warum bei kritischem Wetter Fallschirmspringen tabu ist und wir immer einen Höhenmesser mitführen, mit dem wir perfekt vertraut sein müssen.

Nachmittags waren die Fallschirm-Öffnungs-Griffe und das Üben der Pre-Checks an der Reihe.

Den Exit probten wir an Eigenbausimulatoren. »Simu-1« war kaum höher als eine Treppenstufe, »Simu-2« war verstellbar bis ein Meter über Grund.

Richtiges Fallen und Abrollen könnten nicht genug geübt werden, weil Stürze, auch aus geringer Höhe, zu bösen Muskelzerrungen und sogar zu Frakturen führen können.

Beim Falltraining stellten sich gern hämische Gaffer ein, weil viele Hechtrollen grandios misslangen. Bei Synchronsprüngen mussten die Partner sich hetero umfassen und die (virtuelle) Luke als Knäul verlassen, was schrägste Figurenkomik generierte.

Überhaupt kam niemand beim Falltraining ohne Blessuren davon. Wer sich heute vor Häme bog, wurde morgen selbst zum Clown, weil richtiges Fallen und Abrollen immer wieder geübt werden mussten, auch von den supercoolen Profis.

Spätnachmittags war Konditionstraining angesagt – freiwillig. Der nicht bei allen beliebte Waldlauf ging über neun Kilometer; Start und Ziel war der Nordpfeil beim Tower.

Fabian, der immer mitlief, dosierte das Tempo so, dass wir einen Kilometer vor dem Ziel alle gleichauf waren.

Das auf diese Weise erzeugte »Wir-Gefühl« kam auch bei anfänglichen Nörglern an. Um die 50 Minuten dauerten die Läufe, immer kamen alle ans Ziel, einige frisch und fidel, andere leicht zerstört.

»Nächstes Mal wollen wir dann mit 45 Minuten auskommen – okay?!«

»Wir? Was heißt denn bitte wir?«, fragte Ricardo, schwer keuchend.

»Hat da jemand was gesagt?«, rief Fabian.

Schweigen.

»Also alles klar, morgen um zehn im Hörsaal!« Fabian hatte den Ruf, dass er mit wenigen treffsicheren Worten auskam.

Nach dem Konditionslauf lechzte die Mehrheit nach Flüssigem. So endeten die Kurstage im gemütlichen Blockhaus am Zapfhahn. Duschen konnte man auch später.

Sonntag, dritter Tag unserer theoretischen Grundausbildung.
Fabian überraschte uns mit der Botschaft, dass die Waldläufe ausgesetzt worden seien, auf Weisung des Clubmanagers, den Grund dafür kenne er jedoch nicht.

Einigen war das nur recht, einigen egal, den meisten aber nicht.
Hatte das etwas mit Ricardo zu tun?
Okay, er war Rechtsanwalt und mit den Gesetzen vertraut. Doch niemand wollte ihm etwa Verrat zutrauen, schließlich war man in der Azubi-Gruppe doch Patriot.
War Carlo etwa kein Patriot?
Was hatte Carlo, dem die Waldläufe offenkundig stanken, mit der mysteriösen Aussetzung zu tun?
Wir haben es nie erfahren. Nur Gerüchte gingen um.
Sogar die Trainer waren sauer, weil einst auch sie ihre Karrieren mit Waldläufen begonnen hatten. Nun sollte von einem auf den anderen Tag, quasi über Nacht, Schluss damit sein.
Inoffiziell hieß es, dass der Versicherungsvertrag Waldläufe nicht vorsehe – wegen, man staune, erhöhtem Unfallrisiko.
Wie bitte?! Das würde im Umkehrschluss doch bedeuten, dass Fallschirmspringen weniger gefährlich ist als harmloses Joggen im Wald!?
Totaler Versicherungsschwachsinn, wenn das stimmt. Doch es blieb dabei: Konditionstraining und Waldläufe ade ...

Dessen ungeachtet machte Fabians Unterrichtsstil uns allen Spaß. Sein Stoff war lehrreich und spannend, außerdem bezog er uns voll mit ein. Nach dem Lehrplan sollte er uns sprungtechnisch nach vorn bringen, sollte uns mit den Grundlagen der Meteorologie und Aerodynamik vertraut machen und Schulwissen auffrischen.

- Warum platzten Gasballons in dünneren Luftschichten?
- Wo endet die polare, mittlere oder äquatoriale Tropopause?
- Wo und wodurch entsteht unser Wetter, wann spricht man von Sturm, wann von Orkan und so weiter?

Mit der Faustformel *T = 15 °C - 2 °C je 1000 feet* mussten wir die Temperaturdifferenz in unterschiedlichen Höhen ausrechnen, und zwar im Kopf!

»Was ich euch beibringe, muss sitzen, sonst werdet ihr durch die Prüfung sausen statt durch luftige Höhen.« Mit diesem Ultimatum war es ihm leicht, uns Azubis anzuspornen.

»Folgerichtiges Kombinieren ist normalerweise easy«, sagte Fabian. »Kommen Stress und Missverständnisse dazu, kann selbst einfaches Addieren zum Problem werden.« Ein Beispiel, das sich kürzlich in München ereignet habe, sollte das verdeutlichen: »Zwei noch unerfahrene Fallschirmpiloten sind beim Gleiten kollidiert und abgestürzt, die Schirme hatten sich verheddert.

Zufällig sind sie in ein Feuchtgebiet gestürzt und so mit ein paar Blessuren davongekommen. Als nach der Unfallursache gefragt wurde, gaben die beiden zu, dass sie für einen Moment die Ausweichregeln vergessen hätten. Anstatt rechts auszuweichen, fuhren sie auf Kollisionskurs weiter, bis die Schirme sich berührten – ein Kardinalfehler! Sie seien nach stressigem Arbeitstag im Kopf noch nicht frei gewesen ... Also, meine Herren, was lernen wir daraus?«

Fabians Frage-Antwort-Spiel war durchschaubar und effektiv wie in der Grundschule. Jeder kam dran, keiner wurde übersehen.

»Wenn einer von euch verunfallt, will ich gewiss sein, dass es an mir nicht gelegen hat.«

Diese Einstellung konnte man gelten lassen. So ging das Frage-Antwort-Spiel munter weiter, es verfolgte uns bis auf die Toilette:
- Wie ist die Standardatmosphäre definiert?
- Was sagen uns Fallwinde und/oder Thermikpakete?

Schließlich die Generalprobe. Einzeln sollten wir zwei Co-Trainern beweisen, dass wir mit den Öffnungssystemen gut vertraut waren, ein Vortest quasi für die Prüfung. Zuerst die korrekte Handhabung der Höhenmesser. Wir mussten diverse Luftdrücke in Hektopascal einstellen und auf schlüpfrige Fragen gefasst sein:
- Warum ist das Altimeter Setting für Luftfahrer unverzichtbar?
- Wie ist das Fluggerät zu handhaben, wenn der Wind von vorn, von den Seiten oder von rückwärts bläst?
- Worauf ist im Landeanflug zu achten: bei mäßiger oder totaler Flaute, bei mäßiger und starker Thermik, beim Überqueren von Wald- und Ackerflächen?

Das gemeine Frage-Antwort-Spiel ließ auch WC-Flüchtigen keine Chance, sie erwartete eine erbarmungslose Nachbehandlung.

Das sei nicht willkürliche Drillwut, es ginge um Nachhaltigkeit zugunsten unserer Sicherheit.

Alle Azubis meisterten den Test. Fabian strahlte wie Mr. Smiley.

Dann gab es noch VBF – »Verhalten in besonderen Fällen«. Dispute waren hier beliebt und da umstritten. Beliebt, weil (Fehl-)Verhalten sich gut verulken ließen. Umstritten, weil es nicht mal ansatzweise kalkulierbar, aber in alle Richtungen dehnbar war.

VBF-Diskussionen weckten die Fantasie für Absurdes. Allen, auch den Instrukteuren, machte »VBF« Spaß.

Frage: »Was ist zu tun, wenn der Hauptschirm versagt?« Antwort: »Schnell noch ne SMS an die Mutti abdrücken.«

Frage: »Wie verhält man sich bei Außenlandungen?« Antwort: »Möglichst ein Gasthaus mit Terrasse aussuchen.«

Schlussendlich gratulierten uns die Trainees zu der Entscheidung, hier, speziell beim Super-Ass Fabian, mitzumachen.

Fallschirmsport sei eine hochdynamische Disziplin. Ein exklusives Hobby voller Zauber und Hochgefühl, ein Menschheitstraum, der Potenziale wecke, bis an unsere Grenzen und darüber hinaus. Mut, Ausdauer und viel Training seien die Brücken, über die wir gehen müssten.

Mit dem textilen Fluggerät erlebten wir das Fliegen an sich. Die Risiken seien heutzutage beherrschbar.

Das klang überzeugend und glaubwürdig und machte Lust auf mehr. Damit waren die Unterweisungen beendet.

In der nächsten Etappe würden die vorgeschriebenen Automaten dran sein … man hoffe, dass die Gruppe vollzählig mitmache.

Okay, einige vermissten den abschließenden Waldlauf und wollten trotzdem laufen, um die Köpfe wieder freizubekommen.

Doch Fabian riet zur Besonnenheit. Das Trainerteam wollte gegen die Kopflosigkeit intervenieren, weil eine lockernde Note unbedingt ins Ausbildungsprogramm gehöre und darum unverzüglich wieder praktiziert werden müsse.

Ersatzweise sahen wir im Hörsaal ein paar Springer-Videos von Hobbyfilmern.

Im Film sah alles so super einfach aus. Eben hockten die Overalls noch in der Luke, dann fielen sie wie Fallobst in die Tiefe, gefilmt von Kamera-Amateuren, die man für wenig Geld anheuern konnte. Speeds um 200 Stundenkilometer machten allen Flatterwangen. Erst in der Gleitphase, um 30 Stundenkilometer, ließ das Flattern nach – der Smile-Modus kehrte bleibend zurück.

Ja, das war er, der fantastische Traum. Der exklusive Event, der zauberhafte Kick vom kontrollierten Fliegen, über seine Grenzen hinausgegangen zu sein.

Fabian

Es war eine willkommene Idee von Fabian, das erste Etappenziel gemeinsam zu begießen. Er hatte von Anfang an großen Wert auf Gemeinschaft gelegt. Zudem wollte er seinen Geburtstag mit uns nachfeiern. Er wünschte, seine Gruppe ohne Ausnahme zu sehen.

»Ehrensache!«

Obwohl anfangs keiner den anderen kannte, fanden wir als Gruppe schnell zusammen, auch Fabian sei Dank.

Die Motive, die uns hierher geführt hatten, waren bei allen ähnlich: »Mal sehen, was da oben so abgeht …«

Das Durchschnittsalter lag bei Mitte 20. Der Älteste im Team, ich, war Ende 30, der Jüngste 20 – nach grober Schätzung.

Fabian war als Coach ein Glücksfall für uns. Die Mischung aus Souveränität, profundem Know-how und frischem Humor hatte schon etwas Besonderes. Sein Stil zu unterrichten war nicht nur mitreißend, er war auch pädagogisch jenseits von üblich.

»Der macht nen echt geilen Job!«, raunzte Locken-Richard, der immer seinen Senf dazugeben musste.

Walter brachte es auf den Punkt: »Er posiert nicht rum wie der unantastbare Herr Oberlehrer. Was er sagt, ist kugelrund und glaubwürdig.«

»Prosit, Männer!«

»Prost zusammen!«

Den Service auf der Terrasse zelebrierte am heutigen Sonntag Katarina alias Kati, die Schauspielerin und Sängerin.

Einige Youngsters hofierten sie, weil sie glaubten, sie sei wohl noch zu haben.

Für den Speed-Flirt war sie, wenn's zeitlich passte, gern zu haben. Wer sie dagegen blöd anbaggerte, durfte mit einer treffsicheren Verbalabfuhr rechnen. Allzu dreiste Baggerbuben bremste sie cool aus, indem sie ihnen eine kalte Dusche verpasste. Ihr rutschte dann versehentlich ein Glas vom Tablett und der Inhalt landete zufällig direkt auf Hose oder Hemd.

»O wie peinlich! Hier, bitte, schnell, mein Herr, nehmen Sie doch das Tuch … es ist mir ja sooo schrecklich peinlich …«

Die immer funktionierende Notbremse gehöre ins Repertoire der Schauspielerausbildung, hatte sie mir verraten.

Die nächste Runde ging auf Locken-Richard, der pausenlos Witze brachte, saublöde, abstrakte und schmuddelige.

Und Atze, der professionelle DJ aus Kreuzberg, wusste ihn mit koddriger Klappe zu toppen. Seine Erzählungen fingen meist mit »Weste watt« an. Genial beherrschte der urige Berliner dialektische Komik. Fast jeder Satz begann und endete mit einer verbogenen Pointe. Der Kerl war, samt Outfit, ein Clown, ein schriller Komiker, der es auf die Lachmuskeln anderer abgesehen hatte und damit seine Brötchen verdiente.

Mit der Leichtigkeit eines Profis gelang es ihm, ernste Gesichter in fröhliche zu verzaubern.

Gut, dass er bei uns war!

Die ausgelassene Stimmung wurde jäh gekappt, als Carsten Frey, der hochsemestrige Jurastudent, mit der Frage ankam, ob denn Fabian der Akteur aus der TV-Doku sei, die, wenn er nicht irre, kürzlich beim Sender »Phönix« gelaufen sei …

Kunstpause. Fragezeichen in der Luft.

Die eben noch quirligen Palaver brachen ab und alle Blicke richteten sich auf Fabian.

Die Frage schien ihm zu missfallen. Sie war auf Enthüllung aus, auf Entblößung. Typisch Jurist.

Er rutschte auf der Holzbank hin und her und suchte nach den richtigen Worten. »Nun ja … ähm«, sagte er mit gedehnter Stimme und gestand dann, tatsächlich einer der beiden Parachuter gewesen zu sein.

Doch anstatt sich damit zufriedenzugeben, bohrte Carsten Frey penetrant weiter. »Klappe!«, brummte Atze, aber es war zu spät. Carsten interessierte nur noch, wie er an den oberaffengeilen Job gekommen war.

Natürlich waren wir jetzt alle gespannt, aber außer Carsten hätte sich niemand getraut, Fabian so aufreißerisch zu löchern.

Dennoch sahen ihn alle erwartungsvoll an.

»Prost Männer!«, sagte der feierlich. »Hat mir wirklich Spaß gemacht, mit euch zu arbeiten.«

Das hörte sich nach überlegener Ablenkung an. Dann ließ er den Bierpegel in seinem Glas drei Fingerbreit absinken. Alle hoben die Gläser prostend hoch und Carstens Bohrerei schien abgewendet. Wahrscheinlich nur, weil Fabian seine Azubis so gut leiden konnte, fing er just zu plaudern an.

»Ja, Männer, wir haben den bescheuerten Job gemacht. Am ersten und zweiten Weihnachtstag war das, in der Gemeinde Zug, am Vorarlberg. Eine kleine, aber noble Wintersportdomäne ist das, unweit von den Hotelburgen von Lech und Sankt Anton. Weiß der Geier, wieso wir uns darauf eingelassen haben. Immerhin hatte man uns mit einer super Promotion geködert, so eine Art James-Bond-Image würden wir nach gut gelungenem Job haben. ›Zwei Himmelhunde aus Norddeutschland. Zwei Durchgeknallte, die für weihnachtlichen Nervenkitzel sorgen würden‹, las man in den Gazetten der Touristenbüros.

Hauptsponsor war eine Hotelkette, die ein neues Hotel einweihen wollte – mit allem Trallala fürs urlaubende Publikum.

Ausgerechnet an Weihnachten …

Als Top-Highlight standen unsere Heli-Jumps auf dem Programm. An die 1000 Gäste wurden erwartet, es kamen aber sehr viel mehr.«

»Mit Fallschirmen aus dem Helikopter?«, fragte irgendwer.

»Ja«, sagte Fabian, das sei normalerweise nix Besonderes.

»Die Alpen sind dort 5000 Meter hoch«, bemerkte Oliver, der Jüngste im Kurs. Er habe dort Verwandte.

Fabian umging den Kommentar höflich. Von den Alpen an sich sei nicht die Rede. Er spreche vom Vorarlberg, und dort seien die Berge so um die 3000 Meter hoch.

»Als Sprunghöhe waren 2300 Meter vorgesehen, was technisch unproblematisch ist. Sorgen machte uns nur das reflektierende Licht. Die Schneelandschaft reflektierte das Sonnenlicht derartig grell, dass von oben aus dem Heli absolut keine Geländekonturen zu erkennen waren. Ein echtes Problem, was auch mit UV-Brillen nicht zu kompensieren war. Auf so extrem schlechte Sicht waren wir nicht vorbereitet. Aber die bombastisch proklamierte Show war längst online. Publikum darf man nicht enttäuschen, es sollte doch das hier Erlebte werbewirksam weitererzählen. »The Show must go on«, galt auch hier im romantisch verschneiten Vorarlberg. Die einmal versprochene Vorstellung musste laufen.

Zum Glück sorgte ein klarer, strahlend blauer Himmel für perfekte Fernsicht. Winterliches Kaiserwetter. Strahlende, gebräunte Leute überall. Sehen und gesehen werden. Designerklamotten und Ski-Equipments vom Feinsten. Absolut erstklassige Bedingungen für den Wintersport, doch leider nicht für uns.«

»Nicht für euch?«, wiederholte der nervige Carsten Frey.

»Nein, in Norddeutschland gibt's keine meterhoch zugeschneiten Berge und Täler, wo man alpine Bedingungen üben könnte.

Als Springer musst du die Stelle sehen können, wo du landest, okay! Wenn das grelle Licht deine Augen blendet, hast du ganz schlechte Karten.«

»Verstehe.« Carsten nickte.

»Leider hatte die Regie ein unzugängliches Terrain ausgesucht, wo für gewöhnlich die Gämsen springen, alles ohne unser Wissen. Die Show sollte doch spektakulär sein, ein Highlight sollte inszeniert werden. Choreografisch gut getroffen, aber sprungtechnisch war die felsige Kuppe eine No-Go-Area. Aus dem Heli sah alles weiß aus. Berge und Täler in Watte gehüllt. Faszinierend schön!

Doch was war unter dem Schnee? Eispanzer? Grate? Löcher?

Felsspalten? Überhänge? Unsere einzige Orientierungshilfe war die fluoreszierende Farbe.

Die Bergwacht hatte Farbbeutel abgeworfen, die grüne Sprenkel auf dem Schnee zeigten, woran das Auge sich für einen kurzen Moment festhalten konnte. Eine echte Hilfe war das aber nicht. Den Augen bot sich ein heller Reflexteppich, der das Darunter nicht preisgab. Wir wissen es bis heute nicht.

Natürlich war das alpine Panorama von einzigartiger Eleganz und monumentaler Schönheit. Ein Anblick der Extraklasse. Und dazu die malerischen Schattenwürfe der Sonne und die kristallklare Luft und die über die Täler erhabenen Gipfel, eine Postkartenidylle der Superlative, nur zum Heli-Jumping taugte die Gegend eindeutig nicht.«

Oliver monierte den Leichtsinn. Er fahre seit seiner Kindheit am Arlberg Snowboard und wisse aus Erfahrung, dass Leichtsinn seine Grenzen habe.

»Ja, schon«, sagte Fabian, das wisse er auch. »Der Job war schon ziemlich grenzwertig gewesen, aber das haben wir erst später realisiert. Die Regie traute uns die Stunts zu, was schmeichelhaft war und motivierend – ein trügerischer Köder ...

Doch nicht genug der Schikanen, die Regie wollte noch eine Steigerung: Beim ersten Bodenkontakt sollten wir die Fallschirme ausklinken und zurücklassen; man würde sie später per Heli bergen. Wir sollten quasi eine ›Touch-and-Go-Landung‹ hinlegen und mit angeschnallten Skiern, nonstop, bis runter zum Festplatz wedeln und dabei cool in die Kameras strahlen.«

»Unmöglich!«, behauptete Oliver vehement.

Atze beschwichtigte ihn, Fabian solle doch erst mal fertig reden ...

»Das war choreografischer Schwachsinn!«, lachte der. »Wir wollten hinschmeißen. Die Erwartungen der Regie sprengten alle Vernunft. Würde etwas schiefgehen, dann sollten uns die Hünen von der Bergwacht retten. Das wäre dann fürs Publikum ein telegenes Ersatzspektakel. Ob wir uns die Hälse brechen, scherte die Veranstalter nicht; darüber stand auch nix im Drehbuch.

Gehen oder bleiben?! Das Prozedere der Regie erinnerte uns an James-Bond-Szenen. Aber die wurden Klappe für Klappe von den weltbesten Stuntmen realisiert; deren Gagen dürften astronomisch gewesen sein. Wir dagegen waren nur Teil eines Live-Events, das am nächsten Tag vergessen sein würde. Einen Plan B hatten wir nicht und es gab nur einen Versuch ... Alles oder nichts ... Gehen oder bleiben? Weiß der Geier, warum wir uns darauf eingelassen haben. Okay, ohne Adrenalin und Co. hätten wir die Power gar nicht aufgebracht. Es war weit mehr als ein Jump ins Ungewisse. Wir mussten mit Felsspalten und ähnlichen Tücken rechnen. Und bei der Talfahrt im Tiefschnee konnte man fies stürzen und sich alle Gräten brechen ... Natürlich war uns mulmig. Wahrscheinlich war unsere Denkfähigkeit reduziert, Adrenalin macht's möglich.

Motivierend war, dass ausgerechnet wir, die antialpinen Exoten, für den Job engagiert worden waren. Man vertraute uns. Vertrauen ist eine große Kraft. Auch wir vertrauten uns und unserem Können, was schließlich alle Bedenken überwog. Die irre Aktionsdynamik der Vorbereitung ließ kaum Zeit zum Überlegen. Wichtig war, dass wir die Naturgesetze nicht unterschätzten und unser Können nicht überschätzten.«

»Und das ist euch super gelungen«, sagte Carsten Frey, der zufrieden leuchtete, weil Fabian so lange auf ihn eingegangen war.

»Ja, die Nummer gelang tatsächlich, sogar ohne zu proben. Gelobt seien die Heere von Schutzengeln!«

»Halleluja!«

»Mit untergeschnallten Skiern aus Helikoptern jumpen gehört eher nicht zum Tagesgeschäft. Die Versicherungen winken meist ab. Zu hohes Risiko. Kostet astronomische Prämien, für uns Amateure unbezahlbar. Stimmt schon, Carsten, wir gehen zuweilen hohe Risiken ein. Aber das tun wir nicht blauäugig, wie es scheinen mag. Wir haben einen großen Erfahrungsschatz und überlassen nichts dem Zufall. Auch kennen wir unsere physischen Möglichkeiten und die des Materials. Unvorhergesehenes passiert oder passiert nicht. Pech kann man nicht ausschließen und auf Fortuna nicht bauen. Schon unsere Geburt ist voll riskant. Erst in der Black Box enden sie, die uns lebenslang begleitenden Risiken ...«

Fabian holte das piepsende Handy hervor und drückte den Anrufer weg.

»Prosit, Männer!«, verkündete Atze und alle machten es ihm nach.

»Prosit!«

Beim Umsetzen der Stunts, fuhr Fabian fort, gelte als Top-Maxime, dass ihnen keiner reinreden dürfe. Sein Ilse-Lottchen hätte was dagegen, wenn er nicht nach Hause käme. Sie liebe ihren verrückten Daddy und er liebe sein blondes Engelchen. Im Übrigen sei die Gage selten großzügig ausgefallen und ein paar freundschaftliche Kontakte bestünden noch heute.

Schweigen in der Runde.

»Na, ick weeß nich ... Det is doch so wat wie Harakiri!«, sprach endlich DJ-Atze und drehte sich nach der Bedienung um.

»Echt genialer Streifen!«, lobte Carsten Frey. »Im Film hat alles so professionell ausgesehen ...«

»Danke, Carsten! ... wir haben wahnsinnig viel Glück gehabt. Am Ende sind tausend Schutzengel schuld daran, dass die Filmtypen uns wiederhaben wollen. Es könne bald nach Kapstadt gehen«, schloss Fabian und winkte nach Kati, indem er sein Glas mit der Öffnung nach unten schwenkte. Kati bediente gerade Gäste, aber sie hatte die Geste verstanden.

Atzens richtiger Name war Hans oder Hansi. Als DJ-Profi wusste er genau, wie man Leute charmant an die Wand labert. Er sowie die ganze Runde begehrten nun zu erfahren, wie Fabian an so heiße Jobs komme.

»Wie biste denn an den jantzen Heli-Fez jekomn?«

Fabian sah in neun fragende Gesichter. Er warf einen Blick auf die Uhr, überlegte kurz und gab kurz und knapp in etwa Folgendes wieder: Er sei eine Art Stuntman für spezielle Fallschirmakrobatik, ein Freelancer auf Abruf ...

Er habe sich Tim angeschlossen, der in der Szene DIE Galionsfigur sei – wir würden ihn bald kennenlernen.

Sie jobbten als Amateure, ohne Gage. Ein paar Euro bekämen sie cash für Spesen und dazu die Erstattung der Reisekosten.

Auch das Equipment müssten sie vorhalten, was teuer sei, weil vom Allerfeinsten. Aber die Risiken trügen allein sie.

»Freelancer?«

»Ohne Versicherungsschutz! Seid ihr denn bescheuert?!«

Diese Bemerkung konnte nur von Jurastudent Carsten kommen, aber nachvollziehbar war sie schon.

Fabian wühlte in den Hosentaschen, bis seine Autoschlüssel zum Vorschein kamen. Ein Wink mit dem Zaunpfahl, dass er bald die Biege machen würde?

Wir wollten eigentlich austrinken und gehen. Die Hamburger und Kieler mussten noch 50 Kilometer Auto fahren.

Doch irgendwie, nach innen gewendet, plauderte Fabian weiter. Etwas in ihm schien sich öffnen zu wollen. Etwas wollte noch gesagt werden, man konnte es ihm ansehen. Also blieben wir sitzen, lange würde es bestimmt nicht mehr dauern ...

Manchmal, so Fabian, machten sie Parachuting ohne Flugzeug. Basejumping sei das, was wir wussten, wenn auch nicht in allen Details. Sie hassten Basejump-Jobs, müssten aber, um im Geschäft zu bleiben, hier und da mitmachen. Das Positive daran seien die aufregenden Reisen, die sie sich privat gar nicht leisten könnten.

Doch Basejumping sei in vielen Ländern illegal und strafbar. In Deutschland müsse man mit Lizenzverlust und/oder Geldstrafe rechnen. In Osteuropa werde Basejumpen meistens geduldet – solange nichts passiert.

»Einmal haben Tim und ich in Bregenz die Theatersaison eröffnet, mit nächtlichem Helikopterjumpen. Es war behördlich genehmigt worden. Als rauchende Kometen mussten wir vom Nachthimmel hereindüsen und vorn auf der Seebühne punktlanden.«

Feuer und Ufoklamauk kämen beim Publikum immer gut an, prophezeite die Regie und behielt recht. Weitere Kometenstunts untersagten die Behörden, vermutlich wegen der Lärmemission von den Helikoptern. »Wir hätten schon gern weitergemacht«, sagte Fabian, »aber das Sagen haben immer die Veranstalter ... Von Bregenz ging es weiter nach Italien, Actionstunts in der antiken Arena di Verona! Die Italiener lieben grelles Feuerwerk und schrillen Budenzauber. Unsere Kometenstunts hatten sich bis Italien herumgesprochen. Mit rauchenden Pyrodüsen sind wir aus dem Heli der Carabinieri gehüpft, um über den Köpfen der Tifosi Italiens Nationalfarben in den Nachthimmel zu malen.

Doch leider erloschen die Pyros nicht wie erwartet. Sie brutzelten in der Arena weiter, Gluthitze auf der Haut! Ausklopfen gelang verdammt noch mal nicht, bis endlich beherzte Ordner uns mit Feuerlöschern einschäumten. Den losbrechenden Applaus konnten wir erst nicht begreifen, bis uns klar wurde, dass das Publikum alles für Comedy-Effekts gehalten hatte.

Ein paar Brandnarben sind geblieben, dennoch, der Verona-Stunt wird uns unvergesslich bleiben ...«

Dass Fabian eine Art Doppelleben führte, erfuhren wir hier zum ersten Mal. Im Hörsaal hatte er nie ein Wort darüber verloren.

Wieso eigentlich nicht?

Wir quetschten ihn nun von allen Seiten aus. Ich erinnere mich nur noch lückenhaft daran:

Die »Special-Effects-Agency« sitze in Hamburgs City, am Ballindamm. Wenn irgendwo was abgehen soll, ruft man Tim an, er möge passende Springer organisieren und im Stand-by-Modus warten. Meistens zögern die Agenten bis zur letzten Sekunde, aber dann geht's Holterdiepolter los auf die Überholspur.

Wahrscheinlich riefen die noch anderswo an, um Gagen und

Preise zu vergleichen. Die Konkurrenz sei groß: England, Irland, Schweiz, Polen, USA. Aber wir Nordmänner müssten uns nicht verstecken, auch wenn wir nur Amateure seien.

Endlich kam Kati mit frischen Getränken.

Immer wieder ein spannender Moment. Nicht des Durstes wegen, nein!

Wenn Kati sich vorneigte, durfte Mann hoffen, dass ihr üppiges Dekolleté aus der Bluse ausbrach. Wir hielten die Luft an – leider wieder nicht. Bastian verlor die Wette gegen Atze.

Mist!, wieder hatte sie das Blusenspektakel unter Kontrolle.

»Prost, die Runde geht auf meinen Geburtstag!«, rief Fabian, und keiner ließ sich lange bitten. Er wolle, wenn wir denn interessiert seien, zum Abschluss noch die abgefahrene Story von den Berner Alpen erzählen.

Wir waren gespannt.

»Irrwitziger Werbespot für eine Verkupplungsagentur aus der Schweiz. Sehr aufwendige Produktion, allein schon wegen der teuren Heli-Mieten samt vier Piloten. Geld schien dort aber keine Rolle zu spielen. Und Naserümpfen war nie unser Ding. Luftakrobatik, grenzwertige Action wollten und sollten wir machen, nach einfältigen Klischees: ›Bräutigam flieht vor Braut, weil er kalte Füße bekommt‹.

Die einfachen Klappen wurden trickreich am Boden gedreht, die haarigen unter den höllisch ballernden Rotorblättern der Helis.

Die Aktion: Das hochzeitlich gekleidete Paar, alias Tim und ich, wird von der Almhütte, irgendwo am Hintern der Welt, abgeholt. Es soll nach Bern zur kirchlichen Trauung geflogen werden. Der Bräutigam ist schick und smart, aber viel kleiner als die Braut. Letztere ist prall, runzelig und von stämmiger Statur. Auf dem Flug über die Almen verlässt den Mann der Mut.

Panisch hechtet er aus dem Heli in die Freiheit. Die Braut folgt ihm, holt ihn ein, gibt ihm eine Watschen – Schnitt.«

»Für solchen Mist geben die Geld aus?«

»Was heißt Mist?«, mischte sich Oliver ein. Das meiste Geld werde für militärische Rüstungen und Kriege ausgegeben, ob das denn kein Mist sei? Dem widersprach keiner.

»Als wäre der Dreh nicht schon heikel genug, sollten wir uns erst nach dem gefunktem Okay der Regie separieren und in letzter Sekunde die Matratzen öffnen, um dann auf der von Rindviechern bevölkerten Alm zu landen.«

»Wieso du als Bräutigam und Tim als Braut?«, fragte Oliver kess, und Fabian erklärte es kurz so: Der Spot sollte als totale Blödklatsche kommen. Also wurde das Brautpaar abartig getunt. Tim, die »Braut«, als feistes Frauenzimmer mit Wurstproportionen. Um sie noch abstoßender zu machen, schminkte ihr die Maske blutrote Runzeln ins Gesicht. Das Dirndl füllte man mit XXL-BH und Schaumgummi, bis die Braut aussah wie eine gemästete Almensau. »Aus mir wurde der smarte Bräutigam, weil ich einen Kopf kleiner bin und nach Ansicht der Regisseurin zarter wirke als Tim, alias meine hässliche Braut.«

»Kann man so viel Klamottenballast überhaupt austarieren? Oder hab ich im Unterricht etwas nicht kapiert?«, fragte Oliver den Meister.

»Also, Oliver, wegen der flatternden Klamotten haben wir auf Proben bestanden und es dann irgendwie hingekriegt. Dass mir das bitte keiner nachmacht …«

»Hast du ne Kopie?«, wollte Thor Arne wissen.

»Machen die Filmfritzen nicht – Urheberrechte und so …«

»Ach ja.«

Wo denn der Drehort gewesen sei, fragte Thor Arne weiter. Der in Kiel studierende Norweger war immer gut drauf. Ein charmanter und intelligenter Beobachter.

Fabian könne sich nur noch an glockentragende Kühe und endlose Almen erinnern. Irgendwo am Ufer eines Bergsees sei das gewesen, eine halbe Flugstunde von Bern.

»Und wie war die Gage?«

»Jedenfalls wurde auf der Drehschlussparty nicht gegeizt, auch nicht mit dem Salär. Die Filmfritzen hofierten uns geradezu, weil die Drehs unter Zeitlimit im Kasten waren. Dadurch haben die ne Menge Kohle gespart. Der beste Lohn war aber die ›Drohung‹ mit weiteren Aufträgen ...«

»Det mach ick ooch!«, juxte Atze und erntete das erwartete Gelächter. »Et lebe der Schwachsinn.«

»So entstehen Werbespots!«, sagte Fabian. »Verarschung, hirnloses Blendwerk fürs Volk – Cheers!«

»Cheers!«

»Kein Quatsch, aber der Schmarrn ist tatsächlich im TV gelaufen: ›Vertrauen Sie unserer Partnervermittlung und ordern Sie noch heute den kostenlosen Katalog mit tausend handverlesenen Singles ...‹«

Später hätten Schweizer Journalisten enthüllt, dass eine global agierende Geldwäschemafia dahinter steckte. »Nun ist das FBI hinter den Glücksvermittlern her«, schloss Fabian, woraufhin alle ihre Gläser bis auf den Grund leerten.

Es war bereits 19:30 Uhr. Aufbruchsstimmung, weil alle noch mit ihren Autos nach Hause fahren mussten.

»Darf's bei euch noch was sein?«

Katis geschulter Sopran klang wohltuend in den Ohren. Ob sie in einer Beziehung lebte oder solo, wusste keiner so genau. Möglich, dass der »Richtige« nicht wie sie aus Künstlerkreisen, sondern aus der Aero-Szene kommen sollte.

Wie auch immer, Kati hätte, wenn sie gewollt hätte, jeden Tag ein halbes Dutzend Verehrer haben können.

»Ick hätt jern noch ne Molle, wen't recht is, Kati. Dat Beste wär et, für alle noch so'n jelbet Hopfenjesöff ...«

Dabei gongte Atze mit dem haselnussgroßen Opalring an sein »leeret« Bierglas und machte auf Big Spender – seine Lage, die letzte für heute ...

Kein Widerspruch, weil die Mehrheit der Männer auf Kati schielte, genauer, auf ihr atemberaubendes Dekolleté.

Würde sie sich wieder weit vorbeugen?

Ja, sie tat es, und wie sie es tat! Wie eine Thomsen-Gazelle beugte sie sich rank über den Tisch, lupfte leere Gläser auf und fegte Flusen und Krümel beiseite. Den Gesetzen der Schwerkraft zufolge touchierten ihre köstlichen Möpse leicht die Tischplatte.

Das war der Moment!

Jetzt!

Jetzt musste die Baumwolle doch reißen?! Zumindest mussten die Knöpfe wegschießen. Doch wieder mal hielt die Bluse der Gravitationskraft wacker stand. Physikalische Anomalie wider die Gesetze der Schwerkraft.

Das konnte doch einfach nicht wahr sein! … Männerfantasien … Kati spielte uns zuliebe mit.

Als sie sich wieder aufrichtete, sanken die vorwitzigen Dingerchen »husch« in die Körbchen zurück, und wir – wir sahen düpiert beiseite. Alles wieder im Stand-by-Modus.

Als Kati ging, glaubte ich, ein amüsiertes Lächeln in ihrem Gesicht gesehen zu haben. O ja, keine Frage, die anatomischen Waffen einer Frau sind einfach unschlagbar …

Als sei nichts gewesen, was ja stimmte, ging der Fokus wieder auf Fabian. Und weil es mit der Bestellung noch dauern würde, nötigte Atze Fabian, bitte noch ne Schippe draufzulegen. Sein unfehlbares Gespür für Animation schien auch diesmal das Ziel zu treffen.

»Weeste noch wat Uriget, von watt ick mene beed'n Ladies in Ballin wat azählen kann?«

Fabian hüstelte gekünstelt und tippte mit dem Zeigefinger gegen seine Breitling. Der Uhrzeit zufolge war er wohl fürs Ilse-Lottchen schon viel zu lange weg. Wider Erwarten fing er einfach zu erzählen an: »Okay, nur den Stunt vom Hafengeburtstag noch, aber dann muss ich wirklich zu meinem Kindchen …«

»Jebongt!«, tönte Atze großtuerisch. »Det süsse Ilseken soll uff ihr'n Pappi nicht weg'n uns Kerle fazichten. Ick wees dat jut von mene beden Mädels, die ham mir ooch voll in Griff.«

Alle sahen erwartungsvoll auf Fabian. Wäre er gegangen, keiner hätte es ihm verübelt. Man merkte ihm Unentschlossenheit an. Er schien nach passenden Worten zu suchen ... wir waren gespannt ...

»Der Hamburger Hafengeburtstag«, begann er. »Das größte Hafenfest der Welt, jedes Jahr im Mai wird es drei Tage gefeiert. Es ist das renommierteste Stelldichein für alles, was auf einem Kiel schwimmt oder fährt, vom Kajak bis zum Kreuzfahrer. Das Open Air der Superlative, zu Land und zu Wasser. Millionen Besucher aus aller Herren Länder kommen, um die Windjammerparaden, die spektakulären Rallyes der Hafenschlepper und Barkassen hautnah mitzuerleben.«

Mehr Schwärmerei bedurfte es nicht. Die meisten von uns kannten das Fest ohnehin schon und hatten ein Bild vor Augen.

»Also«, fuhr Fabian fort, »am Schlusstag, das ist immer ein Sonntag, steht ›Parachuting‹ auf dem Programm. Das ist längst kein zahmer Pausenfüller mehr, sondern ein Highlight. Das Fallschirmspektakel sei nicht mehr wegzudenken, loben die Medien unisono. Die Kulisse an den Landungsbrücken, dem wohl berühmtesten Tor zur Welt, kann maritimer nicht sein. Dazu das markige Konzert von tausend Schiffssirenen, und, gleich um die Ecke, der Fischmarkt, legendär wie die ›sündige Meile‹, die Reeperbahn.

Drei Tage und Nächte Multikulti-Feeling. Und wenn dann über den Docks menschenspuckende Helis kreisen, sehen Zehntausende zu.«

»Es gibt viele Möglichkeiten, sich den Hals zu brechen oder Organspender zu werden«, kommentierte Carsten, der mal wieder seinen Senf dazugeben musste.

»In sone fasiffte Drecksuppe paddeln – Igittigitt!« Atze schüttelte sich und zeigte sein Talent fürs Grimassenschneiden. Ja, ohne ihn hätten wir nur halb so viel gelacht.

»Drecksuppe?! Stimmt schon«, bestätigte Fabian. »Aber saubere Seehäfen sind längst Geschichte. Schon zu Columbus' Zeiten waren die Hafenbecken kotzübel stinkende Kloaken.«

Der Clou bei der Helinummer, fuhr Fabian fort, sei immer ähnlich: »Bis fünf Jumper sollen, im Zehn-Sekunden-Intervall, auf einem Schwimmponton landen. Der liegt vierfach verankert mitten im Hafen, sodass alle Zuschauer sehen können, was da abgeht.

Für gelungene Landungen gibt's donnernden Applaus. Missglückte enden meistens im Wasser, tonal begleitet von langen ›Aahs‹ und ›Oohs‹ der Zuschauer.«

»Was ist, wenn die Fallschirme euch auf den Kopf fallen, euch fesseln und unter Wasser ziehen?«, wandte Walter ein.

Genau das sei ihm passiert, sagte Fabian. Er schien überrascht, dass ausgerechnet ein Azubi darauf kam. Dann änderte sich sein Ton. Stirnfalten kräuselten sich auf, er schluckte ein paarmal und sagte etwas von ›Beinahe-Exitus‹.

Was hatte die Bemerkung mit dem Hafengeburtstag und seiner Story zu tun? Wir warteten, bis er mit Erzählen fortfuhr – in weiterer Folge sehr erregt …

»Also, nach der Sprungreihenfolge musste ich, als Neuer im Team, zuerst raus. Meine vier Teampeople sollten nachfolgen.

Der Exit aus 200 Metern Höhe gelang mir gut.

Um Geschwindigkeit abzubauen, machte ich mich weit auf. Ein Fehler! Plötzliche Böen versetzten mich gehörig. Anstatt auf der Pontonfläche zu landen, bin ich abgerutscht – rein ins Wasser, den Bademeister machen.«

»Aber damit war doch zu rechnen, oder nicht?«

»Im Prinzip ja. Doch die Pontons sind mit 80 Quadratmetern nicht gerade groß. Sie sind eisenhart und liegen nie ganz zahm im Wasser. Über die Hälfte aller Ziellandungen gehen fehl. Trotzdem wird immer der Erfolg angestrebt, positive Grundhaltung, ein Muss in unserem Business. Aber die Zuschauer amüsiert es, wenn wir im Brackwasser baden gehen und wenn die Schnellboote durchs

Wasser pflügen, um uns patschnass aufzufischen. Viele glauben, die ›Bademeister‹ seien Teil der Show. Okay, manchmal sind Clownerien choreografisch vorgesehen, zum Anheizen der Stimmung. Doch Clownerien müssen kalkuliert und einstudiert werden wie im Zirkus, für die Veranstalter auch eine Zeit- und Kostenfrage.«

»Mein ›Bademeister‹ – es war mein erster – war absolut kein Gag! Bin vom Wind seitlich versetzt worden, und das mit fiesen Folgen. Im Wasser den Hauptschirm zu separieren, gelang mir problemlos. Das übrige Gedöns fiel an mir vorbei in die Elbe. Alles schien okay, die Boote der Feuerwehr würden losjagen und den ›Bademeister‹ aus der Elbe bergen. Geduld. Nur etwas Geduld. Aber der Schwimmer bekam plötzlich keine Luft mehr. Eines der dünnen Fangseile hatte sich fest um meinen Hals gewickelt. Die Schlaufe abzustreifen gelang mir nicht, weil die Strömung das gesamte Schirmgedöns mit sich riss. Dadurch zog sich das Fangseil immer fester und schnürte mir die Luft ab.

In akuter Atemnot versuchte ich, das Trennmesser aus der Scheide zu ziehen. Ich hatte aber kaum eine Chance gegen die Strömung, die mich dauernd in eine andere Position warf. Endlich schien der Moment zu passen. Ich setzte das Messer an den Hals und schnitt. Aber der Cut gelang nicht. Die kabbeligen Wellen spielten mit mir, als sei ich Treibgut, was kurioserweise ja stimmte.

Die Situation verschärfte sich noch durch eine zweite Schlinge. Zwei Fangseile strangulierten nun meinen Hals und drohten mich zu erwürgen. Ekelhaft, das seifige Brackwasser schlucken zu müssen. Am Messer sah ich Blut, das konnte nur mein eigenes sein. Ich spürte aber keinen Schmerz – eine positive Adrenalinwirkung …«

Fabian deutete an seinen Kehlkopf, wo tatsächlich zwei gezackte Narben zu erkennen waren.

»Die Nylonseile werden dich umbringen, ging mir durch den Kopf. Kurz vor dem Bewusstseinsverlust sah ich nebulös-schemenhaft, dass Tausende von den Tribünen zusahen. Komisch, ob die alle glaubten, ich machte hier den Clown? Meine Notlage konnte ja keiner ahnen, außerdem wird Stuntmen allgemein ne Menge Überlebenskunst zugetraut. Weder die Zuschauer noch die Rettungskräfte peilten, dass der ach so kühne Schwimmer absolut akut am Abnibbeln war.«

»Warst du in Panik?«

»Dafür war keine Zeit. In Notlagen zählen nur Reflexe. Sie lassen dich automatisch das Richtige tun. Überlegungen, ob dies oder das falsch ist oder richtig, verhindern spontanes Handeln und verschärfen die Notsituation meist noch. Rettende Reflexe kannst du nicht mal eben herbeizaubern. Sie sind einfach da, genau im richtigen Moment, und meistens sind es die rettenden.«

»Ich war bereits in der Pforte zum Paradies, als mir meine Tochter Ilse-Lotte erschien. Sie hüpfte von einem Bein aufs andere und rief: ›Halte durch, Papi – Papi, Papi, komm bitte nach Hause!‹«

»Allmächtiger!« Mit offenen Mündern starrten wir Fabian an.

»Im Falle von alles oder nichts ist Nachdenken irrelevant. Auf Reflexe kommt es an, und die ließen mich automatisch das Richtige tun: Durch Ilse-Lottes virtuelles Rufen – ›Halte durch, Papi‹ – bäumte sich in mir etwas auf, das ich nicht erklären kann. Manche nennen es Glück, andere Fügung, ich würde es spontane Intuition nennen. Genau genommen machte ich erst mal gar nichts. Ohnehin am Ende meiner Kraft, hörte ich auf, gegen die Strömung anzukämpfen, und da schau her: Sofort bekam ich wieder etwas Luft. Jetzt nur keine Energie vergeuden, Kopf über Wasser halten und weiter an Ilse-Lotte denken. Nachgeben. Loslassen. Luft holen. Nichts halten. Der Strömung einfach nachgeben, ruhig bleiben. Sich mit der Strömung verbünden. Nur keine Panik.

Atmen. Atem halten, etwas untertauchen, Atem anhalten, etwas untertauchen und so fort …«

Die sich bereits ankündigende Ohnmacht blieb aus. Ich bekam die Kontrolle zurück. Das widerliche Brackwasser löste zwar Würgen im Hals aus, aber ich erstickte dabei nicht. Irgendwie ist mir dann der ›blinde‹ Cut geglückt. Beide Fangseile durchtrennt – das schien die Rettung. Frei Atem holen. Spucken. Husten. Tief Atem holen. Durchatmen. Als der Atemrhythmus sich wieder einstellte, erklärte ich mich für gerettet. Halleluja! Gerettet! Allmächtiger, du bist noch da! Ich lachte wie ein Psychopath, ich war einfach nur glücklich ...

Indessen trieb mein kostbarer Fallschirm mit der Strömung davon. Scheiße, aber so was von egal. Ilse-Lotte-Baby, dein Papi kommt nach Hause zurück!«

»Und dann?«

»Alles, außer wieder atmen zu können, war mir unwichtig. Dann wurde mir die Ironie der Situation bewusst: Oben in der Luft ist der Fallschirm dein Lebensretter. Im Wasser kann er dich töten.«

»Und wie weiter?«

»Mein super edles Kappmesser. Ein Geschenk von Paola, meiner lieben Frau, es liegt für immer auf dem Grund der Elbe ...«

»Und dann?«

»Die runtergeschluckte Seifenbrühe wollte wieder raus: Würgen. Kotzen. Vor Freude lachen. Alles zugleich. Das können nur Kinder und verrückte Hasardeure wie ich. Rettung aus höchster Not macht demütig.«

Endlich kam das Polizeiboot. Männerarme zogen erst mich, dann den abgetriebenen Fallschirm an Bord. Die Crew bedauerte ihr spätes Eintreffen, man habe erst noch einen Dackel vor dem Ertrinken retten müssen ...«

»Wie bitte? Einen Dackel – vor dem Ertrinken retten ...«

»Kein Kommentar, wozu auch? Meine Schnittwunden wurden im Sanitätszelt geklammert – Jod und Pflaster drauf – fertig.«

»Und was war mit den anderen Springern?«

»Die haben dicken Applaus kassiert, verdient! Weil einer nach dem anderen auf dem Ponton gelandet war – grandios, bei so böigem Wind. Kein Quatsch, aber die Organisatoren erwarten, dass wenigstens drei von fünf Springern den schwimmenden Zielponton erreichen, und das ist bisher immer geglückt.«

Fabian schlürfte sein alkoholfreies Kronenbier. Seine liebste Marke. Er wirkte jetzt müde und abwesend. Die Erinnerungen hatten ihn sichtbar aufgewühlt.

Für eine Weile fragte keiner mehr etwas.

Was ihn antreibe, ihn motiviere, wollte Oliver schließlich noch gerne wissen. Fabian ging kurz darauf ein. Der Job sei extrem reiseintensiv. So komme er in der Welt herum, lerne Menschen und Kulturen kennen, was er sich sonst nicht leisten könne. Kürzlich seien sie in Dubai aufgetreten. Die Scheiche seien ganz versessen auf die »Gentlemen from Germany« gewesen. Sie hätten Wetten geschlossen, wie bei Kamelrennen.

»›Gebt den Scheichs ihre Adrenalingranaten!‹, impfte unser Agent uns beim Takeoff in Hamburg ein. Okay, wir haben uns dran gehalten. Aber wo Licht ist, ist auch Schatten. Der Job wird mies bezahlt und macht leider auch süchtig. Adrenalinsüchtig.

Aber es sind die unvergesslichen Abenteuer und Freundschaften, die dir im Gedächtnis hängen bleiben und dich antreiben.«

Fabians Glas war leer.

Zeit zu gehen. Alle Azubis wollten nach Hause. Die Sonne stand schon sehr tief im Westen. Unsere wunderbare Kati konnte sich der Bussis kaum erwehren.

»Tschüss, bis morgen!«

»Tschüss dann, bis morgen …«

Unser Coach Fabian wurde von seinesgleichen respektvoll »Falke« genannt. Womit er seinen Lebensunterhalt verdient, haben wir nie genau erfahren. Er entwickle Software, als Freelancer, hörte man hier und da … Aber alle kannten das Foto von seinen zwei Frauen: seiner Tochter Ilse Lotte und Paola, ihrer spanischen Mutti. Er trug das Foto immer bei sich.

Wer wollte da noch Einzelheiten wissen?

10 Automaten

Rückblende: Sonntagvormittag. Paradewetter in ganz Schleswig-Holstein. Das Vorfeld glich einem Camp vor einem Rockkonzert: Gelangweilt flachliegende Springerinnen und Springer, flanierende Besucher, ganze Familien mit tollenden Kindern. Einige Hektiker regten sich auf, weil die Durchsagen vom Manifest unverständlich waren. Andere Springer dopten sich mit gymnastischen Übungen oder palaverten wichtigtuerisch mit Besuchern. Ein ganz normaler Sprungtag im Grunde.

Die Luft roch wie immer nach Gummi und Kerosin, und der Sound von Flugzeugmotoren ließ keinen Zweifel aufkommen, wo man sich befand.

Ein paar Freifaller tropften sachte vom Himmel. Sie landeten, wie Wildgänse landen: erst gegrätscht, dann hektisch weiterwatschelnd. Kaum hatten sie festen Boden unter den Füßen, rafften sie das erschlaffte Textilgedöns zusammen, um es auf den Packplanen erneut sprungfertig zu machen.

Eine Art Pseudofrieden lag über dem Sportflugplatz. Dabei hatte die Adrenalinorgie längst begonnen. Viele Springerwünsche würden sich heute erfüllen.

Um zehn waren wir im Hörsaal verabredet. Alle in Overalls, wie an den Vortagen.

»Bevor wir unseren Jungfernsprung machen, werden wir ein paar Wiederholungen vorziehen, okay«, verkündete Fabian, während er sich lässig auf die Tischkante setzte.

Mit weißer Kreide waren unfertige Skizzen an die Tafel gekritzelt, die wir, seine Azubis, mit den richtigen Links ergänzen sollten.

»Fang du mal bitte an, Atze.«

Der Schlawiner wollte eben auf die Toilette flüchten.

Stattdessen durfte er uns jetzt die Schwerkraft erklären und etwas zu den Luftwiderständen erläutern.

»Ähm ... Schwerkraft ist gleich der Fallbeschleunigung 9,81m/s².« Atze brillierte geradezu, was alle verblüffte, am meisten wohl ihn selbst. Der Reihe nach gingen die Tests weiter.

Obwohl sich unser Ehrgeiz in Grenzen hielt, gelang es Fabian, die Hirnschubladen seiner Azubis gezielt zu öffnen. Schirmsysteme. Luftdruckmessung. Lenken und Landen bei Wind und Thermik. Schließlich zum tausendundeinhundertsten Mal die Griffe kloppen ...

Um die Mittagszeit trafen sich die Instrukteure im »Parlament«, einer Art Lehrerzimmer, wo über Fertigkeiten und Unfertigkeiten der Sprungschüler befunden wurde. Der »Parlamentssaal« war quasi eine enge Butze, eine Besenkammer, und dennoch – für uns Tabuzone.

Wir übten noch am Simulator, als Fabian mit folgender Nachricht auftauchte: »Ihr könnt noch heute euren Jungfernsprung machen. Könnt Spaß haben auf Teufel komm raus – wenn ihr wollt ...«

Wir schauten ungläubig. Wusste der Geier, was die da im Parlament gebechert hatten.

»Ohne Quatsch, wer will, kann noch heute einen Automaten machen!«

Er blickte uns reihum an und wir ihn. Er hatte nix gebechert, er meinte es ernst. Tim von Hoff, so Fabian weiter, habe uns inkognito beim Training zugesehen. Er sei davon überzeugt, dass unser Kursus fit ist und reif für die ersten Automaten. Am besten noch heute, habe er ausdrücklich empfohlen.

»Wenn Tim das sagt, hat das Gewicht. Alle ›Parlamentarier‹ haben grün gegeben und ich hab vorsorglich die ›Cessna 182‹ reserviert. O wie mich das freut! Heute ist euer Glückstag.«

Fabian wirkte wie angezündet.

Wir waren total von den Socken.

»Können wir das überhaupt?«, fragte Walter skeptisch.

»Und ob ihr das könnt! Konditionell seid ihr top und mental sowieso. Der Zeitpunkt ist auch optimal. Wir können in einer Stunde da oben sein.« Er deutete auf die einschwebende »Cessna 182«, mit der Kennung D-EASM (Delta-Echo-Alpha-Sierra-Mike).

»Ich weiß nicht, ob wir genügend vorbereitet sind …« Oscar war auf einmal etwas blass um die Nase.

Fabian kannte solche Situationen. Er wusste wankende Neulinge zu beruhigen und aufzubauen, ohne sie zu bedrängen.

Bedenken seien normal und wichtig. Er sei überzeugt, wir hätten es drauf. Wir seien jetzt flügge für die »Automaten«. Er werde uns begleiten. Und wer Beklemmungen bekäme, könne getrost sitzen bleiben und mit dem Käpt'n wieder runterfliegen …

Der Carolus-Effekt, dachte ich, hielt aber brav die Klappe.

»Alles ist selbstverständlich freiwillig. Jeder entscheidet das für sich. Ich habe null Zweifel, ihr werdet heute als geadelte Ritter nach Hause fahren …«

Damit war alles Wichtige gesagt.

»Dann also bis halb fünf am Nordpfeil. Wir werden mit der ›Sierra Mike‹ auf 1000 Meter liften und dann springen, also bitte, meine Herrn, blamiert euren Coach nicht! Übrigens, im Hangar erwartet euch ›Matratzen-Jörg‹. Der Haudegen ist bereits informiert, er wird euch die Schulschirme verpassen und das weitere Prozedere erklären – noch Fragen?«

Kollektive Ratlosigkeit. Zigaretten anzünden. Reste aus Flaschen nippen. Euphorie und Schrecken. Einige gingen auf die Toilette …

»Herr und Meister, die Not ist groß, die Geister, die ich rief, werd' ich nun nicht los.« Schillers Zauberlehrling passte perfekt zu uns. Mit einem so schnellen Kanonenstart hatte keiner gerechnet.

Okay, psychisch waren noch nicht alle Azubis voll akklimatisiert. In einigen Köpfen vagabundierten noch Blasen von Zweifeln.

Doch die Bedingungen konnten besser gar nicht sein, und, wenn man realistisch sein wollte, bislang war die Cessna immer heil runtergekommen und die oben ausgespuckten Springer auch. Mehr noch, das Parlament vertraute uns, allesamt hocherfahrene Springer und Lehrer. Vertrauten wir uns selbst etwa nicht?

»Hier ist alles freiwillig, jeder entscheidet für sich allein. Niemand wird zum Exit genötigt.«

Mit diesen weiß Gott wie oft gehörten Worthülsen im Kopf gingen wir erst mal ins Blockhaus – dort würden unsere Entscheidungen dann fallen.

Die meisten wollten Cappuccino und eine möglichst große Schnitte vom ofenwarmen Apfelkuchen – der ultimative Renner im Café. Die krossen Vanillestreusel, die frisch geschlagene Sahne, einfach unwiderstehlich.

Die Würfel fielen schon nach wenigen Minuten. Alle zehn Gesichter leuchteten. Keiner wollte seinen Jungfernsprung verpassen. Galgenhumor, Gelächter, hysterischer Überschwang.

»Das ist unser Ende.«

»Adieu, du schöne Welt …«

»Wer will noch schnell einen Abschiedsbrief schreiben?«

DJ Atze war mal wieder nicht zu bremsen, er wollte erst noch sein Testament aufsetzen.

»Kati!«, rief er über die Tische. »Haste mal nen Stift?«

Misstrauisch rückte sie ihren einzigen Kugelschreiber heraus. Mit breitem Grinsen klierte Atze seinen letzten Wunsch auf einen Bierdeckel: »Man hat mir heut gekidnappt und von oben aus'n Flieger geschmissen. Meen Monilein soll mir von det olle Kaff hier abholn. Uff alle Fälle soll man mir nich hier inne Erde fabuddeln sondan in Balin – Basta …«

Mehr Platz gab der Bierdeckel nicht her.

»Gib mir den Kugelschreiber zurück!«, verlangte Kati.

»Halb vier!«

»Kruzifix!«

»Für eine Wagnisanalyse ist es zu spät«, meckerte faulig Carsten Frey.

Wollte er sich drücken?

Jetzt war in der Tat eine Chance, abzuhauen, und das sogar ohne Gesichtsverlust.

»Oh mein Kreuz, meine Schultern, kann meinen Hals nicht mehr bewegen …«

Solche Folterschwalben waren durchaus plausibel und realistisch. Die brachialen Schulterrollen vom Simulator, »batz« auf die harten Grassoden. Das spürten auch die Durchtrainierten. Wir alle hatten Beulen, verspannte Sehnen und Muskeln.

Und tatsächlich, neben Carsten Frey ließen sich noch fünf weitere Invaliden von der Sprungliste tilgen.

Enttäuschung und Frust! Wieso die plötzliche Kehrtwendung? Eben waren die Aussteiger noch begeistert und heiß!

Ratlosigkeit. Fabian wurde via Handy informiert: Mit ramponierten Gräten Fallschirmspringen, das wolle er nicht verantworten. Die Aussteiger würden ihren Jump nachholen. Damit war das Thema für ihn durch. Wahrscheinlich hatte der erfahrene Stratege mit Kollateralschaden gerechnet.

Also nur noch vier Azubis. »Dann reicht ein einziger Lift mit der 182er«, sagte er schnörkellos, wie es seine Art war.

»See you in the sky …«

»See you in the sky.«

Um halb fünf kletterten vier tapfere Azubilein in die 182er und wurden zehn Minuten später wieder ausgespuckt. Walter zuerst, dann ich, dann Bastian, der Zeitsoldat, und zuletzt DJ Atze.

Fabian war die ganze Zeit bei uns. Seine Probanden an die Luke zu begleiten war ihm wichtig. Er wusste von unserer Anspannung und das tat uns allemal gut. Einen besseren Sprunglehrer hätten wir uns nicht wünschen können.

Während wir unseren allerersten Jump erlebten, schoss er Bilder für die Ewigkeit. Mit seinem Profischirm überholte er uns mühelos und grinste jedem begeistert ins Gesicht.

Sein Flitzer war irre wendig, erlaubte aber nur kurze Sinkzeiten. Unsere Schulschirme waren lahme Enten dagegen, was gut so war, weil sie Fehler viel eher verziehen.

Als wir kurz hintereinander landeten, hatte er sein Gurtzeug schon abgelegt und die Hände frei für Umarmungen.

»Seht mal her, hab super Bilder von euch«, strahlte er und tippte aufs Display seiner Digitalkamera. Irre, wie groß die Pupillen vor dem Hupf waren. In der Exit-Phase sahen wir hypnotisiert aus, völlig unbewusst – Adrenalin …

Das Foto von meinem ersten Automaten ziert noch heute das Bücherregal in meinem Arbeitszimmer.

»Sind Sie das, Herr Conradi?«

Die oft gestellte Identitätsfrage ist schon okay so, weil das Bild mein Gesicht leider nicht zeigt. Nur die Gurtzeugnummer »9« und der orangene Fliegerkombi beweisen, dass der Typ auf dem Foto ich bin. Jener Kombi hängt in der Garage, er ist verschlissen, aber des Erinnerungswerts wegen hat er sich seinen Nagel verdient.

Anfänger machen das meiste intuitiv richtig.

Einer nach dem anderen landete nahezu perfekt auf dem Vorfeld. Nur DJ Atze hielt sich den Fuß. Er war gestolpert und hatte sich eine Verstauchung zugezogen. Aber sein Gesicht sah genauso freudig aus wie unsere.

»Feuertaufe bestanden, echte Luftfahrer seid ihr jetzt«, triumphierte Fabian und applaudierte uns mit väterlichem Stolz.

Und wir Azubis? Wir waren überwältigt. Soeben hatten wir den Step über den Tellerrand gewagt, und ja verdammt, wir lebten noch, und wie! Strahlen. Glück. Überschwang und feuchte Augen. Dopamin pur.

»Wir sehen uns später bei eurer Taufe, okay.«

»Taufe?!«

An die Taufe zum Luftfahrer erinnere ich mich immer noch gern. Wie bei Äquatortaufen geht's da ab: zuerst die Entmündigung der Täuflinge und dann die feuchtfröhliche Gaudi der Taufgesellschaft, natürlich alles auf Kosten der Täuflinge.

Wer im freien Luftraum verkehrt, egal, ob als simpler Ballonfahrer oder als hochkarätiger Verkehrspilot, wird von Amts wegen unter dem Sammelbegriff »Luftfahrer« geführt.

Und Luftfahrer müssen das traditionelle Taufspektakel erdulden.

Sich davor zu drücken gilt als böses Omen, als Etikettenverstoß, der schon zum Ende von Pilotenkarrieren geführt haben soll.

Die Taufzeremonie fängt ganz und gar leger und unverdächtig an. Gut gelaunte, freundliche Leute tauchen aus dem Nichts auf und behaupten, dein Taufzeuge zu sein. So weit, so gut. Doch unter ach so freundlichen Minen verbergen sich arglistige Absichten, die man erst durchschaut, wenn es zu spät ist. Bei unserer Taufe lief es etwa so ab: Kurz vor Sonnenuntergang. Der Sprungbetrieb neigte sich dem Ende. Die Täuflinge wurden höflich zu der »D-EASM« gebeten. Es ginge um unsere Taufe, nur ein harmloses Späßchen, wir hätten nichts zu befürchten.

Also watschelten wir ohne Argwohn hin zu der Cessna, aus der wir vorhin gejumpt waren. Die uns dort erwartenden Grinsebacken lobten uns überschwänglich, dass wir den kühnen Exit gewagt hatten, und mit was für einer Bravour obendrein!

Kumpelhaftes Schulterklopfen. Ehrenbezeugungen. Ein paar Fotos zur Erinnerung – alles im grünen Bereich.

Derart gebauchpinselt, ließ man uns glauben, dass man hier sei, um uns im Zirkel der Luftfahrer zu begrüßen. Gute alte Tradition sei das, die wir lebenslang nicht vergessen würden.

Der zweite Akt verlief ein wenig anders. Wir wurden ans Flugzeug fixiert, indem man uns mit dem Gesicht voran an den Rumpf bugsierte. Die Beine gegrätscht, die Hände hoch über dem Kopf.

So fixiert, war es unmöglich zu sehen, was hinter uns vorging. Und genau das war von der Taufgemeinde beabsichtigt. Verdächtige Tuscheleien. Diabolisches Feixen, Kichern, Lachen. Wehrlosigkeit der Täuflinge.

Während wir noch immer an nichts Übles dachten, paradierten die Paten hinter uns, um uns heftig eins aufs Gesäß zu klatschen. Dann kippten diese Sadisten uns Bier in den Hosenbund, was sich wie vollgepinkelte Hosen anfühlte. Heftig auf biernasse Ärsche zu watschen war dann der Gaudi Höhepunkt, weil es so toll spritzte und wir Täuflinge es erdulden mussten, ohne je einen der »Täter« erkennen zu können.

»Genug, das dürfte reichen!«, rief der Zeremonienmeister irgendwann inkognito.

Dann durften die just geadelten Fallschirmritter sich umdrehen und siehe da, die ehrenwerte Gesellschaft johlte und klopfte sich die Schenkel heiß. Wir durften nun den mit Bier gefüllten Zinkeimer in die Hand nehmen und wie alle anderen daraus trinken.

Mehr als 40 Personen hatten sich angesammelt. Viele hatte ich noch nie gesehen. Kollektive Freude. Glückwünsche. Fassbier. Blitzlichtgewitter.

»Herzlich willkommen in der Luftfahrt!«

Die quasi aus der Hüfte improvisierte Taufe zum Luftfahrer endete erst, als das Fass leer war. Die Blessuren auf meinen Pobacken spürte ich noch tagelang.

Der Ordnung halber wurden die Taufen anschließend beurkundet, in unseren Sprungbüchern, sodass noch unsere Enkel über den Mut ihrer Großväter staunen würden.

Im letzten Taufakt bekamen wir die Rechnung präsentiert. Das Papier anzuzweifeln traute sich keiner, obwohl jeder wusste, dass die »älteren« Kollegen solche Events auszunutzen pflegten.

Die Welt war nun um vier Luftfahrer reicher.

Der Eiffelturm

Nach der Taufe zum Luftfahrer war mein Ziel eigentlich erreicht. Doch schon drei Tage später standen zehn automatische Sprünge in meinem Sprungbuch: Voraussetzung für die weitere Ausbildung. Aber die war ja gar nicht geplant. Geplant war nur ein Schnuppersprung. *Einer*, nicht zehn!

Aber auch zehn super gelungene Automaten machten noch keinen echten Fallschirmspringer aus. Erst wenn du den Schirm selbst öffnest und autonom springen kannst, wirst du in der Szene als solcher wahrgenommen.

Natürlich war die Neugier auf »mehr« gewachsen. Die Ausbildung zum Automaten hatte mir irren Spaß gemacht, aber nun musste Schluss sein, ich hatte es Juliane himmelhoch versprochen.

»Allem kann ich widerstehen, nur der Versuchung nicht«, schrieb einst Oscar Wilde. Auch mein Ego machte mir Druck: Nur einmal autonom aus dem Flugzeug jumpen … nur ein einziges Mal.

Okay, erstens war ich noch unter Strom und zweitens war beruflich gerade Luft; solch eine gute Gelegenheit würde sich so schnell nicht wieder bieten. Nur einen einzigen Freifaller wünschte ich mir. Die Weichen dafür waren gestellt. Juliane war noch auf Reisen. Alles schien zu passen, also, weitermachen oder Cut?

Zwischenbilanz: Von zehn Azubis waren nur noch Walter und ich am Ball. Bastian, der Zeitsoldat, und DJ Atze hatten nach sieben Jumps genug. Das reiche ihnen, es gäbe Wichtigeres zu tun … klare Ansage und vollkommen nachvollziehbar. Aber uns faszinierte das betretene Neuland weiter, wir waren so was von heiß. Hinwerfen fühlte sich überhaupt nicht gut an. Nicht jetzt.

Eine Entscheidung musste her!

Insgeheim hoffte ich auf einen möglichst eiligen Ingenieurauftrag. Das würde mir die Entscheidung enorm erleichtern. Dann wäre sofort Schluss mit der Luftnummer. Der Job hat immer Vorrang, weil ohne Moos nix los …

Also, gehen oder bleiben?

Gehen wäre konsequent und okay, weil mein Ziel erreicht war, und das hatte geheißen: »Nur ein einziges Mal.«

Bleiben wäre inkonsequent und gegenüber Juliane Wortbruch. Ein Gummi-Kompromiss wäre, limitiert weitermachen?

Nur einen einzigen autonomen Jump. Dann möge ein für alle Mal Ende sein – versprochen, Juliane, dann gehen wir endlich deinen Tango tanzen …

Die Autosuggestion schaffte Burgfrieden im Kopf, und das Ego war erst einmal ruhiggestellt.

Wie paradox!

Ein einziger Jump im Freifallmodus, und man war ein Musketier. Der Geier weiß, warum mir das plötzlich wichtig geworden war. Ich konnte doch wie Atze und Bastian mit dem bisher Erreichten voll zufrieden sein.

War ich auch! Ich war wirklich zufrieden, absolut zufrieden. Aber da war etwas in mir, das keine Ruhe gab … der tiefe Wunsch auf den Berg zu steigen, um zu schauen, was dahinter liegt.

Analytisch betrachtet waren noch einige Randbedingungen zu klären: Juliane war noch ein paar Tage unterwegs, aber mit ihrem Okay durfte ich rechnen. Im Falle einer beruflichen Verpflichtung wäre sowieso Schicht im Schacht. Das alles Entscheidende aber war, dass noch gar kein Okay vom Parlament vorlag. Ohne grünes Licht, ohne Sprungfreigabe ist alles Planen für die Katz.

Doch Fabian, der es gern sah, wenn seine Azubis weitermachten, hatte das im Parlament bereits angeschoben. Ein Ergebnis würde in etwa einer Stunde auf dem Tisch liegen.

Abwarten.

Walter und ich waren schnell Freunde geworden. Die Chemie passte und unsere Ansichten ähnelten sich in vielen Dingen. Zum Beispiel waren wir uns darüber einig, dass Fallschirmsport von vornherein unklug ist, obgleich wir paradoxerweise deswegen hier waren.

Wir waren außerdem völlig einer Meinung, dass Fallschirmsport ein Affront gegen den Selbsterhaltungstrieb ist, ein Blattschuss contra die Vernunft. Da oben rauszujumpen endete nur darum nicht im Sarg, weil ein Vehikel aus Seilen und Nylongewebe das verhinderte.

Nein, nein, gewiss waren wir nicht lebensmüde und auch nicht so ganz doof. Im Namen des Teufels, nein! Wir haben uns nur, wie die meisten Parachuter, mit den Fragen nach dem Sinn und Unsinn beschäftigt. Bleiben oder Gehen würde letztlich das Parlament entscheiden. Gäbe es sein Okay, was wahrscheinlich war, dann würden wir sicher noch Antworten bekommen.

Walter kam aus Aventoft, einem winzigen Dorf nahe der deutsch-dänischen-Grenze. Er lebte auf einem Gutshof mit 300 Hektar Land, zwei Drittel davon Wald.

Er war mit 17 von seinen Adoptiveltern zum Erben bestimmt worden, weil er der einzige männliche Nachkomme war.

Die Kindheit und Schulzeit verbrachte er auf dem Land, eine schöne, ihn prägende Zeit sei das gewesen. Er war aus reiner Leidenschaft Bauer geworden und es juckte ihn nicht im Geringsten, als »Schweinehirt« und »Stinksocke« gemobbt zu werden. Sein Beruf erfülle ihn mit Stolz und Ehre, weshalb er beschloss, Agraringenieur zu werden.

Nach dem Studium hatten seine kränkelnden Eltern ihm den Hof überlassen. Ein prächtiges Anwesen war das, in fünfter Generation, meistens von frischen Nordseewinden angeblasen.

»Landwirt ist kein Job mit geregelter Arbeitszeit! Maloche ohne Ende ist das«, sagte Walter ohne Groll.

Doch körperliche Arbeit mache ihm nichts aus, sie gehöre typischerweise zum Beruf und habe auch viele positive Seiten. Bewegung an der frischen Luft sei ein exzellenter Fithalter.

Er hasste jedoch die ausufernde Bürokratie und das scheinheilige Gesülze unfähiger Bürokraten in Brüssel und Berlin. Jene Typen seien für das im Land grassierende Hofsterben verantwortlich und für unzählige Bio-Tragödien, welche die Bauern zu Monokultur und abartiger Massentierhaltung zwängen.

Wenn Walter auf Agrarpolitik zu sprechen kam, geriet er schnell in Rage, man musste das Thema elegant umschiffen, was mir meist gelang.

»Neun Jahre sind es her, dass ich Urlaub hatte!«

Er war froh, die Biege gemacht zu haben. Der Hof wurde nun von seiner Halbschwester und ihrem Mann beschickt, beide Lehrer, auf die er sich verlassen könne.

»Ich musste da einfach mal raus – Stressblockade, Burnout oder so was.« Auch steckte ihm die Flucht seiner Frau noch satt in den Knochen. Er hatte sie sehr geliebt … und liebte sie wohl noch immer. Eines Tages war sie ausgebüxt und nicht mehr nach Hause zurückgekehrt. Sie lebte jetzt in Südbayern und bräuchte eine längere Auszeit.

Aufstehen mit den Hühnern und zwölf Stunden beinharte Maloche. Sieben-Tage-Woche. Verantwortung. Versorgung der Tiere, Kühe melken. Die Stallhygiene. Kühlung der Milch und die nächtlichen Geburtshilfen im Kuhstall. Harte Arbeit, und das für immer weniger Geld.

»Eigentlich kann ich ihre Fahnenflucht verstehen … aber das Thema gehöre nicht hierher … und statt am mallorquinischen Ballermann aus Eimern Bier zu saufen, habe ich mich für den Luftzirkus hier entschieden, einfach so, spontan, der Geier weiß wieso. Wollte mal was ganz anderes kennenlernen. Mal ohne Reue was Ausgeflipptes tun, etwas ganz und gar Neues … nur für mich. Musste zu Hause mal den Stecker ziehen. Ade, Aventoft. Ade, Bürokratie. Ade, Stallroutine …«

Plausibel, Walters Einstellung.

Gleiche Interessen verbinden, schaffen Freundschaften und bauen Brücken. Doch nun war der Grundkurs beendet. Wir waren frisch getaufte Luftfahrer, frisch gekürte »Automaten«, mit allem Pipapo.

Bleiben contra Gehen war die Frage, die uns beide beschäftigte.

Der Respekt vor dem Freifall war zweifellos gewaltig. Würden wir ihn, mit Zustimmung des Parlaments, wagen, oder am Ende die Finger davon lassen?

Aber warum sollte man die mühsam erstiegenen 704 Eiffelturm-Stufen postwendend wieder absteigen? War doch unlogisch, oder?

Warum nicht erst das grandiose Panorama von Paris genießen?

»Wenn du das Ziel erreicht hast, geh weiter, das Beste kommt erst noch!«, pflegte mein Großvater zu sagen. Man soll das Brot fertigbacken, wenn man wissen wollte, wie es schmeckt.

Analytisch betrachtet, war der Kursus in jeder Hinsicht ein Gewinn, sogar das Wetter passte. Neue Freundschaften, neue Techniken und jede Menge Spaß und Spannung. Wir zehn Azubis hatten so viel Gaudi, einfach alles im Kursus war positiv, alles hatte sich gelohnt.

Nun war er zu Ende, aber in meinem Kopf war alles sehr lebendig, und Walter ging es ebenso.

»Bleiben oder Abgesang?!«

Wir waren entschlossen, das Brot fertigzubacken. Was noch fehlte, war die Freigabe vom Parlament.

Die Freigabe

Siegerlaune. Irgendwie waren wir stolz. Unsere Entschlossenheit zu bleiben war eine Art Gipfelsturm. Unsere Automaten konnte uns keiner nehmen, und dass es weiterging, war sehr wahrscheinlich.

Warten auf das Okay des Parlaments. Aber wo? Am besten mal beim »Rollerballett« reinschauen. Dafür hatte der Club in einer der Nissenhütten extra einen Parcours gebaut, mit glatt gebügelter Kunststoffbeschichtung, fast alles in Eigenleistung.

Beim Eintreten in den Ballettsaal bedeutete uns der einzig Stehende – offensichtlich der Leader –, keine Geräusche zu machen. »Pssst!« Um ihn herum wirbelten etwa zehn hochkonzentrierte Männer. Nein, spaßig schien das Spiel überhaupt nicht, da lief vielmehr ein schweißtreibendes Ritual ab. Niemand sagte einen Mucks, nur das rhythmische Schnurren und Wurren der Skater war zu hören.

Die Männer wirkten wie in Trance und angespannt. Klar checkten wir, dass hier irgendwelche Choreografien eingeübt wurden: hin, her, vor und zurück, zur Seite und abbremsen, wieder hin und zurück und so weiter ...

Die Typen lagen mit dem Becken auf flinken Skateboards, um sich mit den Fingerspitzen synchron hin und her zu schieben. Rumpf und Beine hielten sie gespannt hoch, minutenlang, die absolute Garantie für Waschbrettbäuche.

Lautlos wie japanische Zen-Adepten simulierten sie das Andocken an eine Fallschirmformation.

Der Stehende gab sekündlich Klatschsignale und choreografische Anweisungen: »Eins und Hepp und zwei und hoch«, und alles bitte noch etwas präziser ... und so weiter.

Nach zehn Minuten ließ er Pause machen; die Schwitzenden stürzten sich auf ihre Wasserflaschen. Der Stehende, er heiße

Leopold, wandte sich zu uns, wohl wegen der Fragezeichen in unseren Blicken.

Das Problem sei das enge Zeitkorsett, erklärte er. Die Bildung und Auflösung der Formation müsse in einem sehr engen Zeitfenster, etwa 180 Sekunden, abgeschlossen sein.

»Tatsächlich?«

»Extrem knapp«, traute ich mich zu sagen.

»Stimmt. Wenn die Separationshöhe erreicht ist, muss die Figur blitzschnell aufgelöst werden.«

Da oben müsste alles passen wie ein Uhrwerk. Perfektes Timing sei die Basis für jede Formation, was für die Sicherheit ebenso gelte.

»Verstehe«, sagte ich, »wie Zirkusartisten, oder?«

Vergleichbar, meinte Leopold. Nach zwei, drei Stunden Bodenkür flögen sie rauf, den Praxistest machen.

»Aha, Praxistest ... da oben?«

Leopold und sein Ensemble sahen uns mitleidig an, man schien sich über unsere Unwissenheit zu amüsieren. Indessen schnappte Leopold sich den Feudeleimer, um die Pfützen vom Boden aufzuwischen – den Schweiß seiner Adepten.

Kein Zweifel, das hier war eine andere Liga. Hier trainierte die Champions League der Fallschirmspringer, unerreichbar für die meisten, uns natürlich eingeschlossen.

Leopold, so unser Eindruck, machte den Job mit Herz und Grips.

Selbst einfachste Figuren müssten, bis das Timing endlich passte, Wochen, Monate, gar Jahre trainiert werden.

Das Problem sei, so Leopold, dass man sich da oben nirgends abstützen könne. Nach dem Verlassen der Röhre gäbe es immer nur eine einzige Richtung, zurück zur Erde.

Überhaupt gebe es immer nur einen einzigen Versuch, egal, ob sie proben oder bei Turnieren um Punkte kämpften.

Wir nickten zustimmend und überließen Leopold das Weitere.

Diamanten oder Sterne mit 18 und noch mehr Gliedern könnten, bis zur Turnierreife, durchaus zwei Jahre dauern. Der Albtraum beim Formationsspringen seien plötzliche Windböen und damit einhergehende »Anpraller«. Zusammenstöße bei 180 Stundenkilometer führen meist zum Dominoeffekt und zum Abbruch der Aktion. Dann muss reziprok separiert werden, frei fliegend und diszipliniert. Sicheres Separieren ist die Säule allen Trainings, allerdings gebe es keine absolute Strategie, Unfälle zu verhindern …

»Alle müssen alles geben.«

Wer zweimal in Folge nicht zum Training komme, verlöre seinen Stammplatz in der Formation. Schlendrian könne man sich nicht leisten, es gehe immer um alles.

Plausibel.

»Dominoeffekt? Anpraller? Unfälle? O Gott, nein!«

Zeit für uns zu gehen, wir waren hier eh nur störende Statisten.

»Macht bitte die Tür zu«, rief Leo uns nach, »und schaut gern mal wieder rein.«

Ein neues Warteplätzchen musste her. Wir entschieden uns für das »Skydivers Inn«, einer alternativlosen Option für Kaffee und Kuchen.

Die Bedienung vom Buffet begrüßte uns wie Stammgäste.

»Hallo Walter. Hi Conny …«

Wer ins »Skydivers« wollte, musste verkaufsstrategisch erst am Aero-Shop vorbei. Der mit Krimskrams überladene Laden hatte gerade mal Wohnmobilvolumen.

Personal gab's nicht, das erledigten die Girls vom Kuchenbuffet.

Man musste sie allerdings freundlich herbeilächeln, Motzen verlängerte das Warten erheblich.

Mein Interesse galt den galaktischen Sandalen. Ein Nebenprodukt der Raumfahrt, behauptete die Werbung. Fast alle Sachen waren US-Importe, um den Globus geschipperter Plastikkitsch, das meiste made in Asia.

Ein langer, dünner Mann hielt euphorisch die kunterbunten Leggins an sich hoch.

»Na? Wie seh ich aus, Schatzi?«

»Entsetzlich!«, raunzte kopfschüttelnd seine Frau.

Gehorsam ließ er davon ab und fragte, ob er denn die geringelten Zehensocken kaufen dürfe. Sie nickte gnädig, er durfte.

Meine Favoriten lagen in einem der Grabbelkörbe; sogar in der richtigen Größe. Die rutschfesten Dinger waren im Springerforum der Hit, jeder Zweite lief damit herum. Dank der raffinierten Kletts saßen sie absolut perfekt am Fuß. Ich besitze sie noch heute, sie wurden zwar schon x-mal geflickt, aber als Badelatschen taugen sie bestimmt noch 20 Jahre.

Im »Skydivers Inn« saß man an Kieferntischen und -bänken. Die Oberflächen waren mit Wachs beschichtet, sodass man sich keine Splitter ins Fleisch riss. Etikette war unerwünscht, man setzte sich lächelnd dazu, das klappte immer.

Speisen, warme und kalte, wurden in der klitzekleinen Pantry zubereitet, die komplett mit poliertem Stahlblech verblendet war. Die Eintöpfe à la Tante Monika erfreuten sich größter Beliebtheit, selten blieben Reste übrig.

Der kulinarische Hammer waren die Baguettes, die nach Wunsch frisch zubereitet wurden. Knackige, üppig belegte Sattmacher zum fairen Tagespreis.

Ich favorisierte Marmorkuchen mit Zartbitter-Schokoladenglasur und mächtig Schlagsahne obendrauf.

Walter bevorzugte Obsttorten. Die köstlichen Naschereien zogen uns magisch an.

»Die Torten sind noch nicht ganz fertig, Walter«, meldete die Brünette errötend. Auch Walter errötete und sah mich komisch an.

Da lief doch was, oder irrte ich mich …?

Wenn ja, bewies er einen exzellenten Geschmack.

»Frische Baguettes, alle Zutaten vom Bio-Markt«, war auf der Tageskarte zu lesen. Die Dinger kosteten drei Euro das Stück.

»In einer Stunde sind alle weg«, kokettierte die Frau und erwartete unsere Bestellung. Dabei sah sie nicht mich, sondern Walter an. Aber wieso wich er ihren Blicken aus?

Aha, Walter überfiel wieder dieses verklemmte Hüsteln. Keine Silbe brachte er mehr über die Lippen – peinliche Sprechblockade.

Als sein Freund musste ich jetzt verbal in die Bresche springen.

»Wie ist doch gleich dein Name?«

»Anna Claudia. Sag einfach Anna, ohne Claudia.«

»Okay, Anna, wie steht's denn vorweg mit Kuchen?«

»Muss noch ne Weile abkühlen, dann lässt er sich besser verzieren und schneiden. Eine Stunde etwa, ist das okay?«

»Verstehe«, sagte ich und sah zu Walter rüber. Der schien sich wieder halbwegs gefangen zu haben. Er schenkte Anna sein breitestes Strahlen und orderte per Zeigefinger und »Die da!« zwei XL-Baguettes.

»Eins für mich und eins für Conny – mit Serrano bitte.«

»Mayo dazu oder Kräuterdressing?«

»Ohne Dressing, lieber etwas Parmesan.«

»Acht Euro macht das bitte!«

Mit flinken Händen zauberte sie nun zwei herrliche Baguettes und drückte mir die mit frischem Salatmix garnierten Teller in die Hand.

Walter legte einen Zehner auf die Durchreiche. »Stimmt so.«

Er zwinkerte mir zu, als hätte er etwas Überragendes gesagt.

Anna nahm den Schein und suchte wieder Blickkontakt zu Walter. Auch bei ihr schien ein kleines Feuerchen zu glimmen ...

Kurzerhand besetzten wir den runden Stehtisch am Fenster und ließen die Kauwerkzeuge ihren Job machen.

Anna Claudia sei alleinerziehende Mutter, wusste Walter.

Ich antwortete nicht, weil er wie aufgezogen weiterschwatzte.

Anna sei in einer Achter-Formation gewesen, als einzige Frau.

»Na und?«

»Sie musste aufhören, wegen der Babypause. Was für ein süßes Mädchen diese Anna Cordula. 13 Monate frisch. Sie schläft hinten im Vorratsraum.«

»Woher weißt du das alles?«

»Sie hat es mir erzählt.«

»Ah so, ihr kennt euch näher?«

»Ähm ... ja, eher wenig. Ihr Mann ist CPL-Pilot, er fliegt die große ›Cessna Caravan‹.«

»Na und?«

»Sie haben sich getrennt«, druckste Walter weiter.

»Getrennt haben sie sich, aha ...«

Unsere Baguettes schmeckten wirklich köstlich und satt wurde man davon auch.

Die Tür flog auf und drei stramme Sonnyboys traten ein. Kaum waren sie drin, fingen sie auch schon an, Anna mit schwülstigen Komplimenten anzubaggern. Walter bemerkte das und prompt ging das Hüsteln im Hals wieder los.

Als er meine hochgezogenen Augenbrauen sah, leugnete er vehement, eifersüchtig zu sein. Wenig überzeugend.

»Bin einfach nur scheiße drauf ...«

»Weil Anna sich um ihre Kunden kümmert?«

»Weiß nicht ...«

»Lass doch den Quatsch mit der Eifersüchtelei«, sagte ich. »Andere Mütter haben auch stramme Söhne. Es ist nun mal ihr Job nett und freundlich zu sein, und zwar zu allen Gästen!«

Walter faselte was von Fortuna, der römischen Schicksals- und Glücksgöttin, und dass auf Frauen sowieso kein Verlass sei.

Ich hörte einfach nicht mehr hin ...

Bei »Glücksgöttin« betrat plötzlich Fabian die Szene, er hatte uns sofort entdeckt. Er atmete schwer. Offensichtlich war er gerannt.

»Das Parlament ist überzeugt!«, keuchte er.

»Wovon überzeugt?«

Wir warteten geduldig, bis er wieder Luft bekam.

»Ohne Scheiß, das Parlament hat eben einstimmig euer Go beschlossen – ihr habt jetzt grünes Licht!«

Wir wechselten depperte Blicke, die Überraschung war ihm voll gelungen.

»Wenn ihr wollt, könnt ihr euren Freifall heute machen, ihr habt ab sofort unser aller Okay.«

»Wirklich wahr?«

»Ja! Aber es ist besser, noch eine Nacht drüber zu schlafen. Morgen ist auch noch ein Tag. Lasst mich gern eure Entscheidung wissen, ich will unbedingt dabei sein; bin schließlich euer Coach.«

Als sei nix gewesen, lupfte er einen Pappbecher vom Spender der Kaffeemaschine und drückte die Taste: Latte Macciato groß. Dann, so zackig wie er gekommen war, ging er zur Tür heraus.

»Himmelherrgott, hol uns hier raus!« Zwar klatschten wir kernig ab, standen aber da wie Lottokönige, die nicht fassen können, dass sie soeben Millionäre geworden waren.

Seit einer Minute stand fest: freie Bahn für unseren ersten Exit aus 4000 Metern.

Walter höhnte, seine Schwester könne anrufen, dass er dringend im Betrieb gebraucht werde, er müsse dann sofort nach Hause. Galgenhumor? Fluchtgedanken? Flattermann?

In Wahrheit freuten wir uns wie kleine Jungs aufs Ostereiersuchen. Das bisschen Muffensausen war der Überrumpelung geschuldet, sonst nichts. Wir mussten uns erst mal wieder einkriegen.

Anna hatte die Szene mitbekommen. Sie brachte Prosecco, füllte drei blitzblanke Gläser und beehrte uns mit süßen Bussilein.

»Geht auf mich – Prost!«

»Prost, Anna Claudia!«

Beim Verlassen des Blockhauses hielten wir kurz in der Video-Lounge an, wo von früh bis spät die monströse Video-Bildwand flimmerte. Die Gruppe schaute wild durcheinander schnatternd zu, wie eine Vierer-Formation am Rand der Luke klebte. Auf ein Zeichen löste sich der Pulk ab, der Kameramann sprang hinterher.

Eben noch durch die Luft rasend, saß dasselbe Team hier in der Lounge zum Re-Briefing.

Gar keine Frage, Fallschirmspringen ist faszinierend und macht süchtig. Vor allem fasziniert der kurze Moment, wenn die Springer abgehen. Ein Augenblick der absoluten Unumkehrbarkeit.

Knut

»Tun wir's nun oder was?«

Wir klatschten ab, das war ein klares Ja!

Morgen also unsere Feuertaufe, wenn nix dazwischenkam ... wir schickten Fabian eine Mail, in der wir ihm unseren Entschluss mitteilten. Die Antwort kam postwendend.

»Ich wusste es. Gute Entscheidung, Männer. Dann also bis morgen. Smiley – Euer Fabian.«

Der Wetterbericht verhieß bestes Kaiserwetter, allerdings sei mit bis zu 35 Grad zu rechnen. Ungewöhnlich hohe Temperatur für die Jahreszeit, aber besser als das typisch norddeutsche Schietwetter. Wir waren geradezu versessen auf den Superjump, wenn nicht jetzt, wann sonst?!

Im Tower hatte heute Knut das Sagen. Er machte hier seit Jahren die Luftaufsicht und ließ sich meistens für den Wochenenddienst einteilen. Der Dienst war ehrenamtlich, jedoch gebunden an das Flugfunkzeugnis AZF. Knut war Inhaber aller Flugfunklizenzen, er hatte sie als Offizier bei der Luftwaffe der Bundeswehr gemacht.

Im echten Leben war er Journalist, ein Topjournalist, um genau zu sein. Er schrieb Reportagen für alle möglichen Zeitungen und Magazine. In seinen Essays machte er auf den seiner Meinung nach bedeutsamen Umgang mit Sitten und Moral aufmerksam. Ihm ging es nicht ums Nörgeln, eher um Konsens unter den Generationen. Kultur und Gesellschaft waren seine Anliegen.

Er warb für Entpolitisierung, für Transparenz und Mitbestimmung, für Verantwortung und Zivilcourage per se. Ich mochte die federleichte Gangart, wie er zeitkritische Themen aufspießen und thematisieren konnte, ohne mit Dreck zu werfen. Aus seiner Feder floss kein Blut, andererseits nannte er den Schwachsinn, den uns die Mächtigen zumuten, rigoros beim Namen. Es war wohl seinem moderaten Stil und scharfen Verstand geschuldet, dass er Gast in vielen TV-Talkshows war.

In Knuts ovalem Gesicht dominierte unter der hohen Stirn eine eindrucksvolle spitze Nase, sein persönliches Markenzeichen.

Das grau melierte Haar reichte ihm bis auf die Schultern, sein Erscheinungsbild signalisierte Vertrauen, Bildung, Geschmack.

Er war schlicht »der Knut von der Luftaufsicht« und bei den Springern als jovialer Plauderer geschätzt. Blitzschnell konnte er sich auf sein Gegenüber einstellen, egal, wie alt oder jung, ob männlich oder weiblich, geschliffen oder ungeschliffen. Kaum einer, der ihn nicht mochte und schätzte.

Als notorischer Reporter war er immer und überall auf der Jagd nach News. Ohne Kamera, Stift und Notizblock fühlte er sich wie andere Menschen ohne Kleidung: nackt. Seine Kritzeleien, eine Art Hieroglyphen-Stenografie, vermochte nur er selbst zu lesen. Wenn er das Übel der Welt beschrieb und die Täter enttarnte, dann nie aufreißerisch. Niemand musste mit seiner verbalen Steinigung rechnen. Das sei wirklich nicht seine Sache. Seine Maxime war: »Nur wer fragt, erfährt etwas, und wer schweigt, ist Teil des Problems.«

»Was ist los mit euch beiden?«, rief er fröhlich. »Hab euch schon vermisst ... hier passiert grad nicht viel.« Sein Zeigefinger deutete himmelaufwärts.

Wir würden morgen den ersten Freifall machen, berichteten wir ihm mit breiter Brust. Das Thema »Fallschirmspringen« würgte er stets ab. Das sei nicht sein Ding. Den Funkverkehr dagegen liebe er. Schon als Kind habe er in der Badewanne mit dem Duschkopf geübt ...

Wollte man mit Knut ins Gespräch kommen, fing man am besten mit einem aktuellen Thema des Club-Tratschs an, oder man sagte etwas zum Flugplatz, den er als sein zweites Zuhause ansah.

Natürlich wussten wir, dass er bei dem legendären Werner-Rennen höchstpersönlich dabei gewesen war. Seine Aufsätze standen damals in allen Zeitungen. Knut ließ sich immer wieder gern drauf ansprechen.

Ob er das Spektakel auch gefilmt habe, fragte ich ihn. Er verneinte das vehement. Er sei Journalist, nicht Paparazzi.

Fragte man ihn nach Einzelheiten, dann begann er zuerst von den furchtbaren Müllbergen zu erzählen. Jene chaotischen Bilder seien ihm albtraumartig in Erinnerung geblieben.

Knut hasste Unrat in seiner »guten Stube«. Wie leicht könne eine lumpige Plastiktüte von einem Propeller angesogen werden und zur Katastrophe führen.

»Ein Mega-Event war das«, sagte er wie immer, und wiedererweckte »Es-war-einmal-Rührung« schwang in seiner Stimme mit, »ausgerechnet hier in Hartenholm ist das Werner-Rennen geboren worden. Hier neben uns am Tower stand die Wiege des Werner-Kults. Im Sommer 1988 war das.«

Knut hatte den Köder geschluckt.

Mit glitzernden Augen schwärmte er weiter, den Funkverkehr hörte er über Mobilfunk mit. Bis zum Dienstantritt waren es noch ein paar Minuten.

»Ich weiß nicht, ob ihr schon davon gehört habt«, begann er verheißungsvoll. »Der Mega-Event ist aufgrund einer popeligen Comic-Wette quasi aus dem Nirwana heraufbeschworen worden. Dass daraus mal ein Kultmodell werden würde, hat niemand für möglich gehalten, eine zufällige Laune der Ironie, bis heute. Angesagte Rockbands dröhnten rund um die Uhr unter freiem Himmel oder in den Festzelten. Tagsüber Motorrad-Stunts und neben den Hangars Flohmarkt für Zweiräder.«

»Und der Flugverkehr?«

»Kein Flugverkehr, drei Tage ›Airfield closed‹«.

Ein provokantes Stichwort genügte und Knut brabbelte, was das Zeug hielt. Ausschweifend Erzählen war sein Element.

»Grausam ging es an den Klo-Containern zu«, erzählte er. »Besoffene haben mutwillig ein paar umgekippt, mitsamt den Insassen ...«

»Warst du Insasse?«

»Nee, die Luftaufsicht hatte separate Toiletten, für Fremde tabu.«

Knut hatte verbal volle Fahrt aufgenommen, wir brauchten nur noch navigatorische Stichworte zu geben.

»Erzähl uns doch noch einmal, was dich damals so auf die Palme gebracht hat.«

»Also, als Top-Highlight stand ja das Wettrennen ganz oben auf der Agenda: Eigenbau-Motorrad gegen Porsche. Aber das ist bald zur Nebensache geworden.«

Wie alle im FC Condor kannten auch wir die Story vom Werner-Rennen weitgehend. Wir ließen uns aber nichts anmerken, weil Knut immer wieder neue Varianten dazu erfand oder wegließ. Ob Wahrheit oder kreative Fantasie, war ohne Belang. Diesem Manne zuzuhören war amüsant und lehrreich. Er modellierte seine Reden mit einfachen Worten, aber leidenschaftlich und kunstvoll. Dabei schien er sich auch selbst gern zuzuhören. Wenn er merkte, dass er langweilte, wechselte er mühelos das Thema.

»Über 30.000 Menschen waren damals angereist, fast alle in schwarzen Lederklamotten. An die 10.000 Motorräder, keins wie das andere, alles galaktisch designte, chromblitzende Unikate.

Die durchgeknallten Brösel-Fans wollten natürlich die frisierte Horex siegen und den roten Porsche grandios verlieren sehen.

Das Rennen ›Horex gegen Porsche‹ war den Fans so wichtig wie einst die Mondlandung.«

Knut konnte sich ereifern, als sei der Event erst gestern gewesen.

»Keiner wollte an Brösels Sieg zweifeln, und wer es doch wagte, wurde wie ein Verräter geächtet. Fetzige Kultbands wie ›Torf Rock‹, ›Truck Stopp‹ und andere Rockbands haben den Event zum

Woodstock von Schleswig-Holstein hochgezwiebelt. Irrsinnige 150.000 Liter ›Bölkstoff‹ sind durch die Kehlen der Fans geflossen, mitgebrachte Reserven nicht gerechnet.«

»Jetzt müsste das rote Gummiboot kommen«, hauchte ich Walter zu und lag richtig. Allerdings brachte Knut eine für uns neue Version. In der Urversion diente das rote Gummiboot der Gastronomie als Aquarium für lebende Speisefische. Diesmal habe ein alkoholisiertes Paar darin geknattert, angefeuert und beklatscht von Zuschauern, die meisten ebenfalls hackenvoll.

Welche Geschichte stimmte oder ob überhaupt eine zutraf, was machte das schon? Knut ließ alle möglichen Versionen Revue passieren, heute so und morgen anders, aber immer kreativ und spannend. Am besten ließ man ihn einfach reden, er hörte irgendwann von selbst auf. Aber so weit war's noch nicht, die Go-Go-Girls und das Mülldebakel standen noch aus.

»In dem rammelvollen ›Titti-Twister-Zelt‹ gaben knackige Go-Gos ihre Kunst und Gunst zum Besten – für Bares versteht sich. Einen Reisebus voll mit heißen Girls haben die Veranstalter kommen lassen, aus Osteuropa, keines der Mädchen sprach Deutsch, alle mussten ihren Zuhältern aufs Wort gehorchen.«

Knut sah auf die Turmuhr. Er wurde unruhig. Er müsse jetzt zum Dienst. Eloquent wie immer fasste er das, was er noch sagen wollte, kurzerhand zusammen: »Jede Menge Zoff hat es gegeben, besonders nachts, wenn die angetörnten Freier von ihren Frauen in flagranti erwischt wurden. Herrlichstes Stutengemetzel inmitten grölender Kampfkreise. Die improvisierte Zeltstadt erinnerte an das biblische Sodom und Gomorra. Ein Dampfkessel für Suff und Dekadenz. Andererseits köstlich, wenn Freier mit herabhängenden Hosen von ihren wutschnaubenden Frauen aus den Zelten der Girls gezerrt wurden. Wenn ausgeflippte Paare sich unter den Tribünen hingaben. Überall verstreut fand man die Perücken der Mädchen. Dessous und labbrige Kondome lagen verstreut herum. Überall

Betrunkene oder Bekiffte. Auf dem Flugplatz tobte die größte Orgie aller Zeiten.«

Wieder sah Knut auf die Uhr und dann hoch zum Tower, wo sein Kollege auf Ablösung wartete. Hastig setzte er zum Finale an, er müsse dann aber wirklich los ...

»Feiern, bis die Sonne sich traute, wieder aufzugehen. Drei Tage und Nächte wilder Karneval.«

»Copacabana, Rio de Janeiro?«

»Schlimmer«, sagte Knut. Er erhöhte jetzt das Redetempo.

»In der letzten Nacht haben Bezechte die Bühne geentert, um den strippenden Girls die winzigen Wäscheteilchen zu klauen. Die Securities schritten ein. Rangeleien. Scheinwerfer knallten von oben auf die Bretterbühne runter, was elektrische Blitze erzeugte. Kurzschluss. Dunkelheit. Die Bühnendekoration stand in Flammen. Kreischen. Hilferufe. Keiner blickte mehr durch.

Feueralarm.

Als dann Betrunkene mit Löschschaum wild umhersprühten, flogen die Fäuste. Massenkeilerei. Tohuwabohu.

Ich hab hinter einem Bierkistenstapel Deckung gefunden. Einige Girls sind in die Vorratscontainer geflüchtet, haben dort ihre Blöße mit Kartonagen und Plastiktüten bedeckt. Kreischend irrten sie durchs Camp, barfüßig, auf der Suche nach Asyl.«

Wir mussten schmunzeln, weil Knut diesmal wegließ, dass er damals selbst eine Russin in seinen Jaguar »gerettet« hatte. Hatte er das Detail diesmal vergessen, oder war die frühere Version nur ein Wunschgedanke?

»›Das Ende der Moral und Sitte‹, titulierte die Presse das Ganze später. Dabei waren es Reporter, die manche Eskalation nach Kräften forciert haben«, echauffierte sich Knut.

Nur schlechte Nachrichten sind gute Nachrichten, laute ein Prinzip seiner Zunft. Saubere Nachrichten verkaufen sich nicht so gut wie abartige. Der Gipfel sei gewesen, dass ausgerechnet das Massenblatt mit dem roten Logo Dekadenz anmahnte. Dabei sei der Verfasser des Pamphlets dasjenige Arschloch gewesen, das im Titti-Twister-Zelt als besonders zügelloser Grabscher und Saufbold in Erscheinung getreten war.

Es reichte. Zeit, die Kurve einzuleiten: »Und wie ist das Rennen ausgegangen?«

»Die Schüssel von Brösel hat gewonnen, aber erst nach zwei ungültigen Versuchen.«

»Und Siegprämien?«

»Keine Ahnung. Vielleicht ein Fass Bölkstoff, oder zwei.«

Mit gekrauster Stirn kam Knut zum Ende. Es habe viele Verlierer gegeben. So seien der verschissene Wald, die mit Unrat und Müll übersäten Wiesen und Äcker mülltechnisch eine Vollkatastrophe gewesen.

»Wer's mit eigenen Augen gesehen hat – entsetzlich! Abfall und Verwesung. Was für ein Frevel an unserer Natur. Nicht nur die Umweltschützer kochten vor Wut.«

Knut hoffte, man würde aus alledem gelernt haben. Immerhin sei das Lederklamotten-Happening zur alljährlichen Kultparty erhoben worden. Doch keins der Revancherennen habe je wieder hier, in seiner guten Stube, stattgefunden.

»Alles Lichtjahre her, muss jetzt zur Ablöse«, schloss Knut und wandte sich ab, um die Eisentreppe zum Tower hochzulaufen.

»Tschüss! Ich drück euch für morgen die Glücksdaumen!«

»Tschüss Knut und danke!«

»Immer gern, macht's gut, Männer …«

Es vibrierte in meiner Hosentasche. Eine SMS von Fabian: »Bitte morgen rechtzeitig kommen. Vielleicht krieg ich euch in der großen ›Caravan‹ unter – Gruß Fabian.«

»OK«, simste ich zurück – Smiley Conrad.

Haie in der Sahara

Sonntag, 14:35 Uhr. Meine gute Laune war im Eimer. Walters Ausfall war mir sehr nahe gegangen, ich war geschockt und traurig zugleich, damit hatte keiner gerechnet. Ausgerechnet ich war von der Zehnergruppe als Einziger übrig. Ich hing durch wie Ellis Wäscheleine. Die Warterei lutschte mir alle Energie aus dem Kreuz und die schlaflose Nacht forderte jetzt Tribut. Meine Energiereserven schienen am Ende. Natürlich ging das nicht allein auf Walters Ausscheiden, der Motivationsverlust war vor allem auch der glühenden Mittagshitze geschuldet.

Ich überlegte aufzugeben. Warum eigentlich nicht? Ich war doch zu nichts verpflichtet. Der Sprungbetrieb würde auch ohne mich laufen. Doch was würde Fabian dazu sagen?

Hitzeperioden sind in Schleswig-Holstein selten. Meistens pusten die Westwinde durchs sogenannte Land zwischen zwei Meeren. Dieses Frühjahr passten die alten Bauernregeln überhaupt nicht zum Kalender. Ein Azoren-Hoch verharrte ausgerechnet bei uns, bei 54° nördlicher Breite, was die TV-Meteorologen lapidar als »ungewöhnlich« befanden. Für Freizeit und Hobby erfreulich, doch auch gewöhnungsbedürftig. Über 30 Grad waren zehn Grad zu viel für diese Jahreszeit. Die Natur brauchte dringend Wasser.

Der sonst grüne Vorfeldrasen wurde allmählich braun, es knisterte wie Stroh, wenn man darüber ging.

Der gewohnt quirlige Windsack hing wie tot am Mast herunter. Null Wind. Keiner hatte es eilig. Glatzköpfe schützten sich mit Hüten vor den UV-Strahlen, andere spannten Regenschirme auf.

Der Flug- und Sprungbetrieb lief bislang normal. Auch die übenden Zielspringer scherten sich nicht um die Hitze. Allerdings waren die Starts um 30 Minuten im Delay, mit zunehmender Tendenz.

Plausibel, weil beladene Maschinen bei hohen Temperaturen mehr Zeit fürs Hochschrauben brauchen, und natürlich viel mehr Sprit. Aber die meisten Matratzenjunkies kümmert das nicht, ihnen geht es um Nervenkitzel und den damit einhergehenden Adrenalinkick.

Mir wurde plötzlich schwindelig. Mein Blutkreislauf? Ich sollte mehr Wasser trinken und kühlen Schatten aufsuchen ...

Durchatmen und viel Wasser trinken!

Verrückt, aber ein Blitzgedanke, wann Thor-Valentin wieder nach Futter schreit, schoss mir durchs Hirn. Was sollte das, was ging mich Doras Baby an?

O Mannomann, die lange Warterei war anstrengend und nervte. Überall auf dem Vorfeld wurde geschwitzt und matt gestöhnt.

In meinem Kopf rotierte wieder mal das Gedankenkarussell. Die Chinesen nennen es »Affengeist«, wenn die Gedanken im Kopf vagabundieren.

»Thor-Valentin«, was für ein abgehobener Doppelname für ein so winziges Baby. »Thor-Valentin«, die Donnergottheit der Wikinger.

Während meine Gedanken weiterjagten, kam das irre Déjà-vu daher, ausgelöst durch die Luftspiegelung, die flimmernd über dem Asphalt der Landebahn waberte. Ich schloss die Augen und zählte langsam bis 15. Beim Öffnen waberte es immer noch. Eine Fata Morgana?!

Wie bitte?

Fata Morgana in Norddeutschland?

Ich legte mich bequem auf meine Sachen und konzentrierte mich darauf, jetzt mal alles Wirre loszulassen. Das Gedankenkarussell ließ sich darauf ein, indem es moderater wurde, die Gedanken und Bilder liefen mir nicht mehr davon, ich konnte sie anhalten und kontrollieren. Völlig überraschend schossen mir die alten Erinnerungen von Libyen in den Kopf, sie verdichteten sich in Nanosekunden zu Bildsequenzen, das meiste hatte ich längst vergessen. Doch einige Szenen waren noch so frisch, als wären sie erst gestern geschehen.

Mein Kopfkino hatte sich wider Willen geöffnet, ich ließ es einfach weiterlaufen ...

Ich war damals noch Ingenieurstudent, lebte in Hamburg und suchte im Internet nach einem Ferienjob, weil ich dringend Bares brauchte. Ein Allrounder für Libyen wurde händeringend gesucht, und ausgerechnet ich bekam den auf drei Monate befristeten Job. Aber der Reihe nach:

Der norwegische Konzern »Offshore Construction« baute weltweit Ölraffinerien und Industriehäfen. In Nord-Libyen wurde eins von mehreren Ammoniakwerken gebaut. Zu meiner Zeit wurden gerade die Pipelines auf dem Meeresgrund verlegt. Vom Ufer reichten sie einen Kilometer ins Meer hinaus, wo sie an einer Seeplattform endeten, die man vorher in den Meeresgrund gerammt hatte.

Die einzelnen Rohrsektionen waren fünf Meter lang, drei Meter im Durchmesser und vier Tonnen schwer. Sie kamen, montagefertig, per Schiff aus Hamburg.

Draußen an der Plattform, einer monströsen Pumpenstation, war das Wasser vergnügliche 23 Grad warm und kristallklar. Ein echter Badetraum, aber nur für Hasardeure, weil auch Haifischrudel hier ihr Revier hatten. Aber die giftigen Quallen seien weit gefährlicher, sagten die Einheimischen.

Eigentlich sah das Auge nur Mega-Baustellen, kilometerweit über den Horizont hinaus: Öl-Fördertürme, gewaltige Tanklager und riesige Turmdrehkräne. Auf in den Wüstensand gebauten Asphaltstraßen fuhren Tag und Nacht unzählige Bagger, Lkw-Konvois, Schwertransporte. Die Regierung Gaddafis ließ hier schlüsselfertige Industrien bauen.

Es war damals die größte Baustelle der Welt. Geld schien nicht die geringste Rolle zu spielen.

Das künftige Industriegebiet zog sich zehn Kilometer an der Küste entlang; Sperrgebiet. Ohne Erkennungsmarke durfte man es nicht betreten. Alle Personentransporte wurden von bewaffneten Milizen begleitet, in offenen Geländewagen japanischer Fabrikate.

Die Norweger hatten mich für die Großbaustelle »Marsa el Brega« eingeteilt, kurz »Brega« genannt. Ein völlig unbedeutendes Kaff, in dem vor dem Öl Boom eine Handvoll Beduinen gelebt hatte.

Man habe sie reich mit Land beschenkt und human umgesiedelt, ließ die Propaganda verbreiten.

Um die riesigen Ölvorkommen auszubeuten, hatte man Europäer und Amerikaner ins Land geholt. Es ging dem Regime aber auch um Infrastrukturen, Brega sollte nachhaltig industrialisiert werden. Mega-Projekte, Tausende Milliarden schwer.

Überall wuselten behelmte Bauleute um Skelette von unfertigen Fabriken herum, und mittendrin: das Wohncamp für die Fremdenlegionäre. Das äußerlich abstoßende Camp sah wie ein Gefangenenlager aus. Es hatte die Größe der Altstadt von Lindau oder Lübeck. Man hatte es, nach US-Vorbild, in Straßenquadrate unterteilt. Auch die Baracken waren durchnummeriert. Mein Quartier war in der 7th St. Chr. Columbus Ave.

Auf den Baustellen hatten die »ungläubigen« Amis das Sagen. Sie machten astronomische Umsätze. Die Gewinne aus der Öl- und Gasförderung flossen, wie sich noch herausstellen sollte, auf die Konten weniger Privilegierter.

Das stank dem gemeinen Volk, das nach wie vor in Armut leben musste. Wer es wagte sich zu beklagen, bekam des Nachts unangemeldeten Besuch und wurde fortan nicht mehr gesehen …

Dem Land Libyen gehörten zwar die Bodenschätze, aber die Fremden hatten, was Libyen nicht hatte: das Know-how für die Umsetzung von Mammutprojekten. Sie hatten die Patente und Patentrechte und damit weitreichende Macht.

Obwohl die Bauprojekte astronomische Summen verschlangen, soll es niemals zu Zahlungsproblemen gekommen sein. Demnach müssen die Gewinne des Regimes gewaltig gewesen sein …

Um die 2000 Amerikaner klotzten in »Brega«, weit weg von McDonalds, Football und Co. Dazu kamen Hunderte Spezialisten aus Europa. In Spitzenzeiten schufteten auf Bregas Baustellen an die 3000 Monteure, und sie alle verdienten prächtig.

Für das Offshore-Engineering hatten die Amis Spezialisten aus Norwegen angeheuert. Die Ex-Wikinger sind maritim Weltspitze und hochgeschätzt. Ich war durchaus stolz darauf, dass diese rustikalen, aber herzlichen Leute meine Brötchengeber waren. Als ich die Annonce fand, mailte ich prompt nach Oslo, rechnete aber nicht wirklich mit Feedback.

Der Bewerber sollte zwei Bedingungen erfüllen: Er musste sofort verfügbar und maritim versiert sein, mehr nicht.

Das traf auf mich zu.

Wer wagt, gewinnt, ich hatte das Hufeisen in der Tasche ... Prompt kam der Anruf, dass man sich für mich entschieden habe und dass ich sofort reisefertig sein müsse.

Und ob ich das war, und dazu außer Rand und Band.

Eine Stunde später hielt ich, das Internet macht's möglich, mein Flugticket in den Händen: mit der Lufthansa von Hamburg Fuhlsbüttel nach Bengasi und zurück. Nix wie Sachen packen, ab zum Airport und auf nach Nordafrika.

Die Boeing 737 landete erst gegen Mitternacht am International Airport von Bengasi. Ohne Hotelübernachtung sollte es für mich weitergehen. Nach »Brega« waren es 200 Autokilometer. Nur eine Straße führte dorthin, der sogenannte Brega-Highway.

Der Taxi-Chauffeur war geschätzte 16.

Ob er eine Fahrlizenz hatte, wage ich noch heute zu bezweifeln.

Der Typ trug über der weißen Pumphose eine dunkle Lederjacke mit riesigem Batman-Logo auf dem Rücken. Auf dem Lockenkopf thronte eine übergroße Strickmütze: »Made in Germany«, lachte er und bleckte das von einer Kaumasse gebräunte Gebiss. Eigentlich ein sympathischer Junge.

Nach einer halben Stunde Stadtfahrt erreichten wir den Brega-Highway.

Ich war zwar todmüde, aber von meinem Glück beflügelt: »Heute Morgen noch am PC, jetzt in der Sahara auf dem Brega-Highway, mit Fernsicht aufs Mittelmeer – Wow!«

Am fernen Horizont konnte man die Lichter passierender Schiffe sehen und durchs offene Autofenster zog Meeresluft herein. Morgen, spätestens übermorgen, würde ich im Mittelmeer baden können …

Vom Jetlag geschlaucht, wollte ich im Taxi etwas schlafen, und machte es mir auf der Rückbank bequem. Aber daraus wurde nichts, weil mir der Typ am Steuer alle paar Minuten wegnickte. Sekunden später saß das Taxi in den Sanddünen fest. Mir blieb nichts anderes übrig, als auszusteigen und die Kiste zu befreien. Den pausenlos kauenden Sonnyboy schien das zu belustigen. Er blieb einfach sitzen und grinste. Als ich wütend wurde, gaffte er durch geweitete Pupillen ins Leere.

War er etwa bekifft?

Der Highway von Bengasi über Brega bis Tripolis ist immer mit Sanderosionen garniert, von knöcheltief bis mannshoch. In der Sahara hat, verkehrstechnisch, immer die Erosion das Sagen. Wenn Sandstürme toben, was an der Tagesordnung ist, kann es Stunden dauern, bis man gesucht und eventuell gefunden wird. Einheimischen sowie fremden Verkehrsteilnehmern wird geraten, im Auto auszuharren und keinesfalls den Highway zu verlassen, da abseits der Straße nicht gesucht wird.

Pannenservice? Such- und Räumtrupps? Unfallhilfe in der Nacht? Wer verunglückt, ist selbst schuld. Gottesfürchtige warten devot ab, bis sie gefunden werden. »Inschallah.«

»Inschallah«, die ultimative, interarabische Gelassenheitsformel. Zu jedem noch so belanglosen Anlass wünscht man sich und seinem Gegenüber »Inschallah!«. Es ist die Formel, die Reisende mit nach Hause nehmen, weil sie für immer hängen bleibt, »Inschallah …«

An eine Mütze Schlaf war nicht mehr zu denken. Protestieren half nicht weiter. Was nützte mir der ausgehandelte Preis von 100 Euro? Der Junge war total breit. Das Taxi verdiente seinen Namen nicht. Weder kannte ich halbwegs unsere Position noch hatten wir Trinkwasser an Bord. Ich saß in der Falle.

Den Wüstensohn scherte das nicht. Der grinste selig unter seiner Wollmütze und sabberte braunen Brei aus den Mundwinkeln.

Doch irgendwie musste es weitergehen, immerhin wurde ich doch von meinen Norwegern in Brega erwartet.

Würden die mir die Taxi-Story glauben, wenn wir steckenblieben? Oder würde man mich postwendend nach Hause schicken? Vorausgesetzt, ich würde es schaffen, anzukommen.

Die nächtliche Sahara-Taxifahrt werde ich wohl nie vergessen.

Wenn dem Jungen die viel zu große Mütze ins Gesicht rutschte, war er erneut eingenickt und es folgte der »Crash« in die nächste Düne. Sein Taxi war ein verbeultes, schrottreifes Fragment, aber die meisten libyschen Taxis haben diese Merkmale.

Ich rüttelte den Bengel durch, entriss ihm die Wollmütze, versuchte, ihn aus seiner Drogenlethargie herauszureißen, aber nichts half.

Aus seiner Sicht war meine Brüskierung sowieso übertrieben. Für ihn war alles ganz normal, »Inschallah«.

»Wie bitte?!«

Ich wäre zu gerne ausgestiegen und per Anhalter weitergefahren, aber wie es aussah, waren wir das einzige Auto auf diesem verdammten Highway. Ein paarmal dachte ich an Fahrerwechsel, traute mich aber nicht, womöglich hätte man mich für die vielen Beulen belangt.

Der glückselig sabbernde Typ konnte einfach nicht wach bleiben, und Autofahren konnte er auch nicht richtig.

Verdammte Drogenpest!

Doch berauschende Blätter kauen ist Teil arabischer Kultur und nicht verwerflich wie in Europa. Zum Glück war die Nacht relativ lau und die nachgebenden Sanddünen verziehen uns den rabiaten Umgang mit dem Gefährt.

Gegen vier Uhr morgens hatte sich bei mir eine Art Crash-Routine eingestellt. Immerhin bekamen wir den ramponierten Benz jedes Mal wieder flott. Die zeitlichen Abstände der Rammings wurden größer und, es war kaum zu glauben, bis zum Ziel waren es nur noch wenige Kilometer.

Mein jugendlicher Chauffeur konnte kein Wort Englisch und ich kein Wort Arabisch. Sprachkenntnisse hätten unsere Situation sicher nicht verbessert. Sein Job bestand ja nur darin, mich, den Fahrgast, heil nach Brega zu chauffieren und das verlangte nicht zwingend Fremdsprachenkunde. Die situative Transferlogistik ließ sich ohne vielleicht besser ertragen als mit.

Als wir kurz nach Sonnenaufgang am Ziel waren, war ich platt wie ein Butt. Augen zu und schlafen, etwas Stroh hätte mir gereicht. Doch wieder war an Schlaf nicht zu denken. Ganz im Gegenteil.

Beim Einchecken ins Camp ging es zu wie einst am Checkpoint Charlie in Berlin. Biestige Blicke von Uniformierten durchbohrten mich. Fingerabdrücke, Leibesvisitation, Brieftasche öffnen, Geld zählen, Koffer leeren, das volle Ex-DDR-Programm …

Die uniformierten Halbgötter kommunizierten nur auf Arabisch und verstanden keinen Spaß.

Ranghohe Militärs fahndeten mit glasigen Augen nach allem, was ihrer Vorstellung nach auch nur den Anschein von Unzüchtigem haben könnte. Des Teufels war schon das unbedeckte Knie einer Fünfjährigen. Druckwerke mit Abbildungen von weiblicher Haut, von unbedeckten Knien oder Busen, wurden rigoros einkassiert. Männliche Blößen schienen ihnen dagegen nicht anstößig zu sein.

Das als verrucht gebrandmarkte Zeugs verschwand aber nicht im Schredder oder im Müll oder im Feuer. Es wurde stattdessen als Beutegut in privaten Koffern der Offiziere verstaut. Das religiöse

Moralgetue diente ihnen nur als Vorwand. Neuankömmlinge, die sich zu beschweren wagten, ließ man prompt abführen.

»Lass beim Einchecken alle Schikanen zu und lass dich auf gar keinen Fall provozieren!«, hatten die Norweger mir eindringlich geraten. Jetzt wusste ich, warum. Wem beim Filzen die Sicherung durchknallte, dem drohte Arrest, Geldstrafe oder Landesverweis, was jeden Tag vorkam.

Die meisten Gekaperten kamen aber wieder frei, wenn das Bakschisch stimmte. Ohne Akzeptanz der Bakschisch-Gesetze war man verloren. Besonders die Administrativen haben es auf dein Geld abgesehen. Immerhin haben sie gewisse Macht und lassen sie den Fremden rigoros spüren. Ohne Bakschisch kommst du in Libyen nicht sehr weit. Willst du den eben vom Zoll geklauten Laptop zurück? Ja, schon, aber erst das bare Bakschisch. Als abendländischer Fremder ist man gut beraten, wenn man immer genug Bares in der Tasche hat, dann fallen die Barrieren und Schikanen und man wird freundlich behandelt. Das arabische Bakschisch-Syndrom kriegen die Babys schon mit der Muttermilch eingeflößt.

Schließlich kam Nils, mein künftiger Boss, mir zu Hilfe. Er steckte dem oberlippenbärtigen Offizier etwas in die hohle Hand und siehe da, scheißfreundlich grinsend rückte der mein Patch heraus.

Das Patch, ein simpler Plastikausweis in Scheckkartenformat, machte mich – befristet – zum rechtmäßigen Einwohner von »B-D-B« (»Big-Desert-Brega«), wie die Barackensiedlung genannt wurde.

Wow! Nach mehr als einer Stunde hatte ich mein Ziel tatsächlich erreicht.

»Schlafen! O bitte gebt mir ein Bett zum Schlafen!« Ich war völlig fertig nach der schlauchenden Nachtexkursion durch die Sahara. Doch wieder war keine Bettruhe für mich vorgesehen.

Nils kutschierte mich in einem offenen Jeep durch die Gegend, um mich meinen künftigen Kollegen vorzustellen. Jesses Maria, hatten die Kerle Pranken! Meine nicht gerade zarten Hände waren im Vergleich zu ihren zarte Hebammenhändchen.

Die Ex-Wikinger waren alle sehr freundlich zu mir. Sie schienen froh, dass »Deutschland-Conrad« endlich da war. »Deutschland-Conrad« war ab sofort mein Ruf- und Spitzname.

Nach dem Mittagessen in der Kantine – es gab Lammragout und Auberginenscheiben – durfte ich endlich in meine Koje kriechen. Ich schlief wie narkotisiert sofort ein. Den feinen Sand im Bettzeug und überall im Zimmer bemerkte ich erst am nächsten Morgen.

Von der berühmten arabischen Gastfreundschaft war weder in Bengasi noch in »B-D-B« etwas zu spüren. Schade. Aber ich war ja nicht zum Urlaub hier, sondern zum Arbeiten. Und die hatte es in sich: 24-Stunden-Tag, drei Schichten, sieben Tage pro Woche. Die Bauprojekte standen alle unter Termindruck: »Zeit ist Geld!« Diese Floskel mussten wir uns den ganzen Tag von den Control Heads anhören.

Jede Kraft wurde dringend gebraucht, aber ausschließlich Männer. Frauen durften hier weder arbeiten noch wohnen, zumindest nicht offiziell.

Nur Krankgeschriebene hatten die Chance auf einen Blitzbesuch des Suks von Bengasi, des Basars. Viele der Krankgeschriebenen nutzten den Arztbesuch aber nicht zum Basar-Shopping oder für Kulturelles, sondern zur erotischen Erbauung. Anstatt im Museum Mumien zu bestaunen, ging man lieber in ein internationales Hotel. Dort verkehrten, neben überall herumlungernden Spitzeln, reiche Geschäftsleute und reiselustige Politiker mitsamt ihrem Gefolge.

Was die Hotels so anziehend machte waren aber nicht die VIPs, sondern die Tänzerinnen aus Asien oder Europa. Ungeachtet des landesweiten Tabus für Sex und Co., war er dort käuflich zu haben. Das erotische Geschäft florierte in den Suiten der Hotels wie überall auf dem Globus. Hinter verriegelten Türen ist alles erlaubt und legal, solange die Kohle stimmt.

»Wer unter euch ohne Fehl und Tadel ist, der werfe den ersten Stein.« Bergpredigt von Jesus von Nazareth. Vergessen?

Wenn also der zur Enthaltsamkeit verdonnerte Kehlnahtschweißer seinem natürlichen Trieb folgend nach Erotik schmachtet, warum sollte das verwerflich oder niederträchtig sein? Ein bisschen Sex ist, wissenschaftlichen Studien zufolge, eine exzellente Medizin gegen alle möglichen Wehwehchen. Das hat schon Reformator Dr. Martin Luther nach Kräften beherzigt. Oder hätte er sonst mit der Nonne Katharina von Bora sechs Kinder in die Welt gesetzt?

Sei es drum, in »Big-Desert-Brega« galt es als besonders pfiffig, wenn es dem Monteur aus Montreal oder Bremerhaven gelang, einmal im Monat zum Arztbesuch nach Bengasi zu fahren.

Mein Job als Allrounder wurde, aus Studentensicht, erstklassig bezahlt, doch geschenkt wurde mir beileibe nichts. Rund um die Uhr musste ich erreichbar sein.

Das Mobiltelefon! Es wurde mir bald zum Albtraum. Tag und Nacht in Rufbereitschaft. Ständig mit dem Pickup unterwegs. Leute oder Ersatzteile von A holen und über B nach C chauffieren.

Alle wollten alles und das immer sofort. Gefühlt war mein Job ein Doppeljob. Echte Traumjobs sehen anders aus, doch mir gefiel er, weil jede Schicht so viel Neues bereithielt. Dies war eine ganz andere Welt als der Studentenalltag in Hamburg. Instinktiv begriff ich meinen Job als Chance, als ein wertvolles Geschenk. Außerdem waren »meine« Norweger wie gute Freunde zu mir. Sie schätzten ihren »Deutschland-Conrad« und dessen Bereitschaft, sich mit Haut und Haaren einzubringen. Ich wurde respektiert und gehörte mit zum Team. Eine Ehre, die mir sehr viel bedeutete.

Allerdings musste ich, wie alle in »B-D-B«, um jede freie Minute kämpfen. Mal eben zur Zahnkontrolle nach Bengasi und nebenbei auf den Suk? Von wegen! Arztbesuche mussten bei den Sanis beantragt werden. Da wurden intimste Dinge abgefragt. Die Daten wurden genau abgespeichert.

Enttarnte Blaumacher kamen auf den Index und durften kurzfristig mit einem Flugticket zurück in die Heimat rechnen.

Natürlich, man musste auch die Unternehmerseite verstehen. Die Fahrt per Pickup nach Bengasi und zurück dauerte einen vollen Tag, bei Sandsturm auch zwei und mehr. Meist saßen im Pickup fünf bis sechs Personen. Personallücken und damit verbundene Verluste waren bei den Kaufleuten verständlicherweise nicht so furchtbar gern gesehen. Folglich durfte nur dann nach Bengasi gefahren werden, wenn der vereiterte Zahn wirklich raus musste und wenn Ersatzteilbesorgungen und behördliche Formalitäten zeitgleich miterledigt werden konnten.

Die Kantine war das Zentrum im Camp von »B-D-B« und nur einen Ballwurf vom Checkpoint entfernt. Die hässliche Großbaracke war aus hellgrauen Modulen zusammengesetzt. Zweckmäßigkeit und Größe dürften planerisch im Vordergrund gestanden haben. Dem Schichtbetrieb geschuldet, war sie rund um die Uhr in Betrieb.

Sie war zugleich der zentrale Marktplatz für 3000 Arbeiter.

Hier kursierten die News der Welt, hier wurde gelacht und Frust abgeladen, hier wurde in allen möglichen Sprachen getratscht, gelogen und gestritten.

Das Essen war einfach, aber von erstaunlich guter Qualität. Am Eingang lagen Zettel, die zur Qualitätsbewertung animierten, Note 1 bis Note 5. Qualität, Frische, Geschmack und Hygiene galt es zu benoten. Der Notendurchschnitt lag meistens zwischen 2 und 3.

Auf der Speisekarte standen Geflügel, Fisch oder Lamm, und das in allen denkbaren Variationen – dazu Obst, frisches Gemüse und Süßes zum Naschen.

Schweinefleisch und Alkohol waren, genauso wie Damenbesuche, streng verboten. Überall hingen Plakate, auf denen in großen Buchstaben wie drohend zu lesen war: »No Women Area«.

In einem mit Polstermöbeln eingerichteten Salon konnte rund um die Uhr Fernsehen geschaut werden – absolut unverzichtbar für die US-Amerikaner und Europäer.

Von den 3000 Monteuren bekam man dort nur etwa ein Drittel zu sehen. Wer schichtfrei hatte, schlief in seiner Baracke oder stattete der Muckibude einen Besuch ab. Das Fitnesscenter war riesig und ebenfalls 24 Stunden offen; von den Planern wohldurchdacht für gezielten Stressabbau ...

Angesagt waren Judo und Ringen. Rivalisierende Mannschaften spielten Volleyball, dabei ging es um nationale Ehren und um Geld, was ein improvisiertes Wettbüro kontrollierte.

Ohne Ankündigung sollte ich plötzlich zwei Tage Urlaub nehmen. Eigentlich eine gute Nachricht, weil es mein erster freier Tag sein würde – nach zehn Wochen Megastress. Der Urlaubsgrund: »ROV-IV«, einer der Tauchroboter, war defekt – Hydrauliksystem undicht. Eine »Not-OP« war die Folge, und wer mit Tauchrobotern nix am Hut hatte, wurde verdonnert, unbezahlten Urlaub zu nehmen. Diese Regelung, eine Sparmaßnahme der Yankees, war mir sehr willkommen. Ich hatte vom Land und Leben der Libyer noch kaum etwas gesehen und überhaupt, zwei Tage, ohne dass permanent mein Handy piepste, würden mir ganz sicher guttun. Gleich am ersten Tag wanderte ich durch die Nordsahara. Ich wollte die Haifische endlich mit eigenen Augen sehen. Jawohl, Haifische, kein Druckfehler.

Junge Beduinen, die das Wohncamp bewachen mussten, hatten mir den Tipp gegeben. Nette Kerle, auch wenn sie aus Langeweile Zugvögel abknallten und sich mit Wettschießen auf Autowracks die Zeit vertrieben. Ich hätte mir die Jungs auch mit Lötkolben oder Laptop vorstellen können. Aber so was wie eine Berufsausbildung hatten sie nicht.

Obwohl ich den Tipp für Verarsche hielt, marschierte ich ohne zu zögern los. Nur raus! Weg von den allgegenwärtigen Kakerlaken und dem Barackenmuff.

Ade, ihr blöden Handys! Ade, liebe Wikinger! Bin dann leider mal kurz weg ... Also auf zur Küste. Zwölf Kilometer Fußmarsch hin und zwölf zurück. O mein Gott, wie ich mich darauf freute!

Tagsüber war die Orientierung simpel. Mit der Sonne im Rücken musste ich meinem Schatten folgen, also Richtung Norden gehen. Zurück würde mein Schatten links vor mir her laufen müssen, weil ich südlich gehen musste. Eigentlich unwichtig, weil ich sowieso vor Sonnenuntergang zurück im Camp sein wollte.

Auf der Tour würde ich nach halber Strecke auf eine Oase stoßen, sagte Hassan. Dort sei er geboren, und dort lebten seine Familie und seine Sippe. Auch Achmed und Amir kamen von dort. Amir zeigte mir stolz ein zerknittertes Bild: »That's my big family!«

Auf dem Bild posierten an einem von Palmen umsäumten Brunnen rund 20 erwachsene Personen. Drumherum tobten dunkeläugige Kinder, Esel waren zu sehen und ein paar Hunde mit rothaarigem Fell.

Ob ich seiner Sippe Grüße überbringen könne? Ich versprach es mit »Inschallah«.

»Quelle Gottes« hieß übersetzt die Oase. Den arabischen Namen konnte ich weder aussprechen noch mir merken.

»Goodbye Big-Desert-Brega!«

Natürlich musste ich davon ausgehen, dass die Haie und die Oase nur ausgedachter Unsinn waren. Trotzdem hielt ich nach allen Seiten Ausschau. Aber ich erspähte nichts, was eine Oase sein könnte. Nach einer Stunde gab ich auf.

Kaum verworfen, tauchten hinter den nächsten hohen Dünen Palmenkronen auf. Jesses Maria, ich war richtig! Die erste echte Oase meines Lebens! Nur noch ein paar Schritte entfernt.

Ich vermutete, dass es eine Grundwasseroase war, das Fehlen von offenen Gewässern deutete darauf hin. Die Revolverjungs hatten mich also nicht veralbert, alles traf zu, zumindest bis hierher.

Der Ankömmling war längst bemerkt worden. Ein schriller Sound, wie das Zwitschern eines Vogelschwarms, näherte sich: Jodeln, Zwitschern, Trällern, Gackern, unnachahmlich, in allen Tönen und Tempi. Die Geheimsprache der Beduinen, mit der Fremde nichts anfangen können.

Fröhlich kreischende Kinder kamen dahergehüpft, vorweg liefen kläffende Hunde. Einige Kids zupften und zogen an mir herum und drängten mich zu der Oasenmitte hin.

Die Lehmhütte am Ziehbrunnen war vermutlich eine Art Rathaus. Ein weißgrauer Vollbart, der Sippenchef, thronte vor dem Eingang auf einem Holzhocker. Blitzschnell kamen Jung und Alt daher, um den Fremden zu mustern. An den freundlichen Gesichtern war zu erkennen, dass ich willkommen war. Man schien dem Fremden zu vertrauen, so wie ich den Oasianern.

»Salemaleikum« – Friede sei mit dir!

»Salaam« – Friede auch mit dir!

Die in weiße Gewänder gehüllten Männer, Frauen und Kinder waren außer Rand und Band. Der Fremde war die Sensation des Tages ... oder auch für die nächsten Wochen oder Monate ...

An die 50 dunkle Augenpaare tasteten mich unverhohlen neugierig ab. Von ihrer Sprache verstand ich kein Wort, dennoch fühlte ich sie, die Herzlichkeit ihrer Gastfreundschaft.

Ein Glas Tee wurde mir gereicht.

Ich dankte mit einer Verbeugung.

Eine ältere Frau bedeutete mir zu trinken.

Eine andere reichte mir Targuella, das süßsaure Fladenbrot der Tuareg.

Der Tee roch und schmeckte irgendwie seltsam bitter. War das Gebräu aus Algenblättern oder wie?

Die Oasianer verfolgten mit Argusaugen jeden Schlürf und jeden Bissen. Meine Kaubewegungen, meine Mimik, meine Stimme, jede noch so unbedeutende Geste wurde nahtlos verfolgt, als wäre ich der Mann vom Mond.

Vermutlich merkten sie, dass der Tee mir nicht wirklich zusagte. Gelächter und humoriges Mitgefühl für den Gast.

Eine glutäugige Frau hielt mir den Krug mit gemörsertem Zucker vor die Nase; dunkelbrauner Kandiszucker – ein Teelöffel reichte.

Ich solle viel mehr Zucker nehmen, wurde mir bedeutet.

Bei den Beduinen sind sechs Teelöffel Zucker normal, vielleicht eine der Ursachen für den auffälligen Zahnverfall ...

Nach einer Stunde drängte es mich, den Weg fortzusetzen. Als ich das leere Glas abstellte, wollte mir eine mandeläugige Schönheit nachfüllen. Ich dippte lächelnd auf meine Armbanduhr und zeigte in Richtung Küste.

Verständnisvolles Raunen meiner Gastgeber. Dann wieder eine Woge des Palaverns, es ging offensichtlich um mich. Musste mir jetzt etwas peinlich sein?

»Den Wanderer soll man nicht aufhalten«, lautet ein arabisches Sprichwort.

Ein Rauschebart mit rotem Turban trat hervor und orakelte etwas, das freundlich klang. Alle hatten verstanden, sogar ich, wenngleich auch nicht im Wortlaut.

Die Sprache der Gestik wird überall auf der Welt verstanden: Der Fremde möge seinen Weg – in Allahs Namen – fortsetzen ...

Ich durfte also gehen, ohne die Gastfreundschaft der Oasianer verletzt zu haben.

Beinah hätte ich vergessen, die Grüße von Hassan, Achmed und Amir zu überbringen. Es schien, als hätte die Sippe noch darauf gewartet. Hatten die Jungs mich via Handy angekündigt?

Dankend verneigte ich mich vor meinen Gastgebern. Die strahlten so herzerfrischend, als wäre der Großmufti von Arabien zu Besuch gewesen ...

»Salemaleikum!«

»Salaam, Salaam!«, singsangte ausgelassen der fröhliche Chor und winkte mir nach.

»Inschallah!«, und immer wieder »Inschallah!«

Mehr Arabisch war in der »Quelle Gottes« eigentlich nicht nötig.

Beeindruckt von so viel natürlicher Gastfreundschaft setzte ich meinen Weg in Richtung Küste fort. Die Marschrichtung stimmte noch, was mein Schattenwurf vor der Sonne bewies.

Nach einiger Zeit sah ich ununterbrochen eine flimmernde Wand, die immer nur einen Steinwurf entfernt, doch unerreichbar war.

Luftspiegelungen!

Ich murmelte ein paar profane Sätze. Der Test bewies, ich war absolut okay – keine Fata Morgana. Noch nicht.

Andauerndes Flimmern vor den Augen kann durchaus trügerische Luftspiegelungen generieren. Und wenn Dehydration und mentale Erschöpfung dazukommen, kann unsere Sinneswahrnehmung ins Wanken geraten und kollabieren, bis unser Hirn Phantombilder erzeugt, nämlich eine akute Fata Morgana.

Die Klischees von »Tausendundeine Nacht« mögen ja für uns Abendländer nach Märchen klingen, aber bloßer Unsinn sind sie sicher nicht; hier in der glimmenden Wüste konnte ich mich davon überzeugen.

Die vor mir flüchtende Illusion löste sich erst kurz vor Erreichen der Küste auf, als mein Schatten die »Ein-Uhr-Position« erreicht hatte.

Die Luft roch und schmeckte leicht salzig. Brandungswellen waren zu hören, endlich, ich war am Ziel. Vor mir lag das im Sonnenlicht glitzernde, azurblaue Mittelmeer.

In weiter Ferne zogen winzige Schiffe vorbei; von West nach Ost und umgekehrt. Scheinbar kamen sie überhaupt nicht vom Fleck. Nur eine optische Täuschung das Schneckentempo, die Schiffe waren meilenweit entfernt.

Hier zu meinen Füßen endete das Sandmeer. Hier berührten sie sich, die nordafrikanische Sahara und das südliche Mittelmeer.

Nur noch hundert Schritte bis an die Klippen.

Dort würde ich ins Wasser steigen, mich ausgiebig erfrischen und in den Wellen schwimmen … etwa so hatte ich es mir vor Antritt der Wanderung gedacht. Doch aus meinen Badeambitionen wurde nichts. Rein gar nichts. Stattdessen wartete eine unglaubliche Überraschung auf mich.

Die gut fünf Meter hohen Klippen bildeten hier eine geschlossene Bucht, ähnlich einer vulkanischen Caldera, wahrscheinlich war es sogar eine.

Neugierig schaute ich von oben aufs Wasser herunter und traute meinen Augen nicht.

Narrte mich nun doch mein Verstand?

Keineswegs. Was ich sah, war echt. Absolut lebendig und real!

Was ich nun sah, war nicht sofort zu begreifen.

Unten brodelte und schäumte das Wasser. Ungefähr 50 Haie jagten kreisend durch die Caldera. Es waren Grauhaie, Jungtiere, ein bis zwei Meter lang. Entlang der Steilwände machten sie schnittige Wendungen, wobei das Wasser an den Klippen hochspritzte. Das Bassin ähnelte einem Amphibientheater oder einer Zirkusarena, nur die Sitzreihen und Zuschauer fehlten.

Die Tiere rauften, spielten, foppten sich, wie alle Jungtiere das tun. Übten sie so den Unterwasserkampf?

Einige vollzogen geflippte Rollen und versuchten sich gegenseitig aus der Bahn zu kippen, ähnlich wie Killerwale das tun.

Eine Kita für pubertierende Grauhaie?

So etwas hatte ich noch nie gesehen!

Das würde mir keiner glauben.

Die grauen Torpedos machten Scheinkämpfe wie Orca-Wale, sie vergnügten sich wie Kinder im Baggersee.

Ich merkte, wie ich schon die ganze Zeit an meinen Lippen nagte. Ich wollte so gerne das, was ich sah, mit jemandem teilen, aber außer mir war hier niemand.

Woher kamen die Tiere? Wie sind sie in den Pool gelangt? Es war nirgends eine Öffnung zu sehen. Die musste unsichtbar unter dem Wasserspiegel liegen, aber wo?

War ich tatsächlich der einzige Zuschauer hier? Verdammt, wie schade! O, wie schlimm, dass ich keine Kamera dabeihatte.

»Du hattest sicher eine Fata Morgana, Conny, das kann in der Wüste leicht passieren«, würde man zu Hause spotten ... O ja, man würde mich mitleidig belächeln, niemand würde mir das hier jemals glauben.

Als die Tiere mich bemerkten, spielten sie noch wilder weiter, als wollten sie mir zeigen, was sie draufhatten. Mit unnachahmlichen Spiralen schossen sie aufeinander zu, um dem Crash erst im allerletzten Moment auszuweichen.

Manche Tiere schubsten sich, bufften sich mit den Flanken wie boxende Kängurus. Aber alles Fighten führte nicht zu Beißereien oder Verletzungen.

Nirgendwo Blut!

Die eleganten Raubfische harmonierten in beeindruckender Art und Weise, und nach einer Weile des Zuschauens glaubte ich, ihre Spielregeln verstanden zu haben: »Kampf als Spiel, ohne einander zu verletzen.« Genial!

Ob es unter Grauhaien Leittiere gibt?

Die als blutrünstige Fressmaschinen verschrienen Tiere brauchten wohl keine. Die Tobereien wirkten zwar martialisch, aber alles im Rudel lief rund und perfekt. Kein Wunder, dass diese intelligente Spezies seit 300 Jahrmillionen in den Weltmeeren an der Spitze der Nahrungskette steht.

Noch heute denke ich manchmal an das wilde und zugleich friedliche Verhalten »meiner« Haie. Und wenn ich dann überlege, was wir Menschen uns Furchtbares antun, gerate ich schon mal ins Grübeln.

Nach »Plan A« wollte ich einfach nur raus aus dem Arbeitslager. »Plan B«, Haie schauen, hatte ich ehrlich gesagt gar nicht ernst genommen. »Plan A« war, dass ich frei durch die Wüste wandere, wenn möglich die Küste erreiche und im Mittelmeer ein bisschen herumschwimme. Ich wollte relaxt nach Strandgut schauen und vielleicht sogar eine Flaschenpost finden. Eigentlich hielt ich »Plan B« von vornherein für Humbug. Aber Hassans Tipp war absolut kein Humbug. Er und seine Kumpel hatten sogar untertrieben!

Aus reiner Neugier wollte ich die »Killer« mal aus nächster Nähe sehen. Also kletterte ich langsam die Klippen runter, bis ich knöcheltief im Wasser stehen konnte; Felsvorsprünge machten das möglich. Gespannt wartete ich ab, was passieren würde.

Sofort kam ein Pulk größerer Tiere angerauscht. Sie drehten sich seitlich auf und spähten mit stierem Blick nach dem Zweibeiner. Dann drehten sie ab und vermengten sich wieder in ihrem Rudel.

Wie leicht hätten sie aus dem Wasser zuschnappen können?!

Wieso haben sie mich nicht angegriffen? Meine Beine wären doch ein leckerer Snack gewesen … All dies wurde mir erst später, auf dem Heimweg, bewusst.

Als der Zweibeiner von den Spähern für uninteressant befunden wurde, scherte sich keines der Tiere mehr um ihn. Ich wurde aber geduldet und durfte ihren Kampfspielen weiter unbehelligt zusehen. Welch große Ehre!

Die Hai-Kita-Revue dauerte Stunden. Dann drängte das Rudel in wilder Ordnung zurück ins Meer; durch eine Öffnung etwa zwei Meter unter dem Wasserspiegel.

Damit war die Show zu Ende.

Das Wasser glättete sich im Nu, als sei nichts geschehen.

Jetzt endlich hätte ich mein Bad nehmen können.

Ich traute mich aber nicht so recht, weil in dem Felsenpool eben noch die Haie getobt hatten, alle bewaffnet mit messerscharfen Beißerchen. Stattdessen überkam mich ein eigenartiges Gefühl von Verlassenheit. Wohin würden sie ziehen? Würden sie wiederkommen? Würde ich sie wiedersehen?

Es war höchste Zeit für den Rückweg.

Die Sonne geht in Nordafrika sehr schnell unter. Dann sinkt

sofort die Temperatur, es wird kalt, manchmal unter null Grad Celsius.

Die Order von höchster Stelle, nie ohne Kompass in die Wüste zu gehen, kannte ich wohl. Aber leider war vor meiner Wanderung keiner aufzutreiben. Egal, ich wollte mich von vornherein nach dem Lichtwurf der Sonne richten, was auch problemlos gelang.

Nix wie zurück ins Camp! Hin zu den feisten Kakerlaken, zurück in meine sandige Baracke, hin zu dem verdammten Mobiltelefon und meinen echt sympathischen Norwegern.

Beim Marschieren fiel mir die Story des Italieners ein, der für seine eigene Suchaktion 1000 Euro Strafe zahlen musste und obendrein sein Flugticket in Empfang nehmen durfte …

Das durfte mir auf gar keinen Fall passieren! Ich brauchte das so sauer verdiente Geld, um im Folgesemester einigermaßen über die Runden zu kommen.

In der mir noch verbliebenen Zeit habe ich meine intelligenten Jäger noch einmal besuchen können, allerdings mit Fotokamera. Wenn ich mich nicht getäuscht habe, haben sie mich sogar wiedererkannt, vielleicht am Geruch meiner Füße oder so …

Ende! »Schnipp«!, riss der Film im Kopf ab wie auf Knopfdruck. Im Nu war ich hellwach und putzmunter. Blitzschnell, wie die alten Erinnerungen gekommen sind, waren sie wieder verschwunden.

Noch immer verharrte ich auf meiner Platte. Immer noch Warten auf die Entscheidung vom Manifest. Ich richtete mich auf und sah schmunzelnd auf die Asphalt-Landebahn, wo unverändert die Wand aus erhitzter Luft waberte. Wirklich nette Erinnerungen. Aber alles schon so lange her.

Warten

14:45 Uhr. In 15 Minuten würde der planmäßige Takeoff abgehen. Allerdings waren die Startzeiten fast eine Stunde verspätet. Bei der »dünnen« Luft dauerten die Liftintervalle um 15 Prozent länger.

Mist! Dieses beknackte Warten, diese Durchhänger und die damit einhergehenden Gedankenachterbahnen. O, wie ich unnötiges Warten hasste!

Wieso gingen manche Leute, mich eingeschlossen, sonntags bei sengender Mittagshitze zu Luftschauen? Vernünftige picknickten unter schattigen Bäumen am Baggersee oder fuhren mal eben an die Ostsee zum Baden. Zum Ostseebad Scharbeutz fuhr man nur eine halbe Stunde.

Hier auf dem Flugplatzgelände war es nicht nur brütend heiß, es war außerdem sehr laut und es stank nach Abgasen und verbranntem Gummi.

Während ich mir mit Gedankenschrott den Kopf zerbrach, taumelte die renommierte »Fledermaus-Formation« vom Himmel herunter. Lautlos wie Mr. Batman schwebten acht schwarzgelbe Rennschirme zu Boden, einer nach dem anderen, als Landefläche hätte eine Tischtennisplatte ausgereicht.

Formationsprofis kann man an der fliegerischen Wendigkeit und den Punktlandungen erkennen. Ihre Fallschirme sind relativ klein, aber schnell und wendig. Die Schulschirme sind doppelt so groß und vergleichsweise gemütlich zu fahren.

»Das affengeile Sprungwetter muss ausgenutzt werden«, sagte ein Zwei-Meter-Mann nach perfekter Punktlandung. Ein Papa mit zwei Knaben erkundigte sich, ob er etwas über die Anfänge des

Fliegens wisse, es gehe um einen Schulaufsatz. Genauer gesagt um Otto Lilienthal, den berühmten Pionier der Luftfahrt …

»Aufsatz für die Schule? Otto Lilienthal?«

»Ja, 6. Klasse«, sagte kess der gemeinte Knabe. Sein Papa und Bruder bestätigten mit Kopfnicken.

Der Riese meinte, dass er wohl nicht der richtige Ansprechpartner sei, außerdem sei er in Eile.

Das Fluchtmanöver misslang kläglich, denn sein Team traktierte ihn, er möge gefälligst mal etwas für die Jugend und fürs Clubimage tun.

Der Riese gab auf. Er lupfte sich den Helm vom Kopf und wandte sich wie ein typischer Lehrer den beiden Schülern zu.

Erstaunlich, was er wusste. Mehrere Leute blieben stehen, auch ich spitzte meine Ohren.

»Begonnen hat alles in Südfrankreich, in Montpellier. Ein Tüftler namens Louis Leormand ist 1783 mit selbst gebasteltem Schirm vom Turm des Observatoriums gejumpt.«

»Und, wie ist das ausgegangen?«, bohrten die Kids.

»Er hat's mit Knochenbrüchen überlebt …«

»Und weiter?«, wurde gefordert.

Es folgte ein knapper Exkurs über das Supergenie Leonardo da Vinci. Der, wie auch spätere Luftfahrtpioniere, habe sich von der Natur inspirieren lassen. So seien die frühe und auch die moderne Luftfahrt ein von der Natur abgeschautes Konstrukt.

Die künstliche Fliegerei wurde bei den Vögeln abgekupfert, auch Otto Lilienthal sei Dank. Die ersten Fallschirme, Rundkappen, seien aus Leinentuch zusammengenäht worden. Sie seien durch das hohe Eigengewicht nicht immer zuverlässig gewesen.

Erst in den 1950er-Jahren sei ein ziviles Hobby daraus geworden. Seitdem seien die Rundkappen Geschichte.

Heutzutage dominierten perfekte Hightech-Geräte, zuverlässige Gleiter für jeden Bedarf. Sie würden salopp »Matratzen« genannt, weil sie von fern ähnlich aussehen.

»Ihr gleitet mit Matratzen?«

»Aber nein, Unsinn!«, lachte der Riese und ließ raus, was ihm noch einfiel.

»Etwa 1970 ist in den USA das Drei-Ring-System erfunden worden. Genial. Aus x Prototypen sind immer kleinere, leichtere Hightechs entwickelt worden.«

»Ist Fallschirmspringen echter Sport oder eher ein Hobby?«, fragte der Junge, der den Aufsatz schreiben wollte.

Diese Frage brachte den Riesen zunächst ins Stocken.

Er zog die Stirn kraus und entschied: »Für mich sind Sport und Hobby dasselbe. Allerdings musst du jede Menge Freizeit und Knete opfern. Mein Bankkonto hat die chronische Schwindsucht.«

Bei »Schwindsucht« tippte er an die rechte Gesäßtasche, aus der eine abgewetzte »Money-Marie« hervorlugte. »Ebbe!«, stöhnte er. »Immer Ebbe. Parachuter sind süchtig und haben nie Kohle. Du lebst quasi von der Hand in den Mund, weil du so viel üben musst und jeder Jump kostet …«

»Wie viel denn?«, rief jemand.

Das Scheppern einer ruppig bremsenden »Mooney« würgte dem Riesen das Wort ab. Die vollbesetzte Einmot kam erst auf den letzten Pistenmetern zum Stehen.

»Wieder einer mit 'nem Hufeisen in der Hose«, sagte der Riese …

Ich schätzte ihn als Freak ein. Einer, der sein Verdientes komplett für den Luftrummel ausgab.

Die mit Elektrokabel geflickten Joggingschuhe machten deutlich, was er mit »Schwindsucht« meinte.

Doch sein Palaver nervte allmählich. Wir, die Wartenden, mussten doch die Durchsagen vom Manifest mitbekommen. Allerdings machte er gerade eine super Promotion für den Club. Als Patriot war das lobenswert. Als könne er meine Gedanken lesen, legte er noch mal so richtig los.

Fallschirmspringen sei im Prinzip super einfach, voll easy und sexy – das Geilste, was er je gemacht habe. Er bereue weder die Zeit noch die reingepumpte Knete. So richtig ans Eingemachte gehe es sowieso erst, wenn man einer Formation angehöre. Das sei dann sehr viel mehr als ein Hobby. Teamgeist, Verlässlichkeit und vorausschauendes Denken seien das, und natürlich Adrenalin pur. Kompromisslose Bereitschaft und Disziplin müsse man geben und obendrein topfit sein.

Die in den Luftraum gezauberten Figuren müssen choreografisch einstudiert werden, Step by step, oft monatelang ... blablabla ...

»Wie lange dauert es, bis man Formationsspringer ist?«, erkundigte sich ein Knabe mit Harry-Potter-Brille.

»Sehr gute Frage«, kokettierte der Hüne, wobei er sich tief zu ihm runterbeugte. Der Knabe erschrak sichtbar, wahrscheinlich vor der gewaltigen Adlernase, die ihn fast berührte.

»Tja, also, ähm ... wie man Formationsspringer wird? Du fängst meinetwegen mit 18 an, und wenn du dran bleibst, wird mit drei Jahren auszukommen sein. Wer es in ein Formationsteam geschafft hat, darf sich zur Skydiver-Elite zählen.«

»Schnauze da hinten!«

»Aufhören!«

Die Proteste der Zwangshörer wurden bissiger. Die angespannt wartenden Springer brauchten vor ihrem Auftritt Ruhe.

Ruhe? Hier auf der Springermeile? Keine Chance!

Die junge Mutti des Harry-Potter-Knaben mischte sich ein und verblüffte den Riesen mit erstaunlichen Kenntnissen.

»Oben in der Troposphäre ist die Luft ein Drittel dünner als unten auf dem Boden«, wusste sie und hatte recht.

»Minus fünf Grad kalt ist es in der Troposphäre. Man kriegt Eisfinger und kaum noch Luft«, sagte ein Mann mit Bierbauch. Er könne das im Kopf ausrechnen.

Ein Angeber, aber was er sagte, stimmte.

»Wie wollen Sie das so genau wissen?«, hielt die fesche Mutti dagegen.

Der Bierbauch schwieg.

Er hatte sich aus Zeitungen ein Schiffchen gefaltet und sich das Teil kieloben auf die Glatze gestülpt.

»Stimmt beides!«, mischte sich die Frau im schwarzgelben Overall dezent ein. Sie gehörte offensichtlich zum »Fledermausteam«.

»Rrratsch«, zog sie den Reißverschluss auf, den Helm hielt sie in den Händen. Wie lässig sie ihre langen Haare über die Schulter warf, war sehenswert. Nö, eindeutig nö, Make-up hatte diese Lady nicht nötig.

»Die eisige Luftschicht ist in Sekunden durchfegt – dann wird's im Nu wieder angenehm«, ließ sie die Umstehenden wissen.

Der Riese und die anderen Quasselstrippen schwiegen, denn die Fledermausdame ließ keinen Zweifel daran, dass sie technisch und rhetorisch einiges draufhatte.

Weiter um Disputentschärfung bemüht, sagte sie, dass es in 4000 Meter Höhe generell kälter als am Boden sei. Die Temperatur korrespondiere mit den unterschiedlichen Luftdrücken. Auf dem Gipfel des 4478 Meter hohen Matterhorns sei es immer sehr viel kälter als am Bergfuß.

Die Harry-Potter-Mama und der Bierbauch nickten zustimmend, der Disput schien damit beigelegt. Die Fledermaus-Lady schien zufrieden und ergänzte noch: »Wenn wir oben bei Minustemperatur rausgehen, haben wir um rund 180 Stundenkilometer drauf, und weil Luftdichte und Luftwiderstand abwärts zunehmen, wird logisch die Down Speed leicht abgebremst. Gleichzeitig wird's pro 100 Meter um etwa 0,7 Grad wärmer.«

Erstaunte »Aha-Gesichter«. Niemand widersprach.

»Bei etwa 160 Stundenkilometern bauen wir die Formation in den Himmel. Die kann wegen der Gravitationskraft nur für wenige Sekunden gehalten werden.«

»Und dann?«

»Nach wenigen Sekunden ist die Darbietung beendet. Wir separieren uns, öffnen die Schirme und segeln schlussendlich mit 30 Stundenkilometern auf die Erde zurück.«

»Und dann?«

»Dann beginnt alles wieder von vorn.«

Sie müsse jetzt gehen, sich für den nächsten Jump vorbereiten, sagte sie und ging mit zusammengerafftem Gurtzeug rüber zu den Packplanen. Zurück blieben ein paar Gesichter mit Fragezeichen.

Zehn vor drei. Ende der Volksreden. Endlich verzogen sich die Leute. Endlich!

Beim erneuten Hinfläzen musste ich die Ohren spitzen. Hatte ich eben eine wichtige Durchsage verpasst?

Nein. Die Warterei ging weiter. Müßiggang! So ein Mist!

Müßigkeit war noch nie mein Ding und wird es auch nicht werden. Ich bin eher der spontane Typ, was aber nicht heißt, dass ich gar keine Geduld habe. Warten? Okay, wenn's denn einen Sinn hat. Wenn Schlangestehen angesagt ist, hat meistens das System dahinter versagt. Die endlosen Aufmärsche an den Gates der internationalen Airports finde ich unzumutbar. Bananenrepublik lässt grüßen. Mit etwas mehr Brainstorming ließen sich ganz sicher elegantere Lösungen finden.

Wenn allerdings brisante Unwettersituationen zum Warten zwingen, ist das zwar ärgerlich, aber nachvollziehbar und nicht zu ändern.

Wenn ich zum Warten gezwungen bin, überlasse ich mich gern dem Dös-Modus. Dösen funktioniert liegend, sitzend und gehend und fast überall. Dabei verliert das Warten seinen negativen Sog. Dösen ist eine Art Energiesparmodus, der sogar Ideen wecken kann. Energiesparendes Dösen ist nicht automatisch öde, sondern kreativ und auf jeden Fall besser, als sich übers Warten zu ärgern.

Hingefläzt auf meinen Sachen, döste ich also über ein Phänomen, das sich der Vernunft nicht recht erschließen wollte: Charles

Darwin zufolge ist unser Verhalten stark abhängig von unseren Erbanlagen, moderne Evolutionsbiologen sprechen von Genetik.

Unsere Gene wollen zweierlei: überleben und sich fortpflanzen. Das sei bei allen Kreaturen gleich und unwiderruflich, sagen die Experten, und: Das Überleben steht immer an erster Stelle.

Okay, von Evolutionswissenschaften hab ich keine Ahnung, aber mit einen halbwegs intakten Verstand kann ich schon aufwarten.

Wieso, frag ich mich, lässt das fürs Überleben zuständige Gen es zu, dass wir uns oft unnötig in Gefahr bringen?

Ist das nicht paradox?!

Bei akuter Lebensgefahr müsste jenes Gen doch die Notbremse ziehen. Wieso tut es das nicht?

Fabian sagte: »Aus dem Flugzeug springen ist tödlich und nur der Fallschirm verhindert deinen sicheren Tod.«

Okay, aber die Paradoxie bleibt, belassen wir es dabei.

O ja, ich weiß um meine Anspannung. Aber lebensmüde bin ich keineswegs. Kein Fallschirmspringer hat vor, sich umzubringen. Im Gegenteil! Das besondere Wagnis treibt sie an, die Lebensfreude und der Adrenalinkick.

Mein Gedankenkarussell rotierte schon wieder … Dabei hatte ich mich längst pro entschieden. Nicht zum Suizid, sondern dazu, das bevorstehende Abenteuer unversehrt zu überstehen. Damit schloss sich der Kreis zumindest genetisch: »Überleben!«

Aber wieso rumorten vor meinem geistigen Auge immer wieder neue Bedenken? Nein, ich hatte keine Angst vor dem Jump aus der Luke. Der war mir schon zehnmal wunderbar geglückt. Meine Sorge war, dass diesmal allein ich die komplette Verantwortung trug. Ich musste den Fallschirm selbst öffnen, diesmal erledigte das nicht die automatische Zugleine. Diese völlig unscheinbare Winzigkeit, das Trennkissen vom Klett zu lösen, musste allein ich erledigen. Versagte ich, würde das unweigerlich im Fiasko enden.

Wieso, Conrad, solltest du versagen?, klopfte meine innere Stimme fragend an.

In diese Denkblase hinein platzte Olaf, ein Anfänger vom Vorjahr, ihm ging man besser aus dem Weg. Olaf war ein Vollblutspinner, der Tratsch verbreitete und anderen gerne die gute Laune vermieste, um sich selbst daran hochzuziehen. Da er von meinem Jump wusste, meinte er, ihn mir madig machen zu müssen. Er sei vormittags gesprungen und beinahe ins Nirwana gestürzt.

»O Mann, Olaf!« Ich verdrehte innerlich die Augen. Der Höflichkeit halber fragte ich ihn nach dem Grund, was ein Fehler war, denn sofort haute er mächtig auf die Pfanne.

Er sei beim Exit in Rückenlage gesackt und ins Trudeln geraten. Er habe sich ein paarmal überschlagen und so die Orientierung verloren. Nur durch Glück sei er nicht bewusstlos geworden und abgestürzt. Er bekomme heute einfach nix auf die Reihe. »Verdammte Scheiße!«, fluchte er und lauerte auf meine Reaktion.

Ich sagte, dass ich um drei Uhr mitflöge. Er möge doch mal auf die Uhr sehen.

Aber den Stänkerer scherte das nicht, obgleich er wissen musste, unter welchem Druck Anfänger kurz vor dem Takeoff stehen.

»Was für ein Mistkerl du bist!«, lag mir auf der Zunge, aber ich hielt die Klappe, dass er nur schnell die Biege machte. Als wär's ein Wink des Himmels, wurde der Mann plötzlich gerufen. Ironie des Augenblicks ... Hauptsache, die Schmeißfliege war weg.

Wieder goss ich meinen Body aufs Handtuch und bedeckte Gesicht und Hals mit meiner Kappe. Es dauerte nur Sekunden, bis die ersten Bilder daherkamen. Kopfkino: Ein schöner Sommertag: Ich aalte mich vorn am Ufer eines idyllischen Sees. Die Luft roch wunderbar von den Blütendüften des nahen Waldes. Frösche quakten zufrieden im Schilfgürtel. Kleine Fische durchbrachen das Wasser, um nach Mücken schnappen.

Vom Geäst einer alten Weide ließ ich mich wie ein Salamander ins Wasser gleiten. Es ging mir so was von gut. Frei von allen Sorgen, wunschlos happy, Wichtiges war unwichtig und ganz weit weg von hier.

Ich genoss das zarte Prickeln auf der Haut, schmeckte das reine Wasser. Einfach köstlich!

Dann schwamm ich ein paar Züge am Schilfgürtel entlang, tauchte unter und langsam wieder auf. Dann sah ich sie, die Sonnenfee.

Sie saß lächelnd auf meiner Decke, nackt wie einst Eva. Die Beine hatte sie ineinander verschlungen und spielte mit ihren Haaren.

Oh, là, là, das Mädchen sah mir beim Schwimmen zu und schien auf mich zu warten – kein Zweifel, sie meinte mich.

Ich paddelte ans Ufer und ging mutig auf sie zu. Als ich mich zu ihr setzte, löste sich die süße Vision in ein schwarzes Loch auf. Eva war spurlos darin verschwunden.

»Mental gesteuerte Wunschsuggestion. Pathologisch nicht schlimm, aber zuweilen ernüchternd«, sagten Psychologen dazu. Wunschsuggestion hin, Ernüchterung her, ich befand mich, höchst physisch, auf dem dürren Gras des Vorfelds und wartete auf die alles entscheidende Ansage vom Manifest.

O Schreck!, Tim von Hoff, der »Springer-Baron«. Wo kam der Mann so plötzlich her? Niemand hatte ihn kommen sehen. Wenn Tim von Hoff auf der Matte erschien, ging es meistens um etwas Wichtiges.

»Du kommst doch in der nächsten Maschine mit Conrad, oder?«

Ich nickte.

»Heißt das Ja oder Nein?«

»Ja!«

Er machte sich Notizen und murmelte: »Drei-Uhr-Maschine ist jetzt voll …«

Tim trug wie immer den Kombi aus Fallschirmseide, der früher mal orange gewesen sein muss. Seine Anwesenheit suggerierte immer so was wie »Alle mal herhören«.

Er war im FCC die überragende Autorität, aber als autoritär würde ich ihn nicht bezeichnen, eher als cool und professionell.

»Ich werde dein Coach sein«, sagte er lapidar, während er an meinem Outfit herumzupfte. Fabian falle leider aus, er werde noch kommen und mir den Grund erklären.

»Ohne Fabian?«

»Ja, leider, ohne ihn.«

Würde wohl in Ordnung sein, wenn Tim das sagt.

»Gut so weit, Conny«, sagte er knapp und beendete den Body-Check mit einem Klaps auf den Rücken. Ich möge mich jetzt fertig machen. Er komme in 20 Minuten zum letzten Briefing …

So plötzlich wie er gekommen war, war er wieder verschwunden.

Tim von Hoff wurde in der Springerszene verehrt wie ein Alphatier. Als »Baron« titulierte man ihn, obwohl er keiner war.

Der Enddreißiger war mit einer unverschämt gut aussehenden Frau verheiratet. Seine Brötchen verdiente er als Informatiker an der Uniklinik zu Lübeck. Sagenhafte 5000 Sprünge sollte er auf der Nadel haben.

Im legendären »No Limit Center« von Deland, Florida, hatte er bereits zweimal mit seiner Formation auf dem Silbertreppchen gestanden; die dies beweisende DVD gab es im »Skydivers Inn« für zehn Euro zu kaufen.

Doch nun wollte der »Baron« den Fallschirm für immer an den Nagel hängen – Ehekrise, wurde gemunkelt.

Seine Frau, auch eine begnadete Springerin, wolle endlich Kinder und eine Familie. Verständlich, auch sie war bereits jenseits der 30. Im Club hoffte man, dass die Beziehung sich erhole und Tim als Coach bleiben würde, im abgespeckten Modus oder so.

Baron Tim würde nun mein Coach sein, nicht Fabian, der uns Azubis so klasse ausgebildet hatte.

»Andere Mütter haben auch schöne Töchter«, sagte meine liebe Oma, wenn es einmal anders kam als gedacht. Der immer gehende, weil so schön biegsamen Seelentröster hat mir schon öfter wieder in den Sattel geholfen: »Tim wird sicher sein Bestes geben.«

Stundenlanges Ausharren in brütiger Hitze macht die Menschen mürbe. Wir sind keine mit Platinen verkabelten Roboter, sondern fühlende Menschen. Wir haben keinen Prozessor im Bauch, dafür aber ein tausendmal besseres Gehirn im Kopf, rund 1350 Gramm Durchschnittsgewicht. Roboter schwitzen nicht und frieren nicht. Sie haben weder Grips, Geist noch Gefühle. Gott sei Dank!

Sie haben auch kein Lampenfieber, leiden nicht unter Stress und haben keinen Durst. Die von Technikern erdachten Maschinen sollen nur das eine: funktionieren. Würde man das Gleiche von uns erwarten, wären wir über kurz oder lang reif für die Anstalt.

Solch abstruse Jo-Jo-Betrachtungen kamen immer wieder hoch.

Sie können nerven, aber auch Zweifel ausfiltern und Gewissheiten schaffen.

»Stimmungen kommen oder gehen, so wie die Wolken kommen oder gehen. Die Gedanken einfach durchziehen lassen und positiv in sich hineinhören. Aus einer neutralen Grundhaltung erwachsen dir positive Gedanken und Selbstvertrauen.«

Diese Worte waren Fabians Patentrezept an seine Azubis.

Aber war das wirklich so einfach?

Um Versagensangst auszubalancieren, bedient man sich bei der NASA der Autosuggestion. Astronauten müssen in kritischen Situationen unbedingt das Richtige tun. Sie können es sich bei den Hörnern des Teufels nicht leisten, am Mond vorbeizuschießen.

Doch wie funktionieren Coolness und Gelassenheit ohne Hilfe der NASA? Bei mir geht's meist auch autodidaktisch: »Aufrecht und bequem hinsetzen. Klappe halten. Augen schließen. Gedanken zur Ruhe kommen lassen. Langsam durch die Nase einatmen bis tief in den Unterbauch. Luft etwas halten und entspannt durch den Mund wieder ausatmen.«

Oje, mein Yoga-Kurs war schon zu lange her. Bei Yogi Bhajan sah Gelassenheit so einfach aus wie ein Fels in der Brandung, wenn er da so im Lotossitz hockte und reglos wie eine Mumie ins Leere sah.

»Zu unserer Mitte finden wir nur, wenn wir alles loslassen«, sagte er. Aber was genau meinte der Yogi konkret damit? Taugt »alles loslassen« auch im schnöden Alltag? Verheerend, wenn der Lokführer den Zug einfach rollen ließe, weil er gerade nach seiner Mitte sucht. Wie grausam, wenn der Notarzt erst mal eine Runde meditiert, bevor er sich um das Unfallopfer kümmert.

»Alles einfach nur loslassen« hörte sich plausibel an, aber war das wirklich der Weisheit letzter Schluss?

Egal, Yogaübungen sind wie jeder weiß, für Körper, Geist und Seele gesund. Also brachte ich meinen Body so yogisch wie möglich in die bequeme Sitzposition (zum Lotossitz reichte es nicht). Ich senkte die Lider und ließ die Gedanken artig zur Ruhe kommen, bis ich meinen Puls spürte. Anklopfende Gedanken ließ ich passieren, und tatsächlich kehrte, als wirke ein Blasebalg, feierliche Ruhe in Kopf und Körper ein und meine innere Stimme ließ mich wissen: »Wenn dein Name aufgerufen wird, Conrad, wirst du bereit sein – du wirst entschlossen zum Flugzeug gehen. Du wirst deinen Platz einnehmen und alles weitere Prozedere wird sich finden.«

Diese gefühlte, intime Übereinkunft fühlte sich erhebend an und real. Und was lernen wir daraus? Autosuggestion gelingt auch ohne Hilfe der NASA-Methoden sehr effektiv.

Überhaupt: »Angst und Feigheit sind zweierlei«, meinte Fabian. »Ängste sind etwas sehr Positives und so gesund wie eine gute Verdauung. Wir dürfen aufkommende Ängste nicht verdrängen, weil sie im Zweifelsfall immer eine Berechtigung haben. Wenn ihr da oben nicht raus wollt, dann bleibt einfach im Flugzeug sitzen. Niemand wird euch mit peinlichen Fragen löchern, niemand.«

Sprungverweigerungen, so Fabian, gehörten beim Parachuting dazu wie ein Plattfuß bei der Radtour. Wieso oder weshalb gehe niemanden etwas an, und überhaupt danach zu fragen sei tabu.

Angstgefühle gehören zu Glücksgefühlen wie Yin zu Yang, wie Licht zu Schatten. Sendeantennen der Seele, auf die wir hören sollten. Nein, Feigheit im Sinne von »Schwanz einziehen« gebe es im Fallschirmsport nicht. »Entweder du gehst raus oder du bleibst drin …«

Unsere erfahrenen Instrukteure hatten vermutlich recht.

Dennoch, es ist dieser unbeschreibliche Moment, das Flugzeug freiwillig loszulassen und kilometertief ins Nichts zu fallen – absolut vertrauend auf den Fallschirm.

Dabei rasen die Nachrichtenströme von den Sinnesorganen zum Hirn und wieder zurück in die Körperfunktionen. Unser Handeln wird vom Gehirn analysiert und der richtige Adrenalinmix vom Chemielabor dosiert, alles in Lichtgeschwindigkeit. In derselben Millisekunde senden Hirnströme den entscheidenden Reflex: loslassen oder sitzen bleiben. Darum, so die Instrukteure, helfe eine Prise Angst, Fehler zu vermeiden oder Panik zu erkennen.

Während ich so vor mich hin dachte, stieg ich in meinen Overall – linkes Bein zuerst, dann das rechte. Die Reißverschlüsse zuziehen und das Geräusch dabei akustisch wahrnehmen.

Sandalen sorgfältig abkletten, die Füße dürfen nicht rutschen.

Höhenmesser ans rechte Handgelenk, kurze Funktionskontrolle.

Rucksack schultern, Gurte leicht anziehen. Den Schrittgurt nicht zu fest, weil der beim Gehen die Hoden quetscht.

»Gut, alles sitzt, alles passt.«

Ich musste über mich selbst kichern, weil mir das Ritual überhaupt nicht fremd war. »Hast gut gelernt in den paar Tagen«, lobte ich mich.

»Conrad! Hast du nicht die Durchsage gehört? Wir sind in der nächsten Maschine …«

O Himmel! Tim von Hoff war zurück. Der Routinier hatte es wie immer eilig.

»Bist du okay?«

»Glaube schon …«

Wortlos checkte er mich noch mal durch und meinte: »Den Kamm wollen wir doch hier lassen, du weißt ja, keine losen Gegenstände im Flugzeug. Was nicht zur Ausrüstung gehört, bleibt unten.«

Ach ja, richtig. Loses Zeugs konnte in der engen Röhre Probleme machen.

Der Vorscheck war nach einer Minute durch, alles schien okay. Erneuter Klaps auf den Rücken – der »Baron« war zufrieden.

Es wurmte mich etwas, dass ich meinen Namen nicht gehört hatte. Wieso nicht?! So viele Stunden hatte ich angespannt auf diese eine für mich bestimmte Durchsage gewartet: »Sprungfreigabe für Conrad Conradi.«

Grenzerfahrungen

Sonntag. 15:45 Uhr. Doch noch mein Tag? Ich fühlte, dass alles gut werden würde, dennoch war ich noch angespannt, aber nicht wirklich ängstlich. Hatte mein Blut das passende Adrenalinniveau schon intus? Es ging mir so richtig gut.

Die Liftzeiten hinkten schon über eine Stunde hinterher, der Hitze geschuldet. Damit mussten sich heute alle Aktiven abfinden.

16 Overalls trabten zu der rot-weiß lackierten »Cessna 208«. Es ist das zurzeit größte einmotorige Flugzeug der Welt. D-FLHM lautete ihre Kennung (Delta-Fox-Lima-Hotel-Mike).

Zwei weibliche und 14 männliche Fallschirmspringer waren wir.

Das Turbotriebwerk röhrte bereits im Leerlauf. Ein sympathisch runder Basston wie von zehn gleichzeitig angelassenen Harleys – Gänsehautfeeling.

Um nicht in den Sog des Propellers zu geraten, machten wir den weiten Bogen ums Heckleitwerk. 16 normalgewichtige Personen passen in die komplett ausgeweidete Kabine hinein, auf engstem Raum, versteht sich.

Links im Cockpit saß Ottmar, unser Pilot, daneben, als Fluggast, ein Zeitungsreporter. Beide trugen einen flachen Tornister, darin verstaut der Notfallschirm, eine Sonderanfertigung für Sportflieger.

Wir Springer mussten das Gurtzeug beim Borden schultern und in der Kabine auf dem rauen Nadelfilzdeck Platz nehmen. Zwischen den keilförmig angezogenen Knien des Hintermanns hockte sein Vordermann oder die Vorderfrau – alle mit Blickrichtung entgegen der Flugrichtung.

Die Regie im Cockpit hat logisch der Pilot. In der Passagierkabine hat der Absetzer das Sagen. Sein Sitzplan ist strikt einzuhalten, schon wegen der variierenden Absprungfolgen.

Die Tür auf der Backbordseite fehlte. Als Ersatz diente ein Rollo. Die rotweißen Senkrechtstreifen passten stilistisch überhaupt nicht zu Flugzeugen, viel eher ins Strandkorbmilieu.

Mike, der Absetzer, checkte mit flinken Augen, ob sich alle gelisteten Personen an Bord befanden. Dann ließ er das Rollo ab und fixierte es unten am Falz mit Klettbändern. Per Daumenkerze signalisiert er Ottmar: »Klar zum Anrollen.«

Ottmar löste die Bremsen und sprach per Headset-Mikro mit der Luftaufsicht. Butterweich setzte sich das Flugzeug in Bewegung. Das Funkgerät war sehr laut, sodass wir ein paar Wortfetzen mithören können. Ottmar bekam wie erwartet die Startbahn 27 zugewiesen (270 Grad West). Er bugsierte die Cessna ein gutes Stück weit aufs Vorfeld, um die Vorflugroutinen durchzuführen.

Der vollen Sonnenbestrahlung geschuldet, wurde es in der Cessna sofort um 40 Grad heiß. Backofenfeeling. Alle hatten schweißnasse Gesichter.

In der Kabine begannen die ersten Frotzeleien. Irgendein Typ bezichtigte seinen Nachbarn, pausenlos zu blähen. Der bestritt das vehement und behauptete das Gegenteil.

Bastian jammerte, er vermisse seine Füße. Die waren gnadenlos zwischen irgendwelchen Haxen eingeklemmt. Ein anderer jaulte, er könne ein Bein nicht mehr fühlen, weil der Vordermann darauf sitze. Aber der bekam seinen ebenfalls eingekeilten Hintern keinen Zentimeter bewegt. Pech …

Diabolische Gaudi, vermutlich, um unterbewusste Nervositäten zu kompensieren. Spätestens wenn das Flugzeug den Bodenkontakt verlor, wenn allen Springern bewusst war, dass es kein Zurück mehr gab, würde das rabiate Kabarett ganz von selbst enden.

Das Kabarettsyndrom kennen die Militärpsychologen von den U-Bootbesatzungen. (Im Film »Das Boot« machen sich die Männer mit gegenseitigen Frotzeleien Mut.)

Einige justierten ihre Höhenmesser, wofür es nie zu früh war.

Falsche Justierungen können sogar eine Fehlöffnung zur Folge haben. Ein in der Kabine versehentlich aktivierter Schirm kann ohne Weiteres Leute nach draußen reißen. Fehlöffnungen in der Kabine sind der absolute GAU beim Fallschirmsport. Darum wird sichere Handhabung der Höhenmesser in der Ausbildung ganz oben angesiedelt.

Außer meiner Wenigkeit waren nur erfahrene Springer an Bord. Mein Freund Walter musste in allerletzter Minute wegen Fieber und Durchfall passen. Keiner hätte für möglich gehalten, dass von anfangs zehn Azubis nur einer übrig bliebe.

Mein Platz war vorne rechts, gleich neben der Luke, weil ich als Erster abgesetzt werden sollte. Anfänger werden fast immer zuerst abgesetzt, damit die nachfolgenden Profis mehr Platz in der Röhre haben.

Durch die Kabine waberten allerlei Körpergerüche, dazu gesellte sich ein zunehmend beißender Mief nach Auspuffgasen, die den Weg seitlich durchs Rollo gefunden hatten.

Wieso, überlegte ich, werden die eh viel zu engen Kabinen so dermaßen vollgestopft? Der wirtschaftlichen Effizienz wegen, gab ich mir zur Antwort. Weswegen denn sonst?!

Tim von Hoff, mein elitärer Ersatzcoach, war als Letzter in die Kabine gejumpt. Es war ihm peinlich, dass er dabei auf mein Knie getreten war.

»Sorry, Conrad ...«

»... schon okay, Tim ...«

Obwohl beim Rollen etwas frische Luft durch die Persenning drang, stank es in der Maschine wie in einer Eierlegebatterie. Kerosindämpfe und Backofenhitze. Nicht nur mir liefen die Augen. Kollektives Hüsteln und Fluchen ...

Nach fertiger Vorflugkontrolle rollten wir langsam weiter bis an die Startschwelle heran. Hier machte die Maschine den typischen Knicks und hielt ein letztes Mal an.

Ottmar zelebrierte nun den Takeoff-Check: Er maximierte kurz die Drehzahl des Motors und glich Differenzen per Zündmagneten ab. Das schien in Ordnung.

Nun reduzierte er die Drehzahl wieder auf Leerlauf und überprüfte den Öldruck, die Öltemperatur, die Einstellung der Landeklappen und einiges mehr.

Auch das schien Roger.

»D-FLHM klar zum Start 27«, meldete Ottmar dem Tower.

Die Startfreigabe kam prompt: »D-FLH frei zum Start – 27.«

Ottmar bestätigte die Funkphrase wortwörtlich und gab Vollgas. Das Flugzeug beschleunigte energisch und raste kraftvoll, immer schneller werdend, schnurgeradeaus die Center Line entlang.

In der Kabine ehrfürchtiges Schweigen.

Das Bugrad löste sich vom Asphalt. Die Flugzeugnase zog an, der Rumpf folgte, das Rumpeln der Fahrwerksräder hörte auf.

»Airborne, wir fliegen!«

Einige klatschten. Ottmar nahm's gelassen und konzentrierte sich auf die Instrumente. Prompt wurde wieder geschwatzt und biestig herumgealbert. Miefte es jetzt weniger, oder hatten sich unsere Riecher dran gewöhnt?

Das Hochschrauben bis auf FL 4000 Meter brauchte üblich nur 20 Minuten. Bei hohen Plusgraden dauerte das länger, weil die Luft dann »dünner« war, wodurch die Luftdichte und das Tragevermögen des Flugzeugs graduell sanken.

Heute, so Mike, würden wir zehn Minuten länger bis in die Absprungzone brauchen.

Halblinks hinter mir hockte Bodo. Der hatte seine Füße bis zu mir durchgesteckt, oder wessen Füße waren es sonst?

Bodo hatte, wie ich fand, sehr markante Gesichtszüge. Als wenn ein Bildhauer künstlich nachgeholfen hätte. Er nestelte wie abwesend an seiner Filmkamera herum. Das Ding war mit drei Flügelmuttern an seinem Helm befestigt. Etwas schien nicht zu passen.

Warum ignorierte der Kerl mich eigentlich? Obwohl er dauernd zu mir herüberglotzte? Aber ich glotzte ja auch dauernd zu ihm rüber, das würde ihm nicht entgangen sein.

Bodo war Stabsarzt bei der Bundeswehr gewesen, Facharzt für Haut- und Geschlechtsleiden, weshalb Respektlose ihn »Hoden-Bodo« nannten. Im Kosovo und in Afghanistan hatte er ein paar Jahre als Truppenarzt gedient, mit Springerlizenz und mehr als 1000 Sprüngen. Seit seiner Entlassung vor einem Jahr war er auf Jobsuche, so zumindest die gängige Gerüchteversion.

Im Club hatte er sich, als Kameramann, einen exzellenten Namen gemacht. Man konnte ihn für ein paar Euro buchen. Er sprang dann seinen Kunden, meistens Tandemspringern, hinterher und produzierte furiose Erinnerungen auf DVD für sie. Das zahlte sich für ihn dreifach aus, weil er erstens für die Shooting-Jumps nichts löhnen musste. Zweitens hatte er recht erfreuliche Einnahmen von der Filmerei und bekam, so ganz nebenbei, jede Menge Sprungpraxis.

Bodo war für das Image des FCC ein echter Glücksfall. Er machte die heißesten Videos, seine Kunden waren hochzufrieden. Kein Wunder also, dass er seine Kameraausrüstung wie einen Schatz pflegte.

Die um eine Stunde verspätete »Drei-Uhr-Maschine« war in der Luft, und ich war mit an Bord. Würde wirklich alles gutgehen?

Abgase reizten meine Schleimhäute. Tränende Augen wie beim Zwiebelnhäuten. Auch die anderen hatten Schleimhautreizungen. Wie hoch wir jetzt wohl waren?

Orientierung durch die Fenster war nicht möglich, wir saßen ja unten auf dem harten Unterdeck, verkeilt wie Matjes in der Dose. Vom Himmel waren nur undefinierbare Ausschnitte zu sehen, Leere, sonst nichts.

Höhenmesseranzeige 255 Meter – okay.

Mir wurde übel. Auf was hatte ich mich eingelassen? Halbwegs kluge Leute setzen sich nicht ins Flugzeug, um oben aus der Tür zu hüpfen!

Aber zum Abhauen war's zu spät. Nicht ganz, es gab ja noch die Möglichkeit der Sprungverweigerung.

»Ein seichter Beckenrandschwimmer bist du! Kein Wunder, wenn ›Hoden-Bodo‹ dich ignoriert.«

Aber was war das? Hatte »Hoden-Bodo« mir etwa zugezwinkert?

Ich zwinkerte lächelnd zurück und siehe da: echt sympathisches Lächeln von beiden Seiten. Der Eisberg existierte wahrscheinlich nur in meiner Einbildung. Womöglich ging es ihm genauso.

Na klar, er wusste, dass ich sprungtechnisch keineswegs mitreden konnte. Und als Arzt konnte er sicher gut einschätzen, was wenige Minuten vor meinem Auftritt in mir vorging. Alle Profis kennen das Jo-Jo der Gefühle, die aufsteigende Hitze, sie waren schließlich selbst mal in meiner Situation gewesen.

O ja, unsere Augen spiegelten freundschaftliches Wohlwollen, und die gegenseitige Pseudoskepsis war passé, für immer aus der Welt.

Fabian hatte mal gesagt, dass der Verstand sich während des Hochschraubens reduziere, während wir zeitgleich von einer steuerlosen Energie quasi überschwemmt würden. Das sei eine automatische, adrenalinbedingte Schutzbarriere, auf die wir keinen Einfluss hätten. Da ich zunehmend ruhiger und gelassener wurde, dürfte dieser biochemische Prozess wohl gerade aktiviert sein.

Höhenmesseranzeige 870 Meter – okay, Abgleich passt.

Die Idee der Sprungverweigerung löste sich auf. Gut so, ist eh nur überflüssiger Kopfballast. Solche Sprungblockaden gelten in der Szene nicht als »Hosen voll«. Sprungverweigerungen haben überhaupt keinen negativen Stellenwert, im Gegenteil, jeder Elfmeterschütze hat schon mal das offene Tor verfehlt ...

Tim kam mit gegrätschten Knien zu mir herangerobbt. Aha, jetzt würde er mir das FXC aktivieren.

Das FXC sei so wichtig wie genug Wasser in der Kaffeemaschine, hörten wir im Unterricht. Tatsächlich kann der winzige Automat die Fallschirmöffnung auslösen, falls der Springer die Öffnungshöhe verpasst oder zum Öffnen nicht in der Lage ist. FXC-Automaten reagieren mithilfe sensibler Membranen auf den Umgebungsdruck. Die supergenialen Dinger verdankten ihr Dasein Serien von Unfällen und Abstürzen.

Bei Kontrollverlust leiten die stummen Engel, vorausgesetzt, die Öffnungshöhe wurde korrekt eingestellt, die fällige Schirmöffnung automatisch ein.

»Dein FXC wird bei etwa 800 Metern über Grund auslösen«, keuchte Tim mir ins Ohr. »Aber besser, du öffnest schon bei 1000 Metern, okay, Conny? Und immer im Hinterkopf behalten: Roboter können auch versagen!«

Bei Level 3000 passierte es dann doch noch einmal: Ich bekam einen Anflug von Unbehagen und sagte zu Kalle, meinem Nachbarn zur Linken:

»Ich glaub, mir wird jetzt schwindelig ...«

»Oje, Flattermann ... kommt mir absolut bekannt vor«, sagte Kalle. »Jeder hier hat gewisse Schübe. Sie werden nur gern vor den anderen verborgen. Niemand hier in der Röhre ist der absolute Terminator. Kapiert?!«

Ich schwieg. Mit dieser Offenheit hatte ich nicht gerechnet.

»Freu dich jetzt einfach auf deinen Jump«, riet er mir. »Das ist absolut das Heißeste auf der Welt. Du wirst es nie bereuen ... außerdem weiß ich, dass du es draufhast Conrad ... ich erkenne das an deiner Körpersprache. Lass die negativen Schübe jetzt sausen, konzentrier dich nur noch auf deinen Exit.«

Dann schwieg Kalle, der coole Solospringer – alles Wichtige war aus seiner Sicht gesagt. Kalle war ein erfahrener Veteran im FCC. Seine gut gemeinte Offenheit baute mich wieder auf. Okay, die Schmusenummer hätte ich mir sparen können, aber eine kleine Seelenmassage tut dir gut und ist absolut legitim, wenn du noch ein Anfänger bist.

Höhenmesseranzeige 3500 Meter.

Wie ein zu allem entschlossener Türsteher kniete unser Absetzer Mike vor dem Blockstreifenrollo. Mit fixflinken Griffen löste er die Kletts, rollte das Tuch ein und fixierte es oben erneut.

Die Luke war nun komplett auf.

Just im selben Moment krachte uns der Orkan um die Ohren. Mit brachialer Urgewalt vibrierte und fetzte er durch die Kabine, lose Teile wären jetzt zu gefährlichen Geschossen geworden.

Adrenalin – Marsch!

Da draußen weitete sich ein absolut friedlicher Luftraum auf. Unter uns vier Kilometer Tiefe. Was für eine skurrile Situation!

Irgendwie unwirklich. Bedrohlich. Dramatisch. Der weite Himmel, ein Medium, in das wir eindeutig nicht hineingehören. Flugunfähige Zweibeiner sind wir, dreiste Hasardeure, die hoffen, mit heiler Haut davonzukommen.

Verständigung war nur noch mit Zeichen und Gebärden möglich. Die hereinbrechende Druckwelle glich einem Tsunami: Krachen, Peitschen, Donnern, Gurgeln. Ein Intermezzo nie gehörter Laute wirbelte durch die Aluminiumröhre.

Es war kalt hier oben. Nach der Faustformel errechneten sich 24 Grad Temperaturdifferenz. 30 Grad am Boden, hier oben nur noch 6 Grad.

Ich schnappte nach Luft wie ein Ertrinkender, weil das entfesselte Gebläse die Atemluft an Mund und Nase vorbeiblies. Atemholen gelang nur, wenn ich meinen Kopf nach Lee in den Windschatten neigte.

Höhenmesseranzeige 3700 Meter über Grund.

Diese Enge in der Röhre! Aber von Mief war keine Spur mehr. Der wie dämonisch schreiende Abgrund zog meine Blicke magisch an. Protestierten jetzt etwa meine Eingeweide?

Kurz vor dem Exit herrscht in den Absetzflugzeugen der Welt Chaosprogramm, ein geordnetes, wohlgemerkt. Wer bisher noch keinen Kick spürt, in diesen letzten Minuten bekommt er ihn.
Absolut genial, der genetisch gesteuerte Adrenalintrick. Ohne diese Stimulanz wär mancher Freak wohl ausgeflippt, hätte sich erst gar nicht ins Flugzeug getraut. Adrenalin macht's möglich.
Mein Gott!, hatte ich jetzt den Blackout?
Gedankenfetzen rasten in Nanosekunden als Déjà-vus vorbei.
Hab ich was Wichtiges vergessen?
Sind das die letzten Minuten meines Lebens?
Mein Exit stand nun unmittelbar bevor. Aber mein Kopf war so voll und gleichzeitig so leer, einfach unbeschreiblich, die letzten Spiralen vor dem Exit.

Höhenanzeige 3800 Meter über Grund.

Mike, der Absetzer, schob nun seinen Oberkörper nach draußen. Den Luftraum checken, bei 6 Grad und Orkan um 180 Stundenkilometer.
Halt fand er an der Reling, die außen über der Luke montiert ist.
Abrutschen? Mit geschultertem Fallschirm natürlich kein Thema.
Mike bewegte sich – halb drin, halb draußen –, aber sicher wie die Katze auf Nachbars Lattenzaun. Das Ausspähen des Luftraums ist eine unverzichtbare Routine, denn ohne das »Ready to go« des Absetzers darf keiner raus: Ist die Sprungzone frei von anderem Flugverkehr? Sind Absetzposition und Windrichtung zielkonform?

Vor dem Exit kommt stets der Generalcheck des Luftraums, erst dann hinein ins Vergnügen.

Höhenmesser 3950 Meter über Grund.

Endlich drehte Mike sich in die Kabine zurück. Da er nichts sagte, war der Luftraum wohl clean. Nur noch eine allerletzte Spirale bis zu Level 4000 Meter. Meine Zunge klebte fest am Gaumen. Nur noch Sekunden, und dann ...

»Bist du okay?« Tim musste gegen den krachenden Sturm anbrüllen.

Ich drehte mich um und nickte. Er sah mich messerscharf an und formte mit Daumen und Zeigefinger das Zeichen für: »Alles okay?«

»Alles okay!«

Dann überließ ich mich dem Geschehen. Ein Gefühl von feierlicher Gelassenheit kam auf und erfüllte mich mit grenzenloser Kraft.

Ich war bereit, war gepackt von Neugier und Entschlossenheit.

Die aggressiven Luftwirbel und das mit Abstand fieseste Blockstreifenrollo der Welt störten meine Kreise nicht mehr. Bedenken und Zaudern waren verschwunden. Innerhalb von Millisekunden war ich ein anderer geworden. Ja, diesmal fühlte ich mich wie ein echter Parachuter. Der Kursus war gut und richtig gewesen. Ich hatte so viel Neues gelernt, wovon ich bisher keinen blassen Schimmer hatte.

Wacker hatte ich mit Walter und den anderen Theorie gepaukt. Tausendmal hatten wir die Griffe und die Froschlage simuliert, mit geschlossenen Augen, auch in unserer Freizeit. Es hatte uns irre viel Spaß gemacht, die paar Blessuren waren längst vergessen.

Ich kannte alle wichtigen Prozedere wie im Trance, hatte meine Nummer komplett drauf, nichts war mir wirklich fremd. Diese Überzeugung war soeben in meine Seele gedrungen. Nie klarer, nie heller, nie realer. Unvernunft hin, Zweifel her, Conrad Conradi würde seinen Freifall jetzt durchziehen.

Nun spähte auch der »Baron« langhalsig nach draußen. Er schien zufrieden und gab Mike das Zeichen: beide Daumen hoch.

Der legte den abgedeckten Kippschalter frei. Die Diode sprang von Rot auf Grün, zugleich tönte unüberhörbar die »Exit-Sirene«.

Das Signal für den Piloten, die Maschine in den Absetzmodus zu manövrieren.

4100 Meter über Grund, meine Absetzhöhe.

Ottmar nahm das Gas raus – Leerlauf. Radikaler Schubabfall. Wir flogen jetzt ohne Vorschub, wodurch es leiser wurde, aber immer noch viel zu laut, um sich mit Worten verständigen zu können.

Fliegen ohne Vorschub funktioniert nur wenige Sekunden, dann reißt die Luftströmung ab, und das Flugzeug muss, soll es nicht abstürzen, fliegerisch abgefangen werden. Für Absetzpiloten reine Routine.

Ein Blick zurück in die Röhre: Alle starrten mich an!
Besorgt oder mitleidig?
Konzentration! Ruhe!
Tim tippte mich an. Er sah mir unmissverständlich in die Augen: »Komm her, Conny, komm ganz nah zu mir heran …«

Also robbte ich meinen Hintern voll in die offene Luke hinein, die Unterschenkel baumelten draußen im Luftraum. Mit Ehrfurcht und Faszination blickte ich in den Abgrund.

Ein neuer Adrenalinschub durchflutete und wärmte meinen Körper aufs Angenehmste. Ich sah die grenzenlose Weite des Luftraums, wie Vögel sie sehen. Der Horizont lag über 50 Kilometer weiter als sonst, sogar die Ostseeküste war diffus erkennbar. Vier Kilometer unter mir die scheinbar geschrumpfte Topografie, das imposante Blockhaus erschien nur noch wie ein Gartenhäuschen.

Meine Sitzposition war so was von extrem. Mein Herz pochte. War ich auf einem anderen Stern? Träumte ich alles nur? Nein! Aber ich befand mich da, wo ich gar nicht sein durfte. Wir Zweibeiner haben keine Flügel. Wir sind absolut flugunfähig, Punkt.

Meine einzige Rettung würde der Fallschirm sein, mein klobiger Schulschirm mit der Nummer neun!

Der Strömungsabriss stand jetzt unmittelbar bevor. Wenn es dazu kam, müsste das Flugzeug neu konfiguriert und das Absetzmanöver wiederholt werden.

Was sich mir in diesen Momenten für alle Zeiten einprägte, war:

»Ohne Fallschirm bist du wie Fallobst.«

Deutlich sah ich die auf den Straßen fahrenden Spielzeugautos. Die Menschen da unten, alles Liliputaner …

Über mir die backbordsche Tragfläche der »Cessna Caravan«. Die Landeklappen bewegten sich nervös auf und ab, ich hätte sie fast berühren können. Das Heckleitwerk schien uns zu verfolgen. In echt verharrte es konstant: gleichförmig beschleunigt.

Nein, ich träumte beileibe nicht, alles war so was von real, einfach irrsinnig abstrakt!

Meine Hosenbeine flatterten, eisiger Wind drang durch das Leinen meines Overalls. Atmete ich überhaupt noch? Flüchtig registrierte ich, dass alle Blicke auf mich gerichtet waren.

Vor meinem Gesicht sah ich zwei zum »V« gespreizte Finger, es waren Tims Finger, und das »V« bedeutete:

»Absetzer ansehen!«

Wie paralysiert verschmolzen unsere Augenpaare miteinander.

Eine unbeschreibliche Kraft durchdrang mich bis auf den Grund meiner Seele. Eine gefühlte Ewigkeit, nur Sekundenbruchteile dauernd … unvergesslich!

Eine Art Triumphfeeling breitete sich in mir aus. Der olympische Kämpfer war bereit, zu siegen. »Wow!«

Tim und ich, wir wurden eins. Worte waren unnötig, ich verstand auch so, was zu tun war …

»GO!«

Die eben noch fest verschweißten Blicke lösten sich, und dann, ja dann ließ ich das Flugzeug einfach los ...

Unaufhaltsam raste ich im freien Fall der Erde entgegen. Ängste oder Zweifel hatte ich nicht, stattdessen 100 Prozent Vertrauen.
Keine Zeit für Überlegungen, jetzt war Konzentration angesagt: Becken durchbiegen, dabei die Arme und Beine leicht spreizen und: Ja! Die stabile Fluglage, sie gelang mir auf Anhieb. »Halleluja!« Handflächen etwas nach rechts, etwas nach links, wieder zurück, nicht zu viel – nur die Balance halten ...
»Bisher hast du alles richtig gemacht«, blitzte es auf.
Während ich mit 190 Stundenkilometer abwärts rauschte, zerrte der Luftstrom unerbittlich an meiner Montur. Ich bekam spürbar »Flatterbacken«, und meine Augen tränten vom ungewohnten Blizzard.
Unter mir die Geometrie von Äckern, Viehweiden und Wäldern, umsäumt von Gräben, Straßen und Gehöften. Alles raste mir entgegen.
Nach dem Exit, so mein Baron, sollte ich alle zehn Sekunden den Höhenmesser abgleichen, was ich in meiner Euphorie komplett vergessen hatte. So raste ich, zunächst ohne Höhenkontrolle, der Erde entgegen.
Den Mund hielt ich geschlossen, dennoch ließ das Flattern meiner Wangen nicht nach ... wie ich jetzt wohl aussah?
Meine Brille saß fest auf der Nase. Ich hatte sie mit Gummiband fixiert, für uns Brillies leider ein Muss.
Der Kinnriemen vom Helm traktierte mir etwas die Kehle, aber der freie Fall dauerte ja nur um die 70 Sekunden.
»O mein Gott, der Höhenmesser!«
Der Zeiger drehte sich hastig gegen den Uhrzeigersinn – wie denn auch sonst?

Eben passierte ich 1000 Meter, höchste Zeit zu reagieren.

»Jetzt musst du ziehen! Sonst fährt dir das FXC in die Parade«, erinnerte ich mich intuitiv – gerade noch rechtzeitig:

Sofort ausbalancieren, Hand-Deploy lupfen und … Peng!, schoss der Hilfsschirm in den Luftstrom …

Nur den Hilfsschirm in den Luftstrom ziehen und fertig.

Wirklich kaum zu glauben, aber es ist diese poplige Winzigkeit, die den Fallschirmspringern so sehr viel Respekt abnötigt. Der winzige Lupf rettet dir das Leben. Gelingt er nicht, aus welchen Gründen immer, erwachst du als Engel im Paradies und deine sterblichen Überreste kommen in den schwarzen Container …

Die Erlösung kam prompt – mein Schulschirm entfaltete sich knallend über mir und blähte sich majestätisch auf.

»Ich schwebe und liebe mein Leben! Wahnsinn!«

Es ist für jeden Springer wie eine Erlösung, wenn sein Gurtzeug endlich diesen heiligen Striptease macht. Mir versagte die Stimme, ich konnte und wollte meine Tränen nicht zurückhalten.

Die Fangleinen spreizten und dehnten sich. Daunenweich wurde das sinkende Bündel ausgebremst. Fallschirmseile verhalten sich elastisch wie Bungee-Seile. Ohne diese Erfindung ist moderner Fallschirmsport gar nicht möglich.

Unter meinem Schulschirm schaukelnd, schaue ich kurz nach oben, wo ich gerade herkam. Von der Diva »Cessna Caravan« war noch das brummende Röhren zu hören. Im Zwielicht der Sonne sah ich viele winkende Arme meiner fantastischen Kameraden! Sie hatten gewartet, bis ich, das Greenhorn, sicher am geöffneten Fallschirm hing. Damit hatte ich nicht gerechnet. Gerührt winkte ich zurück … alles, wirklich alles war gut.

Nach Höhenmesseranzeige waren noch 300 Meter unter mir, etwa die Höhe des Eiffelturms. Noch 200 Meter, der Kölner Dom.

Etwa 50 Meter über Grund kann man den Landepunkt abschätzen. Parachuter müssen selbst ermessen, wo sie landen. Allerdings haben sie, im Vergleich zu Vögeln oder Flugzeugen, immer nur den einen einzigen Landeversuch.

Sieben Meter über Grund zog ich die Steuerleinen durch: Vollbremsung. Aber mein Schirm schwang sich beim Loslassen kurz aufwärts, das Tuch brach ein und verlor die volle Tragfähigkeit. Aus etwa drei Metern Höhe plumpste ich senkrecht auf den Boden. Wahrscheinlich hatte ich durch die gelungene Hechtrolle Schlimmeres verhindert. Nur eine harmlose Stauchung im linken Fußgelenk trug ich davon.

Durst!

Nach der Rückkehr aus dem »All« war ich vor allem eins: durstig. Ich musste Hektoliter Wasser verloren haben …

Der »Baron« landete Sekunden später neben mir: Punktlandung. Er kam lachend und drückte mich an sich: »Gut gemacht, Conny! Das Landen müssen wir wohl noch etwas üben … genieß jetzt deine Gefühle und lass die Euphorie in aller Ruhe abklingen – wir sehen uns dann später beim Grillen, okay?«

»Wie bitte, beim Grillen?!« Diese Worte erreichten ihn nicht mehr … oder überhörte er sie absichtlich?

Nein, heute war mir eigentlich nicht nach Party. Den Clou, mich obendrein als Grillmeister auszuloben, hatte der »Baron« raffiniert eingefädelt. Der Job sei eine große Ehre für frischgebackene Parachuter, lachte er, ich würde das doch nicht ablehnen wollen …

Nun ja, wollte ich ein Patriot sein, kam ich aus der Nummer nicht raus. Natürlich gab es Schlimmeres. Immerhin bot sich die Chance, Leute zu treffen, die allermeisten kannte ich gar nicht, oder nur vage vom Sehen. Also versprach ich ihm, den Job zu machen.

»Bitte melde dich, Conrad!«, verlangte das vibrierende Handy. Von Juliane waren schon drei SMS aufgelaufen.

»Ja, liebe Juliane ... es ist alles gutgegangen (Kleeblatt, Smiley) Du brauchst dir keine Sorgen mehr zu machen – melde mich heute Abend, okay. LG Conrad (Herzchen, Winken)«

Als Dora und Au-pair Helena zum Gratulieren kamen, fuhren wir kurz entschlossen zum nahegelegenen Waldsee – noch immer ein echter Geheimtipp. Das von mir bevorzugte Plätzchen war nur über Schleichpfade zu erreichen.

Klamotten runter und einer nach dem andern rein ins prickelnde Wasser; Thor-Valentin jubelte ausgelassen, auch wenn er das Vergnügen nur von seinem Kinderwagen aus betrachten durfte.

Dora schwamm sehr weit raus, ich hatte Mühe ihr zu folgen. Miss Helena ging nur bis knietief ins Wasser. Konnte das Girl etwa nicht schwimmen?

Irgendwann schliefen wir auf den Badetüchern ein, bis Baby Thor-Valentin quengelnd nach Fütterung verlangte.

Gute zwei Stunden wohlverdiente Entspannung.

Trinkgelage

Eine Ewigkeit her, dass ich mir selbst so nah war wie unter dem so wunderbaren Himmel. Es ist aber auch sehr lange her, dass ich energetisch so was von ausgelutscht war. Die zufällige Entdeckung des Fallschirmsports war mir unvergesslich. Das Erlebte hatte in meiner Seele ein Fenster geöffnet und sogar ein kleines Guckloch in die menschliche Psyche schlechthin. Eine tolle Bereicherung für meinen persönlichen Werdegang, wie sich nachhaltig noch zeigte.

Abends, kurz vor Sonnenuntergang, war die große Hitze vorbei und die Tageshetze ebenso. Der Flug- und Sprungbetrieb war aus, die Besucher waren längst daheim oder standen im Stau auf der A7 Richtung Hamburg oder Flensburg.

Auf dem Vorfeld waren Ruhe und Gemächlichkeit eingekehrt. Die in Zelten oder Wohnmobilen residierenden Parachuter hatten jetzt andere Bedürfnisse: duschen, Durst löschen, abhängen und chatten bis das Handy glüht.

Die Grillvorbereitungen waren unkompliziert, weil die Pächterin der Gastwirtschaft »Cockpit«, wozu die exponierte Aussichtsterrasse gehörte, das Catering innehatte. Ess- und Trinkbares musste bei Gastwirtin Hertha gekauft werden, dies in grenzwertiger Qualität und zu Wucherpreisen.

Versuche, ihr die Pachtverträge zu kündigen, sollen ins Leere gelaufen sein.

Wer das mitgebrachte Lunchpaket auf ihrer Terrasse auspackte, musste mit harscher Anmache rechnen, je nachdem, wie hoch ihr Frustpegel gerade war. So richtig plausibel war das allerdings nicht, weil ein paar gut gewachsene Kerle schon mal frei verkostet wurden. Über solche Gunsterweise kursierten pikante Gerüchte.

Doch mit Wirtin Hertha, alias »Gold-Hertha«, legte man sich besser nicht an. Sie soll früher im Frauenknast als Aufseherin das Zepter geschwungen haben. In ihrem Noch-Refugium war sie wegen ihrer launenhaften Auftritte gefürchtet. Gut, dass das neue Blockhaus eröffnet hatte, wohin ein Großteil der Kundschaft neuerdings abwanderte.

Ich hatte mir eine weiße Schürze von Hertha geliehen und mich mit meinem Arbeitsplatz, dem ziegelgemauerten Grilltisch, soweit vertraut gemacht.

Zwei Mann in kurzen Hosen schleppten eine Plastikwanne heran und setzten sie am schon qualmenden Grillofen ab. In der Wanne lagen wachsbleiche Koteletts in unappetitlicher suppiger Salzlake.

Hertha balancierte auf wackligen High Heels einen Korb Weißbrot daher, Gewürze waren schon da. Allerdings waren die Tuben und Gläser schon angebrochen, einige Weinflaschen ebenfalls.

Schlamperei!, dachte ich, hielt aber vorsorglich den Mund.

Der hagere Mann, den sie »mein Küchenchef« nannte, schob per Sackkarre Kartons mit folienverpackten Grillwürsten heran. Der schmuddelige Typ wirkte verunsichert, gehorchte Hertha aber aufs Wort.

Als er das Futter aufgefahren hatte, keifte sie ihn an. Er solle nicht rumstehen wie eine Ziege im Marmeladeneimer, sondern gefälligst Klarschiff in der Küche machen. Der Küchenchef nickte ergeben und verschwand in Richtung seines Arbeitsplatzes.

Für ausreichend Speisen und Getränke war also gesorgt.

Für die Bedienung war Jennifer zuständig. Sie war die einzige Frau, die sich seit Eva den Hammerjob bei Hertha zutraute. Sie kam aus Riga und war erst seit Kurzem in Deutschland. Die Gäste mochten vor allem ihren lebhaften Charme, von dem man sich gern anstecken ließ. Restaurantchefin Hertha schätzte vor allem ihren Fleiß. Ohne Trinkgeld, das Hertha ihr neidete, wäre sie nicht über die Runden gekommen.

Hertha lief aufgedonnert wie eine Puffmutter herum: schrille, viel zu knappe Röcke, meterhohe High Heels, Hände und Hals schwer mit Gold beladen und stets umgeben von einer Parfumwolke, die wirksam Mücken und Fliegen auf Abstand hielt, der einzig positive Nebeneffekt.

Jennifer hatte den ganzen Tag Tabletts hin und her geschleppt, sie musste eigentlich k.o. sein. Doch die heißen Springer-Partys ließ sie sich ungern entgehen. Wieso auch? Die 20-Jährige war sehr attraktiv. Die Männer gafften ihr mit glasigen Augen nach, was sie wusste, aber nicht ausnutzte. Hertha belauerte sie neidisch und sorgte für allerlei Schikanen, aber Jennifer hielt tapfer durch. Die Frage war nur, wie lange noch.

Eine Getränkefirma hatte vor einer Stunde vorgekühlte Getränke geliefert. Seitdem standen sie auf der Terrasse – bei 20 Grad, typisch Hertha …

»Wieso wieder keine Musik?«, schrullte man hinter vorgehaltener Hand.

Livemusik lehnte Hertha vehement ab. Der »Urwaldscheiß« sei zu teuer, und ihre Hündin Micki würde davon durchdrehen. Keiner wagte zu widersprechen, zumindest nicht in ihrer Gegenwart.

Um die 50 Gäste bevölkerten nach und nach die riesige Terrasse, 20 Prozent weiblich, der Rest männlich, null Kinder. Man saß auf Holzbänken unter aufgespannten, mit Lichtketten behangenen Markisen. Tolles Ambiente, nur die passende Musik fehlte.

Die Nackensteaks und Bratwürste gingen reißend weg, auch das Bier, solange es noch einigermaßen kühl war.

Herthas deutlich übergewichtige Schäferhündin knackte Knochen und schlang runter, was reinging. Bald lag das überfressene Tier apathisch herum, um Streicheleinheiten bettelnd.

Nach der Heißhungerphase zaghafte Anflüge von Partystimmung. Ein Findiger hatte die Lautsprecherboxen vom Vorfeld mit seinem Auto verkabelt und eine Art Musikkulisse improvisiert: The Beatles, Abba, Guns N' Roses machten der Zurückhaltung ein Ende. Textsichere versuchten mitzusingen, einige tanzten. Sogar Hertha wackelte mit den Hüften und schwärmte: »O, als ich noch jung war …«

Kurz vor zwölf verschwanden Hertha und Hund von der Bildfläche. Wohl niemand, der sie ernsthaft vermisste.

Jennifer ging, begleitet von »Matratzen-Jörg«, kurz nach zwölf. Einige Jungs beneideten »Matratzen-Jörg« wegen seiner Chancen beim weiblichen Geschlecht. Seine Markenzeichen: volles Haar, fescher Zopf, Dreitagebart und die 1,90er-Hünenstatur.

Neben Flaschenbier wurden mitgebrachte Softdrinks gereicht. Hertha wäre ausgeflippt, hätte sie das noch mitbekommen. Rumgereichte Joints ließen die Hemmungen dahinschmelzen, nicht nur bei den Kerlen. Hitzige Diskussionen setzten ein, der Durst war grenzenlos, kein Wunder, weil alles im Voraus bezahlt worden war – bei Hertha, versteht sich.

Ein paar Weltverbesserer tönten lautstark herum. Sie attackierten die weltweit etablierte Habsucht der Superreichen.

Wir Normalos würden von denen rigoros ausgeplündert. Wir, die Malochenden, müssten auf jedes schnöde Hühnerei Steuern zahlen. Dagegen würde das Etablissement von der Politik kriecherisch hofiert und begünstigt. Politiker sehen weg, wenn die Großbanken den Oligarchen beim Gründen von Briefkastenfirmen helfen.

»Assistenz bei räuberischer Steuerflucht, ohne Konsequenzen für die Räuber«, brachte es einer auf den Punkt.

Überhaupt handele die Profit-Elite verantwortungslos und sei nur auf Eigennutz bedacht.

Alle quasselten durcheinander, jeder wollte seinen angestauten Frust loswerden. Der Lärmpegel wuchs kontinuierlich an, und erste alkoholische Auswüchse schlugen durch.

Das ganze Land, lamentierte ein Typ, sei verseucht von nutzlosen Politikern und Klerikern. Trotz horrender Bezüge könnten sie den Hals nicht vollkriegen. Anderen predigten sie Wasser, und selbst tränken sie Wein vom Allerfeinsten.

Gut, dass ich nur der Grillmaxe war. Die zunächst gute Stimmung schien mehr und mehr aus dem Ruder zu laufen.

Zur Hölle mit den Politikern, legte einer wütend nach. Wieso ließen die sich obendrein von Bodyguards beschützen? Untere und mittlere Ränge mit zwei bis vier, ranghohe mit bis zu zwölf! Was soll das uferlose Schutzsyndrom zulasten der Steuerzahler? Vor was haben die Abgeordneten die Hosen voll?

»Kennst du etwa einen Politiker, der die Wahrheit sagt?«, stellte Astrid mit ondulierter Stimme zur Diskussion.

»Ich werde immer ehrlich zu euch sein«, hatte Mr. Barack Obama der Welt in seinen Wahlreden versprochen …

»Wer hat schon einen Nelson Mandela?«, lallte der neben ihr stehende Typ. Der schon angetrunkene Kerl, wahrscheinlich ein Verehrer, fiel durch sein knallrotes Ferrari-Outfit auf.

»Solange wir untätig zuschauen, geschieht uns das recht«, befand Astrid und brachte die neue Zigarette mit der alten Kippe zum Glimmen.

»Hört endlich mit der ätzenden Politiksülze auf!«, schrie jemand dazwischen und siehe da, wie durch einen Zauberspruch war das Thema abgehakt.

»Hoden-Bodo«, der kantige und krisenerprobte Militärarzt für Haut- und Geschlechtsleiden, kam zum dritten Mal an meinen

Rost. Diesmal nicht für ein weiteres Schweinenackensteak. Er wolle endlich mal mit mir anstoßen, sagte er.

Aber eine Unterhaltung kam wieder nicht zustande, weil der kaum noch gehfähige Typ in Schwarz ihn rempelte. Der soff seit Stunden wie ein Gully und war hackedicht. Er grabschte sich die letzte der angekokelten Bratwürste vom Rost, quetschte Unmengen Senf drauf und schwankte wie auf Stelzen davon. »Hoden-Bodo« folgte ihm. Auch er vermochte nicht mehr den Geradeauskurs zu halten.

Nachts um zwei zählte ich noch 15 Männer und vier Frauen.

Lange wird's wohl nicht mehr dauern, glaubte ich. Das Futter war längst aus, Bier und Schnaps noch nicht – also nahm das Gelage noch mal Fahrt auf.

Nein, keiner der Anwesenden wäre ohne Lappenverlust durch die Verkehrskontrolle gekommen.

Kerstin hielt sich schon seit Stunden das Handy an die verweinten Wangen. Sie lallte diffuses Zeug – Beziehungskrise ...

Das Thema Fußballbundesliga kam nun an die Reihe, spät zwar, doch bei zünftigen Trinkgelagen fast unverzichtbar.

»Einer geht noch, einer geht noch rein«, dieser Sachverhalt eint ab einer gewissen Promillegrenze alle Kontroversen. Und weil die Stadionhymne so inbrünstig mitgebrüllt werden kann, alle noch einmal: »Einer geht noch, einer geht noch rein ...«

Die meisten waren in Sandalen, Shorts und T-Shirts gekommen. Einige Kerle präsentierten stolz ihre Tattoos und eiferten sich daran, wie teuer sie gewesen waren. Auch die Damen ließen sich gern auf ihre raffiniert platzierten Kunstwerke ansprechen.

War ich in der Runde etwa der Einzige ohne Tattoo?

Mücken wurden zur nächtlichen Plage, Handabwehr half nix, das machte die Biester nur aggressiver. Im Licht der Lampions tobten ganze Geschwader. Dazu orientierungslose Motten, was just ein paar Fledermäuse anlockte.

»Igittigitt – Fledermäuse!«, kreischte Astrid hysterisch und ließ sich in die behaarten Arme ihres Lovers sinken. Der verteilte großzügig seine Glimmstängel, dass der Qualm das Ungeziefer vertreibe. Und tatsächlich! Die vom Teufel gezeugten Blutsauger zogen sich zurück, blieben aber lauernd in der Nähe.

Hundemüde war ich und kaputt, eigentlich hätte ich längst zu Hause im Bett sein wollen.

Dummerweise ließ ich mich ein paarmal nötigen, noch ein halbes Stündchen zu bleiben ... ein Fehler ...

Um drei Uhr fing die bislang noch erträgliche Stimmung plötzlich zu eskalieren an. Eben noch prostende Proleten gerieten in bösen Streit – meine Schlichtungsversuche liefen ins Leere. Beleidigungen, Rangeleien, Handgreiflichkeiten, alte noch offene Rechnungen. Der Ton eskalierte, von Dunkelrot auf Violett, nicht wert, wörtlich wiederholt zu werden.

»Issa nix mehr zum Saufen – eihahick's.«

»Das womma doch mah' sehn.«

Das Bier war tatsächlich aus, 300 Flaschen. Einer sollte nun zur nächsten Tankstelle fahren, Nachschub holen. Aber wer konnte jetzt noch Auto fahren?!

Mir kam die rettende Idee, dass im Hangar noch Reserven sein könnten. Sofort setzten sich zwei Kerle schwankend in Bewegung.

Freudig schleppten sie zwei angebrochene Kasten »Flensburger« heran; das Saufgelage konnte weitergehen.

Beim Gassenhauer »Griechischer Wein ...« fiel man sich in die Arme und grölte die schon x-mal gegrölten Sauflieder aufs Neue.

Wann würden sie endlich schlappmachen?

Ich war so was von geschafft.

Seit sechs Uhr war ich auf den Beinen, fühlte nur noch Müdigkeit.

Gegen vier löschte ich die letzte Glut mit Resten aus Bierflaschen – den abartigen Gestank bekam niemand mehr mit.

Rudi, der bärige Baulöwe, tauchte wankend aus den Gebüschen wieder auf und nestelte an seinem Hosenknopf. In der Hand hielt er eine Wodkaflasche russischer Herkunft.

Mit Sicherheit hatte er das Zeug in seinem »Womo« gebunkert.

Schwankend füllte er ein paar x-beliebige Plastikbecher und goss etwas Cola dazu. Dann hoben die bezechten Zecher ihre Becher hoch in die Luft und stießen an, dass es überschwappte.

»Einer geht noch, einer geht noch rein …«

Eine kleine Fraktion brüllte »Ha-Es-Vau«, die andere »Wär-Daer-Brehmn«. Volltrunken ließen sich die Fans den hochprozentigen Stoff in die Kehlen laufen, bis die Flasche nichts mehr hergab.

Morgens um vier, es war noch nicht ganz hell, konnte ich endlich hin zu meinem Auto gehen.

Hinter mir hörte ich es krachen und klirren. Aus der Dunkelheit erkannte ich schemenhaft, wie der »harte Kern« grölend Stühle gegen die Leuchtreklame von »Sixt« und »Obi« schleuderte. Dem folgte ein Bierflaschenhagel, bis die Reklametafeln erloschen.

Abgehaltert legte ich mich auf die Rückbank meines V 70, zog mir eine Decke über den Kopf und schlief sofort ein.

Der neue Tag weckte mich mit hellem Sonnenschein, aber leider viel zu früh. Doch der Hitzestau im Auto war schon frühmorgens nicht mehr zu ertragen. Ich war zerknirscht und nicht die Bohne ausgeschlafen, wollte so schnell wie möglich nach Hause.

Zum Duschen musste ich an der Partymeile vorbei – die Spuren des Vandalismus ließen mich ungläubig stehen bleiben. Entsetzt und irgendwie betroffen starrte ich das Ausmaß der hirnlosen Zerstörungswut an. Von meinen Kameraden verursacht, denen ich das nie zugetraut hätte. Ich ging fassungslos weiter und dachte an das Nachspiel, das unweigerlich folgen würde.

Die Eigenbau-Dusche bockte mal wieder, ein paarmal dagegenklopfen half. Duschen und Abseifen waren dringend nötig, alles an mir roch bestialisch nach geräuchertem Bratfett.

Das Frühstück bei Hertha verdiente die Bezeichnung »Frühstück« eindeutig nicht. Die wahrscheinlich von Zwerghühnern gelegten Eierchen waren so winzig, dass sie im Eierbecher umkippten. Statt frischer Brötchen lag aufgetautes Schwarzbrot auf meinem Teller. Der Kaffee schmeckte nach Resten von Spülmittel. Als ich dann noch Herthas Blechstimme in der Küche krähen hörte, stand ich auf und setzte von da an nie wieder einen Fuß in dieses Lokal. Dass es schon sehr bald pleitegehen würde, wunderte mich nicht, dazu mehr im folgenden Kapitel.

Eva und Hertha

Eva war eine intelligente und attraktive Frau, sie wird es wohl noch immer sein. 15-jährig kam sie mit ihrer Familie aus Usbekistan (Zentralasien) nach Deutschland. Sie ist zweifache Mutter, hat den deutschen Pass und ist, zumindest temporär, eine erfolgreiche Geschäftsfrau geworden. Ihr Deutsch ist keineswegs akzentfrei, aber es ist gerade diese phonetische Delikatesse, die sie so interessant macht.

Beim »H« zum Beispiel bringt sie den urslawischen Kehllaut »Chra«.

Statt »hat« oder »haben« spricht sie »chrat« oder »chraben«.

Auch das aus dem Vorderrachen gesprochene »Biettäshreen« und »Dankäshreen« ist mit Paprika gewürzt. Es ist wohl die uralte Steppenkultur ihrer nomadischen Vorfahren, die ihr den asiatisch-exotischen Dschinghis-Khan-Touch verleihen.

Eva, ihr richtiger Name ist Evamaria, sie war damals am Flugplatz in Hartenholm nicht nur bei ihren Gästen beliebt, auch die Piloten und Parachuter tranken ihren Kaffee vorzugsweise bei ihr. Manche Youngsters bedrängten sie mit Avancen. Den Grünschnäbeln gab sie keine Chance, was Teil ihres Images war.

Eva war unverheiratet. Sie lebte mit dem Vater ihrer Kinder in, wie es schien, sattelfester Beziehung. Er war der Hausmann, sie sorgte für den Unterhalt.

Eva hatte im Überfluss, was viele Frauen gern hätten: natürlichen Charme und erfrischenden Humor. Sie war hilfsbereit, weltoffen, klug und attraktiv. Die paar Pfunde plus passten gut zu ihr. Als dürren Kleiderständer hätte ich sie mir nicht vorstellen mögen. Obwohl Tratschen und Schwatzen zu ihrem Job gehörte, konnte sie verlässlich schweigen.

»Ich bin Eva.«

»Heiße Conrad.«

Damit war das förmliche »Sie« eliminiert und das Typabtasten auch.

Das war vor etwa drei Jahren.

Seit meinem Fallschirmkursus haben wir uns aus den Augen verloren. Dann sind wir uns in Lübeck begegnet, zufällig – doch der Reihe nach:

Eva bediente damals im »Cockpit«, dem alten Flugplatz-Restaurant. Ihre Chefin war die schrille, goldbeladene Hertha, die wir schon aus vorherigen Kapiteln kennen. Ihr gehörte auch die Imbissbude vorn auf dem Großparkplatz. Doch die lief überhaupt nicht. Darum suchte Hertha den Klotz am Bein loszuwerden, und das möglichst mit Gewinn. Da sich kein Käufer fand, versuchte sie, das klinisch tote Objekt ihrer arglosen Kellnerin anzudrehen, was ihr mit arger List schließlich gelang.

Der zum Imbiss umgebaute Wohnwagen stand schon Jahre dort, eigentlich in bester Lage, nur wenige Schritte vom Gate entfernt. Das räderlose Vehikel thronte auf hölzernen Eisenbahnschwellen. Stehlen war somit unmöglich. Aber wer sollte so ein abstoßendes Wrack klauen wollen?

Gutgläubig war Eva auf Herthas Gaunerstück hereingefallen. Doch wider Herthas Erwarten scheiterte Eva nicht. Stattdessen gelang es ihr, aus der scheintoten Frikadellenschmiede eine florierende Existenz zu zaubern.

Jacuzzi-Ambiente, frische Pastellfarben, moderate Leuchtreklame lockten das Publikum in Scharen an. Zeitungsannoncen erhoben den Laden gar zum »Fastfood-Inn an der B 206«.

Natürlich hatte Eva kräftig investieren müssen. Neue Grillgeräte, Kaffeemaschinen, PC-Kassensystem, Tassen, Teller, Bestecke und so weiter.

Der wie Phönix aus der Asche auferstandene Imbiss lief dann auf Anhieb. Neuerdings bretterte der Verkehr nicht mehr nur vorüber, er hielt in großer Zahl an. Und er kam sogar wieder!

Der reanimierte Laden wurde bald zum Magneten an der B206. Sogar Ex-Chefin Hertha soll der Wiedergeburt Respekt gezollt haben. Allerdings schaffte sie es nie, reinen Tisch zu machen und mit Eva offen über alles zu reden.

Der riesige Parkplatz war neuerdings ausgelastet. Biker, Trucker und Reisebusse stoppten, um an Evas Fastfood-Oase zu rasten.

Der frisch frisierte Imbiss sprach sich in Windeseile herum, auch der guten Qualität wegen. Aus Tagesgästen wurden Stammgäste. Der kurz zuvor noch geächtete Saustall war nun zum Treffpunkt mutiert, und das ohne nennenswerte Konkurrenz. Niemand hatte das erwartet, am wenigsten die intrigante Zicke.

Nun trafen sich hier alle möglichen Motorradclubs. Zu Herthas Zeit hielten sie nur kurz an, um angewidert weiterzufahren. Aber nun wimmelte es hier von Lederjacken und Motorrädern. An Evas exponiertem Hotspot hielt man einfach an, machte die fällige Rast, denn hier konnte man bei Currywurst und Pommes dem Luftzirkus zuschauen – kostenlos, so lange man mochte.

Evas Kasse klingelte von früh bis spät. Jeder Gast ließ ein paar Euro da, und wer kein Geld dabeihatte, na wenn schon, einmal Anschreiben lassen ließ sie durchgehen.

Täglich mussten die Lieferanten Vorräte bringen. Von Evas Umsatz hätten locker drei, vier Imbisse existieren können.

Hertha kochte vor Neid. Ihre verramschte Bruchbude war zur Goldgrube geworden. Seit Eva das Ruder führte, wehte in LA alias »Little Airport« frischer Wind. Evamaria, so schien es, hatte alles richtig gemacht.

Dagegen blieben in Herthas »Cockpit«-Restaurant mehr und mehr die Gäste weg. Ihr drohte der existenzielle Burnout. Gerne hätte Hertha den Deal rückgängig gemacht, aber darauf ließ Eva sich nicht ein.

Hertha hatte sich selbst betrogen. Evas Erfolg machte sie rasend vor Wut.

Der Anlass für intriganten Verrat?

»An manchen Tagen, meist bei Hochbetrieb, sind die Typen von der Gewerbeaufsicht gleich zweimal aufgetaucht«, ließ Eva mich wissen. »Immer unangekündigt. Es war mir so was von peinlich, wenn die Weißkittel ihre Latexhandschuhe überzogen, als sei bei mir die Seuche ausgebrochen. Mit einem Arsenal von Pinzetten und Pipetten legten sie sogenannte Beweisproben in nummerierte Reagenzgläser. Alles vor den Augen meiner Gäste. Behördliche Diskriminierung war das gewesen, reine Willkür! In Deutschland! Unerträglich!

Einmal hat ein Freund den Bakterienschnüffler am Schlafittchen gepackt und den Inhalt seines Köfferchens in den Abfallcontainer geschüttet. Die Gäste fanden das köstlich. Als die angerückte Polizei nach Augenzeugen fragte, hatte niemand etwas gesehen …

Die Intrigen nahmen an Bosheit stetig zu, wir waren damals hilf- und ratlos. Das endgültige Aus kam nach zweieinhalb super guten Jahren«, seufzte Eva.

Die amtliche Begründung lautete etwa so:
- Das mobile Klo sei keine ordentliche Toilette.
- Es gebe kein Fließendwasser zum Händewaschen für die Gäste.
- Abfallcontainer und Mobil-Klo stünden im Verzehrbereich, was Ungeziefer anziehe.
- Der Gestank von Fäkalien und Fäulnis habe zu Beschwerden geführt, was die gesetzlich vorgeschriebenen Toleranzlimits für Hygiene eindeutig sprenge.

»So ganz unrecht war das nicht«, räumte Eva freimütig ein. »Aber meine Anträge für Wasseranschluss und Toilettenhäuschen sind nie genehmigt worden. Auch der beantragte Imbissneubau wurde fadenscheinig abgelehnt. Erst viel später ist durchgesickert, dass tatsächlich Hertha die Strippen gezogen hatte, zumindest was die

Attacken der Hygieneaufsicht betraf. Diese Person hatte unsere Existenz vernichtet – aus Neid und Missgunst ...«

»Und wie kommst du zu dem abgeleckten Laden hier, mitten in Lübecks City?«

»Neuanfang gemacht!«, sagte sie spontan stolz, doch mit nachdenklicher Betonung.

Sie hatte Geld gespart und in einer Auktion eine moderne Imbisskette ersteigert. Drei Geschäfte, alle gut gelegen in der jungen Universitätsstadt Lübeck. Der Renommierladen sei dieser, nur 50 Schritte vom Rathaus entfernt.

In ebendiesem Laden standen wir. Ich hatte Eva zufällig durchs Schaufenster gesehen und war ohne zu zögern rein.

Ojemine, was für ein dramatisches Wiedersehen!

Sehr lange hielten wir uns umarmt, sogar unsere Äugelein wurden feucht; eigentlich schade, dass wir beide schon vergeben waren ...

Mir fiel sofort auf, dass im Laden die Kundschaft fehlte. Dabei führte die Fußgängerzone direkt am Schaufenster vorbei.

Wieso kamen hier keine Leute herein?

Der Laden gefiel mir überhaupt nicht: viel zu steril. Auf dem Bräter verkümmerten ein paar Würste – ansonsten tote Hose. Natürlich bemerkte sie meine Verwunderung darüber; ihre Stimme blieb ein paarmal traurig hängen. Hier lief tatsächlich nix!

Hunderte, Tausende gingen eilig vorbei, doch keiner kam rein.

Wir ignorierten das offensichtliche Dilemma, das Wiedersehen war momentan wichtiger, bis sie von selbst zu erzählen begann.

»Nein, so richtig glücklich bin ich nicht mehr.« Als sie das sagte, ordnete sie verlegen ihren hübsch geflochtenen Zopf. Die Frau sah immer noch klasse aus.

»Ja, leider, das Geschäft kriselt, aber auch privat läuft es schlecht.« Sie sah bedrückt aus. Ihr Partner habe recht behalten, er sei von Anfang an gegen die Imbisskette gewesen. Sie lägen nun im Streit und machten sich gegenseitig Vorwürfe ...

»Hab alles gegen die Wand gefahren!«, sagte sie schuldbewusst, sie wolle den ganzen Imbisskrempel gern loswerden, besser heute als morgen.

Vor allem die Bürokratie sei ihr unerträglich: Ständig müsse sie abstruse Auflagen erfüllen. Die Gewerbeaufsicht käme sogar zum Messen der Raumtemperatur. Sie prüften und prüften und prüften, egal, ob Kundschaft anwesend war oder nicht. Einmal wöchentlich müsse sie den Wirkgrad der Fettfilter nachweisen, ihre Lieferanten benennen und jede Menge Formulare ausfüllen.

Auch habe sie die Nörgeleien der Rathauskunden satt. Dauernd müsse sie sich rechtfertigen, weshalb die Currywurst mit Pommes fünf Euro koste.

Sie schien froh, dass ich da war, und ließ ihren Emotionen freien Lauf. Sie habe diese Krawattenträger satt, die dünkelhaften Pinkel aus den umliegenden Stadtkämmereien. Es gäbe Kunden, die wollten die Wurst medium gebraten, andere leicht oder extra kross und dies und das ...

Sie könne diese Klugscheißer einfach nicht mehr ertragen. Dies sei doch ein Imbisslokal und kein Sternerestaurant!

Einige Typen kämen eh nur zum Frustablassen. Sie prüften Teller und Bestecke auf Schmauchspuren, indem sie sie ins Licht halten. Davon irritierte Kunden gingen wieder raus und kämen nie wieder. »Es ist zum Abheben!«, schimpfte Eva. »Eine echte Strafe, hier zu bedienen. Dabei sind es gerade die Plattärsche aus dem Rathaus, die mir Bestecke klauen und klammheimlich die Gewürzstreuer anzapfen.«

Eva sah mich mit einem schiefen Lächeln dankbar an. Es tat ihr gut, etwas Dampf aus dem Kessel zu lassen.

»Diebe!«, klagte sie. »Sogar Vasen samt Blumen sind mir schon geklaut worden. Ich hab die Nase voll von Wurst und Pommes, hab die vorgeschriebenen Öffnungszeiten satt. Unsere Ersparnisse sind futsch. Wir sind pleite, haben Schulden bei der Bank und beim Finanzamt. Alles mein Fehler! Ich hab's verdorben, ich könnte nur noch heulen ...«

»Arme Eva ...«

Ihr Frust war echt, ungehemmt, aber ohne Hass. Wer rastet nicht irgendwann aus, wenn Kunden nur zum Nörgeln und Klauen kommen und die Bürokratie die Existenz bedroht?!

Leise weinend ließ sie sich in den Arm nehmen. So deprimiert hatte ich sie früher nie erlebt. Sie tat mir wirklich leid. Und dass noch immer kein Kunde im Laden war, sprach Bände.

»Ich vermisse freundliche, nette Kunden, solche mit guten Manieren. Solche, die auch mal danke sagen können. Aufgeschlossenes Publikum, wie in meiner Jacuzzi-Oase an der B206, weißt du noch, Conrad?«

Und ob ich das wusste.

»Lederjacken gehen nicht in Operationssälen essen«, sagte ich.

Eva nickte und tupfte sich die Wangen trocken.

Schon beim Betreten des weiß gekachelten Ladens irritierte mich das Outfit meiner mongolischen Lady: weißer Maxikittel, weiße Clogs, Latexhandschuh links. So eine Verpackung hatte Eva wirklich nicht verdient.

Damals, in der Jacuzzi-Oase am Flugplatz Hartenholm, trug sie modische Röcke, alle Jeansvariationen und dazu atemberaubende Tops. Gar keine Frage, wir Männer wussten ihr Outfit zu schätzen, und von ein paar Damen wusste ich, dass sie Eva gern kopierten.

In diesem sterilen Laden wirkte sie fremd wie eine Außerirdische. Wo war das herzerfrischende Lachen, wo ihre Frohnatur? Eva wirkte hier deplatziert und ausgebrannt.

Die auf Kante und Naht gebügelten Laborklamotten betonten das ganze Drama noch. Sie schien tatsächlich am Boden ...

»Und, wie soll's weitergehen?«, fragte ich und wartete auf ihre

Antwort, die so prompt kam, als hätte sie meine Frage bereits geahnt.

»Ich werde in Zukunft am Set bei Filmproduktionen den Cateringservice machen.«

»Nanu, Catering am Set? Filmproduktionen? Du?!«

»Ja, wirklich!«, kam es wie ein Tennisball aus der Wurfmaschine geschossen.

Ihre Sorgenfalten waren plötzlich verschwunden. Vor mir stand die strahlende Eva von einst. Sie habe zwar noch keinen Vertrag, aber eine mündliche Zusage. Allerdings müssten erst ihre drei Läden den Besitzer wechseln.

»Catering am Set. So, so.«

Eva war schon immer für Überraschungen gut. Im Nu strahlte die eben noch Unglückliche wie ein Mädchen, das auf einem Pony reiten durfte. Sie glühte über den Wangen und sah genauso schön aus wie damals in der Jacuzzi-Oase. Sie wirkte wie von einer Last erlöst, dass ein Freund ihr zuhörte.

»Ich wollte dich nicht mit Problemen vollheulen. Tut mir echt Leid, Conrad. Wie geht's eigentlich deiner Freundin? Seid ihr noch zusammen? Du und Juliane?«

»Leg mir mal schnell ne Bio-Büffel auf«, wich ich aus und sah – o Schreck – auf die Uhr. »Kein Quatsch, Eva, aber ich bin jetzt verdammt in Eile, muss den Termin an der Trave-Brücke schaffen.«

Nein, das war kein billiger Fluchtversuch. Ein vielversprechender Ingenieurauftrag hing daran. Die Chancen standen so gut wie nur selten.

»Der Job hat Vorrang«, sagte Eva beim Brutzeln meiner Bio-Büffelwurst. Ihre Filialen wolle sie nun im Internet annoncieren, mit einigen Maklern habe sie schlechte Erfahrungen gemacht.

Eva glühte beim Erzählen wie ein reifer Granatapfel. Endlich legte sie den weißen Laborkittel ab.

Prüfend schaute sie in den meterhohen Wandspiegel. Sie schien sich zu gefallen. Sie öffnete den oberen Knopf ihrer Bluse und lockerte die Frisur. Als Nächstes steckte sie den Schlüsselbund von innen in die Ladentür, schloss sie aber nicht ab.

Fast gleichzeitig sahen wir zu der halb geöffneten Vorratskammer.

Im nächsten Moment lag sie in meinen Armen, sie war einfach unwiderstehlich!

Schnell schloss sie die Ladentür ab und wendete das Schild von »Geöffnet« auf »Geschlossen«.

Wir bebten beide um die Wette und versanken in einen wohligen Zustand voller Zuneigung. Für Sekundenbruchteile blitzte vor mir das blöde Besenkammer-Déjà-vue des berühmten Tennis-Asses auf. Quatsch! Schwachsinn! Jetzt! Wir fühlten beide dasselbe und waren einverstanden …

»Verdammt!«, die blöde Bio-Büffelwurst. Stichflammen. Eva löste die Umarmung, um das zündelnde Bratfett zu ersticken. Sie gabelte die Bio-Büffelwurst auf, platzierte sie auf einen Teller und sah mich dabei grinsend an.

»Bietächeen, der Herr«, sagte sie übertrieben und setzte mir den Teller vor die Nase. Ja, sie schien ebenso enttäuscht wie ich.

»Danke, Eva!«

Während ich die angesengte Bio-Büffel-Wurst in Angriff nahm, schwärmte Eva weiter euphorisch von ihren Ideen. Sie wolle, wenn sie den Set-Job bekomme, die asiatische und orientalische Küche mit der Norddeutschen kreuzen und eigene Rezepte kreieren.

Der Job-Hunter sei davon begeistert gewesen und habe seine Zusage erneuert. Sie hoffe, dass der reelle Absichten habe und könne es kaum erwarten, hier rauszukommen. Dann sei endgültig Schluss mit Weißkittel, Currywurst und Co.

Bei ihr am Set werde alles anders sein. Nur Frisches käme auf die Teller der Künstler. Sie schwärmte von berühmten Regisseuren und Filmstars, denen sie begegnen würde. Vielleicht, ja vielleicht werde man sie, Evamaria, sogar für ein klitzekleines Nebenröllchen entdecken …

»Was ist eigentlich aus Gold-Hertha geworden?«, fragte ich sie vorsichtig.
»Insolvenz! Wenn die Gerüchte stimmten, betreibt Hertha einen Shop für XXL-Damenmoden, irgendwo auf der Insel Sylt.«
»Auf Sylt?«
»Ja, auf Sylt, in der Nähe von Hörnum.«

»Du, Conrad«, wechselte sie abrupt das Thema. »Mir ist immer noch unbegreiflich, wieso Leute wie du aus Flugzeugen jumpen. Hattest du so was wirklich nötig?«
Verblüffende Frage nach so langer Zeit …
Was sollte ich ihr darauf antworten?
Obwohl ich wegen des Termins längst unterwegs sein musste, sagte ich es kurzerhand etwa so:
»Bin da total blauäugig rangegangen. Erst aus Neugier, dann hab ich es einfach getan … wollte nur mal ausloten, wo meine Grenzen sind und das geht nur wenn man sich auf Neues einlässt.«
»Ja, und weiter?«
»Das sichere Flugzeug loslassen und ab in die Tiefe fallen, verändert dich für immer. Alles, was du danach anpackst, gelingt dir leichter. Du bekommst plötzlich auf alles eine Antwort, kannst aufrecht überall deine Meinung sagen. Du weißt, dass du dir selbst vertrauen kannst und du gehörst nicht mehr zu den Massen von Mitläufern und Jasagern und das war mir damals wie heute die Sache wert …«

Eva schwieg nachdenklich. Wir drückten uns zum Abschied, wie sehr gute Freunde das tun.
»Du musst dich jetzt aber wirklich beeilen, Conrad«, sagte sie.

Bis zum Treffpunkt würde ich zehn Gehminuten brauchen.

Für die Bio-Büffel-Wurst wolle sie kein Geld, aber ich hatte die Münzen schon auf die blitzeblanke Theke gelegt. Als endlich ein paar Kunden in den Laden kamen, sagten wir uns eilig »Tschüss« – danach sind wir uns nicht mehr begegnet.

Mein Freund Walter glaubte, unsere Jacuzzi-Eva in einer TV-Doku gesehen zu haben: »Verköstigung Filmschaffender am Set« oder so ähnlich.

Sie habe in einem dunkelblauen Kostüm gesteckt, wie Politessen sie tragen. Sehr professionell sei sie vor dem Studiopublikum aufgetreten.

Der Moderatorin habe sie verklickert, dass das Catering-Business sehr adrenalinhaltig sei, weil man ständig auf Reisen und selten zu Hause sei. Der Job gehe heftig an die Substanz, doch könne sie sich keinen schöneren vorstellen.

Sinngemäß habe sie gesagt, so Walter, dass ihr schönster Lohn die Dankbarkeit der Künstler sei, die nach Drehschluss mit Blumen kämen und sagten, dass sie es ohne ihre starke »Set-Mutter« nicht geschafft hätten.

Für diese Worte habe sie Spontanapplaus bekommen. Sie wurde mit »Frau von Limes« angesprochen oder so ähnlich. Walter war sich aber sicher, dass jene Frau von Limes unsere einmalige Jacuzzi-Eva war.

DANKSAGUNG

Lange hat's gedauert, doch nun ist es fertig, mein erstes Buch. Wenn es den Lesern Freude macht, was meine einzige Absicht ist, wäre das eine große Ehre für mich. Es wäre zugleich eine super Motivation für ein weiteres Buch …

- Von Herzen danken möchte ich zuerst Susanne, meiner lieben großartigen Frau, die mit grenzenloser Geduld manche Hochs und Tiefs gelassen erduldet hat.
- Danken möchte ich auch meiner Lektorin Jennifer Kozak von BUCH&media in München. Sie heißt mit Nachnamen ab sofort »Döhring« – herzlichen Glückwunsch zur Vermählung! Ihrer Mut machenden Motivation ist es geschuldet, dass ich trotz vieler berufsbedingter Schreibunterbrechungen doch nicht aufgegeben habe.
- Im Voraus danke ich meinem Verlag BoD, der mit seinem Netzwerk für den Vertrieb des Buchs maßgeblich ist.
- Günther Gathemann, Dir möchte ich ganz besonders danken. Hundertmal hast Du mich in PC-Katastrophen gerettet und mir mit profundem, freundschaftlichem Rat beiseitegestanden.
- Meine zauberhafte Tanja Fischer hat sich mit großer Hingabe um das Coverdesign gekümmert, was viel Kreativität bedurfte und super gelungen ist. Herzliches Dankeschön, Tanja!
- Dank auch an Mr. Massoud Abdzadeh, dem langjährigen Chef vom Flugplatz Hartenholm. Mr. Abdzadeh, da selbst erfahrener Helikopterpilot, ermöglichte mir volle Bewegungsfreiheit auf seinem herrlichen Sportflugplatz.
- Interessierten empfehle ich gern »Albatros-Fallschirmsport«. Bei den vor Ort schon »ewig« ansässigen Profis werden sie in guten Händen sein. Danke »Albatros« für das mir geschenkte Vertrauen!